梁城纪事

陈耀民 著

陕西新华出版

太白文艺出版社·西安

图书在版编目（CIP）数据

梨城纪事 / 陈耀民著. -- 西安：太白文艺出版社，
2025.4. -- ISBN 978-7-5513-2912-5

Ⅰ. I267

中国国家版本馆 CIP 数据核字第 2025ZY4502 号

梨城纪事

LICHENG JISHI

作　　者	陈耀民
责任编辑	张丽敏　杨钰婷
封面设计	玉娇龙　黄晓妹
版式设计	玉娇龙　余梦颖
出版发行	太白文艺出版社
经　　销	新华书店
印　　刷	武汉怡皓佳印务有限公司
开　　本	710mmx1000mm　1/16
字　　数	260 千字
印　　张	14
版　　次	2025 年 4 月第 1 版
印　　次	2025 年 4 月第 1 次印刷
书　　号	ISBN 978-7-5513-2912-5
定　　价	88.00 元

自序 | 何以库尔勒

　　大漠孤烟，驼铃声声。2000 多年前，一条蜿蜒的漫漫古道，将东西方文明融汇在这片广袤的沃土上。库尔勒作为古丝绸之路上的重镇，历经各民族的辛勤耕耘和共同营造，几乎涵盖了西域风物的全部经典。如今，在"一带一路"这股强劲春风的吹拂下，库尔勒，这片库鲁克山脚下的古老绿洲，正闪烁着灿烂的现代光华。

　　库尔勒这座古老而又年轻的城市，吮吸了丝绸之路的悠远繁盛，沉淀了楼兰古城的绵长记忆，承载了罗布泊的飘逸梦想。千年的雄关漫道，万年的盎然绿洲，给予库尔勒丰厚的滋养。作为各民族聚居的地区，库尔勒融汇了不同发展时期的历史沿革、文化艺术和民俗风情，几乎包罗了中原文明、丝路文化和西域风物的所有精华，形成了库尔勒贯通古今、汇集中外、多元一体、精彩纷呈的人文风情，如同一位风韵犹存的"资深美女"，至今仍散发着神秘而诱人的魅力。

　　库尔勒是一座大气、包容的城市。新中国成立以来，库尔勒汇聚了来自祖国四面八方的建设者。作为移民城市，库尔勒开放包容、兼收并蓄、胸怀宽广。汉、维吾尔、回、蒙古等中华民族各族儿女在这里和睦相处、守望相助、安居乐业，他们共建美好家园，共同谱写了融合发展、和谐共进、欣欣向荣的盛世佳话。

　　在这里，辉煌灿烂的丝路文化与神奇壮阔的自然风光、瑰丽多姿的民俗风情与凄婉动人的美丽传说交相辉映，胡杨精神、兵团精神、东归精神、马兰精神、丝路文化、楼兰文化、军垦文化、石油文化、香梨文化等缤纷多彩的文化汇聚激荡、传承发展、相融共生，续写着生生不息的家国情怀。

1

如今的库尔勒，已经成为一座集西域风情和水乡风韵为一体的现代化城市，它既有内地都市的繁华，又有边塞城镇的宁静；既有楼兰遗存的深厚底蕴，又有街衢宽敞、商贸兴盛、高楼大厦鳞次栉比的时尚气派；既有孔雀河、天鹅河碧波潋滟、月夜泛舟的柔美，又有城外林田、雪峰、沃野千里和大漠风光的雄奇，还有市内鲜花芳卉、小桥流水、亭台楼阁、光影摇曳的绝美景致。"半城流水一城树，水边树下开园亭。夭桃才红柳初绿，梨花照水明如玉"，库尔勒是名不虚传的"塞外明珠，山水梨城"。

这里，有襟山带河、巍峨雄峙的铁门关，有3000年"生而不死、死而不倒、倒而不朽"的英雄胡杨，有蜿蜒流淌、波光粼粼的塔里木河，有甘甜多汁、驰名中外的库尔勒香梨，有依山耸秀、横云叠翠的龙山美景，还有栖息于城市中心翩翩起舞的天鹅。它们与广大市民依依相伴，组成了人与自然和谐相处的动人画卷。库尔勒更摘得全国文明城市"六连冠"、国家卫生城市、国家生态园林城市、中国十佳魅力城市、全国双拥模范城、中国人居环境范例奖、国家环境保护模范城市等50多项国家级桂冠，这些无不彰显着这座城市的光荣与辉煌。

库尔勒的神奇还在于，从这里出发，你可以去中国最大的沙漠——塔克拉玛干沙漠，饱览绵延不绝的沙海，探秘消失的楼兰古国；可以去中国最长的内陆河——塔里木河，寻找失落的文明，探访塔克拉玛干沙漠中最后的"捕鱼部落"——罗布人村寨；可以去中国最大的内陆淡水湖——博斯腾湖，观赏湖光水色，体验飞舟逐浪；可以去中国最大的高山草原——绿草如茵、广袤如画的巴音布鲁克草原，在那里策马驰骋，远眺"九阳连珠"的神奇美景；可以去中国唯一的天鹅自然保护区——幽静神秘的巴音布鲁克天鹅湖，与天鹅翩翩共舞；可以去"新疆夏威夷"——金沙滩，在那里沐光踏沙，恣意挥洒；可以去罗布泊探险，欣赏千姿百态的"雅丹"奇观和如梦似幻的"海市蜃楼"，感受变化万千的戈壁气象；可以去巩乃斯观林海听松涛；可以去雄伟壮观的天山石林遥望海拔6973米的木孜塔格冰峰；还可以去阿尔金山，与珍稀野生动物共享大自然的绝色风光……库尔勒，是当之无愧的"中国优秀旅游城市"！

水韵粼粼上沙丘，雪山茫茫下绿洲。库尔勒，这座日新月异的"丝路故城"、风光绮丽的"旅游名城"、山清水秀的"生态美城"、通达四方的"交通畅城"、极具潜力的"投资宝城"、和谐稳定的"平安梨城"、共创共享的"文明新城"，在聚力奔赴"生态之域、水韵之都、幸福之城"的大道上，必将放射出更加璀璨夺目的光彩，必将迎来蒸蒸日上、繁荣昌盛的美好明天。

陈耀民

2024 年 5 月

目 录

C O N T E N T S

第四辑　食事

城事

走进巴音郭楞，就走进了厚重的历史文化

巴音郭楞，古丝绸之路的重要通道，中、南两线横贯全境2000多公里，是中西方文化碰撞交汇的重要之地。在历史上曾经盛极一时的西域三十六国中，有十一国分布在这片沙漠之中的绿洲上。

走进巴音郭楞，厚重的历史遗音便散落在一山一河一古道，一地一城一遗址之间。拂去久远的往昔烟云，一封封文书、一部部典籍、一件件文物、一处处遗址，皆真实地见证了中华文明是新疆各民族文化的根脉所在，一幅源远流长、文化交融的历史画卷也就此徐徐展开。

乌垒城，在今巴音郭楞蒙古自治州轮台县境内。乌垒北屏天山南麓，南跨塔里木河，西扼南疆诸地，东连河西走廊，地处西域中部，是古丝绸之路的重要枢纽和必经之地。

公元前101年，西汉设使者校尉屯田乌垒，开西汉屯田之先河，奠定了中央政权治理西域的稳固基石。西汉宣帝神爵二年(前60年)，西汉完全统一西域，中央政权在乌垒城设置西域都护府，任命骑都尉郑吉为"西域都护"，"护鄯善以西南道"，"并护车师以西北道"，"总护西域三十六国，管理屯田、颁行朝廷号令，诸国有乱，得发兵征讨"。

"西域都护"的旌旗在乌垒上空猎猎飘扬，宣示了西汉中央政府对西域诸城郭军政事务的统辖，标志着新疆这一多民族聚居的地区被正式纳入中国版图，成为中国领土不可分割的一部分。

在距离轮台县城东南24公里处的茫茫荒滩上，矗立着一座历经千年沧桑的古代建筑群——卓尔库特古城遗址。在余晖的映照下，这座曾经见证丝绸之路前世今生的残破城垣，仍隐隐散发着大汉天朝的威仪。

据近年来的考古发掘发现，卓尔库特古城建于战国晚期，盛于两汉时期，沿用至魏晋时期废弃。卓尔库特古城是内、外、高台城址的三重城结构，总面积约40万平方米。一重城圈称为内城，门道位于西南角；内城外围还有一重城圈，称为外城，面积约33万平方米，外城内有一些遗迹残存至今；高台位于内城东部，四周筑有围墙，内有大型房址，称为高台城址。

据考古专家们推测，这座汉晋时期塔里木盆地北缘最高等级的中心城址，极有可能是西域都护府府治所在地。遗憾的是，如今依然缺少文物来佐证这个推测。相信随着西域都护府考古发掘工作的不断深入，我们终将揭开这块扑朔迷离的历史面纱。

"青海长云暗雪山，孤城遥望玉门关。黄沙百战穿金甲，不破楼兰终不还。"1200多年前，大唐边塞诗人王昌龄慷慨请命，其马革裹尸、报效国家的壮志雄心天地可鉴。诗仙李白写下"愿将腰下剑，直为斩楼兰"，这股坚定捍卫民族尊严和领土完整的凛然正气，令人们对这座号称"西域乐土、沙漠天堂"的城郭肃然生敬。

楼兰，西汉时期西域三十六国之一，是丝绸之路上南北贯通、东西交会的重要交通枢纽，东通敦煌，西北到焉耆、尉犁，西南到若羌、且末。古代"丝绸之路"的南、北两道在这里交会后分道而行。楼兰在当时还是中外物资的集散地，我国的丝绸、火药、陶瓷、造纸、印刷、冶炼等产品和技术，就是通过这里传入西方的。楼兰是当时的中国走向世界、世界了解中国的一扇窗口，在东西方文化交流中发挥了重要的纽带作用。

大约在7世纪，这座在丝绸之路上声名赫赫的城市，在繁盛兴旺了800余年后，几乎是一夜之间，突然神秘地消失在了塔克拉玛干大沙漠之中。如今，1400多年过去了，宛若天仙的楼兰美女、充满未知的楼兰古城，仍令人浮想联翩，吸引着无数后人不惜跋涉万里来这里一探究竟，试图解开千古之谜。

"娘子不须忧愁，收拾麦羊，勿使堕落……"一封深情款款的唐代家书，残破泛黄，但字迹依然清晰，娓娓诉说着唐代戍边将士"撩乱边愁听不尽，高高秋月照大漠"的离愁别绪。这封家书惊艳亮相于被评为"2021年度全国十大考古新发现"之一的孔雀河烽燧群克亚克库都克烽燧遗址，向世人宣示了巴音郭楞厚重的历史、悠远的文化，以及将士们征战沙场、守疆护国的边关记忆。

在尉犁县境内的孔雀河沿岸的荒漠地带，分布着11座残存的烽燧，被称为"孔雀河烽燧群"。其中之一的克亚克库都克烽燧遗址，充分印证了唐朝中央政权对西域的有效管辖与治理，重现了丝绸之路的昔日盛景，活化了唐代将士戍边生活的全景，还原了风刀霜剑、金戈铁马的边塞风云，隐含了戍边将士"戍鼓断人行，边秋一雁声"的思乡之情。在克亚克库都克烽燧遗址出土的《韩朋赋》《游仙窟》等流行小说手抄本,向后人披露了烽燧中的兵哥哥们流行用"追小说"来丰富业余生活的"猛料",此新闻一出便火上了热搜。

"铁关天西涯,极目少行客。关门一小吏,终日对石壁。桥跨千仞危,路盘两崖窄。试登西楼望,一望头欲白。"唐代著名边塞诗人岑参在游历当时的"渠犁"时,在诗作《题铁门关楼》中对铁门关有如此描述。

渠犁在今库尔勒、尉犁一带。铁门关位于库尔勒东北崇山峻岭中的孔雀河岸边,是从焉耆盆地进入塔里木盆地的一道天险,是丝绸之路中道出焉耆去库车的必经之地。铁门关所在峡谷叫铁关谷,也称遮留谷,系孔雀河河道切割而成,长约15公里,一线中通,曲折幽深,崖壁如刀劈斧凿,极为险固,故称"铁门关",是丝绸之路三十六关之一,被列为中国古代二十六名关之一,号称"天下最后一关",自古为兵家必争之地。

公元前174年,焉耆僮仆都尉开始在铁门关设立守备。从晋代起,在这里设立了关口。公元前138年,张骞出使西域时路过遮留谷。公元94年,东汉班超带领军队修筑遮留谷道路。公元127年,遮留谷道路被筑成车马大道的雏形,并设官置守,办理"过所"(通行证)。公元128年,东汉政府在遮留谷大石岭建筑铁门,镇守南北疆的交通要道。此后,一代又一代的中原将士远离故土,来到这里戍边守疆,忠诚护佑着边疆的安宁和丝绸之路的通畅。

七个星佛寺遗址,位于丝绸之路"天山廊道"的天山南麓路段,始建于公元前4世纪前后,延续至宋元时期。七个星佛寺遗址总面积约4万平方米,残存佛塔、僧房、大小殿堂等建筑93处,有佛塔、佛殿、石窟、讲经堂、禅屋和僧房,是目前新疆地区仅存的一处集地面寺院与石窟寺相结合的大型佛教建筑群遗址。

作为古代焉耆地区最大的一处佛寺,佛教文化艺术在这里盛行了1000余年,充分印证了新疆历来是多种宗教并存的地区。2001年,七个星佛寺遗址由国务院公布为第五批全国重点文物保护单位,其中包含了两晋至宋元时期焉耆地区的佛寺、石窟;2022年,七个星佛寺被国家文物局列入第四批国家考古遗址公园立项名单。

激活历史记忆,传承优秀文化。散布在巴音郭楞大地上的营盘古城、小河墓地、米兰古城、满汗王府、巴仑台黄庙、拉依苏烽火台、土垠遗址、卓尔库特古城、扎滚鲁克古墓群、罗布泊南古城遗址等众多的历史遗址;以及壁画、玉器、铜器、铜钱、陶器、木器、石器、骨器、珠饰、木简、岩画、石人、泥塑、造像、纺织品、金银器、简纸文书、建筑木构件等种类齐全、数量丰富的文化遗珍,无不折射着耀眼的光芒,散发着无穷的魅力,真实描绘着壮丽的山河美景,叙述着如歌般的岁月演进,生动讲述着"万里赴戎机、关山度若飞"的家国情怀,见证着巴音郭楞的不朽传奇。共同书写着中华民族血脉相连、命运与共、开拓辽阔疆域的悠久历史。一叶知秋,见微知著。无可辩驳的历史史实、浩如烟海的考古实物、丰富多彩的文化遗产,无不在娓娓讲述着这片古老绿洲的文明起源和历史脉络。让我们更加深刻地认识到中华文明的多元一体。巴音郭楞这些伟大光辉的成就,以及对人类文明的重大贡献,让我们的内心产生了深深的认同感、自信心和自豪感。

这一切,为我们深入推进文化润疆,有力促进各民族交往交流交融,铸牢中华民族共同体意识,构筑中华民族共有精神家园,更好地凝聚人心、汇聚力量,携手共建团结和睦、繁荣富裕、文明进步、安居乐业、生态良好的美好新疆,奠定了坚实的历史文化基础。

如果你要写巴音郭楞

如果你要写巴音郭楞,就不能只写巴音郭楞,还要写巴音郭楞的悠久历史、灿烂文化。

南天山和昆仑山,如一双巨大的臂膀环拥着巴音郭楞这片散落在戈壁荒漠中的绿洲。在多元文化兼容并蓄、风云激荡的民族大融合时期,巴音郭楞的山河湖海间,处处闪耀着不同民族、不同文明的碰撞与交融带来的勃勃生机,成为绚丽多彩的中华文明的有机组成部分。

巴音郭楞是古丝绸之路的重要通衢,南、中两线横贯全境 2000 多公里,是中西方文化碰撞交汇的重要之地。中国最长的内陆河——塔里木河穿境而过,滋润着两岸的一片片绿洲,养育着世世代代生息繁衍在这片沃土上的各族儿女。

公元前 60 年,西汉中央政府就在如今的巴音郭楞轮台县境内设置了西域都护府,统辖西域的军政事务,标志着西域正式纳入中国版图。在距今 2000 多年前的西域三十六国中,有十一国散布在巴音郭楞大地上。

巴音郭楞厚重的历史落点在一山一河一古道,一地一城一遗址之间——西域都护府、楼兰故城、小河墓地、铁门关、孔雀河烽燧群、营盘古城、米兰古城、满汗王府、七个星佛寺遗址、巴仑台黄庙、卓尔库特、奎玉克协海尔古城遗址……一座座古老的文化遗存,述说着丝路古道的悠长岁月;张骞、郑吉、班超、鸠摩罗什、法显、玄奘、岑参、高适、渥巴锡……一个个响亮的名字闪耀在历史的长河中,至今仍荣耀着巴音郭楞的不朽传奇。

万年沧桑罗布泊,千年传奇古楼兰。百年风云东归魂,一曲阳关唱马兰。胡杨精神、兵团精神、东归精神、马兰精神、丝路文化、楼兰文化、军垦文化、石油文化、香梨文化、罗布人文化、西域都护府文化在巴音郭楞传承发展、交融并蓄,续写着休戚与共、守望相助的家国情怀,一座座闪耀的精神丰碑,成为滋养这片土地的不竭生命源泉。

如果你要写巴音郭楞,就不能只写巴音郭楞,还要写大漠大河大盆地,大山大湖大草原。

巴音郭楞雄奇博大、辽阔壮美。东西和南北最大长度为 800 余公里,拥有 47.15 万平方公里的广袤区域,是中国陆地面积最大的地级行政区,赢得了"不到新疆,不知中国之大;不到巴音郭楞,不知新疆之广"的盛誉。

这里有中国最大的沙漠——塔克拉玛干大沙漠,中国最长的内陆河——塔里木河,中国最大的内陆淡水湖——博斯腾湖,中国最大的高山草原——巴音布鲁克草原,中国最大的盆地——塔里木盆地,中国唯一的天鹅自然保护区——巴音布鲁克国家级天鹅湖自然保护区,中国最大的高山野生动物保护区——阿尔金山国家级自然保护区,中国最大的胡杨林保护区——塔里木胡杨国家级自然保护区,中国最大的野骆驼保护区——罗布泊野骆驼国家级自然保护区……

如果你要写巴音郭楞,就不能只写巴音郭楞,还要写巴音郭楞峻伟、神奇的自然景色与独特、多元的人文景观。

你可以看到巴音郭楞的天山雪峰林立,昆仑山巍峨高耸,阿尔金山壮丽雄奇,塔克拉玛干黄沙绵延,罗布泊苍茫神秘,塔里木盆地物产丰饶,博斯腾湖烟波浩渺,巴音布鲁克绿草如茵,开都河百转千回,天鹅湖九阳连珠,巩乃斯松涛林海……巴音郭楞奇峰怪石的天山石林、雄奇险峻的大峡谷、傲然挺立的胡杨林、千姿百态的雅丹奇观、如梦似幻的海市蜃楼和穿越"死亡之海"塔克拉玛干沙漠、世界上首条建在流动沙漠中的最长等级公路——塔里木沙漠公路……

库尔勒——"塞外明珠,山水梨城";焉耆——"丝路古城,魅力焉耆";和静:"东归故里,和谐静美";和硕——"功勋马兰,多彩和硕";博湖——"中国西海,博斯腾湖";尉犁——"世外桃源,罗布人家";轮台——"天下有胡杨,轮台是故乡";若羌——"丝路楼兰,秘境若羌";且末——"天边小城,玉都且末",一县一品,特色纷呈,美名天下传、享誉海内外。

如果你要写巴音郭楞,就不能只写巴音郭楞,还要写巴音郭楞的多样生态和丰饶物产。

巴音郭楞的山川大地上,有湖光山色、沙漠风光、戈壁气象;有雪峰林立、林木茂盛;有大河浩荡、湖泊遍野;有草原蓬勃、生机无限,堪称大美山水林田湖草沙生物共同体,满目惊现"山坡披裙地着纱,雪后丹霞美如画"的五彩斑斓。在这里,可以见证天鹅的爱情,感受它们沐浴爱河的柔情蜜意;可以远眺盘羊飞岩走壁、旱獭追逐嬉戏、野狼踽踽独行;可以仰望鹰击长空,俯看鱼翔浅底。偶遇寓意吉祥的马鹿,还可以看到珍稀的野牦牛、藏野驴、野骆驼、雪豹、藏羚羊、北山羊、岩羊、藏原羚、鼠兔、黑颈鹤、斑头雁等野生动物，在这片广袤大地上自由漫步、惬意栖息。

如果你要写巴音郭楞，就不能只写巴音郭楞的自然环境，还要写巴音郭楞是"美食之都、吃货天堂"。

这里有著名的和静烤羊背、铁凹包子、全羊养胃汤、野蘑菇全羊骨浓汤捞饭；还有土尔扈特馅饼、牦牛肉干、巴音布鲁克黑头羊肉、巴音布鲁克蘑菇等；还有尉犁的烤全羊、罗布人烤鱼、罗布淖尔红柳烤肉，尽显古朴原始；焉耆的九碗三行子、羊杂碎、凉皮子让人垂涎欲滴；博湖的湖水现炖野生大草鱼"西游鱼"；且末的羊肚子烤肉、锅贴肉别具一格，大薄馕香酥可口；和硕的蒙古族美食全羊席、德吉、风干肉、肚包肉、面盖肉风味独特；还有轮台的红柳烤肉、塔河野蘑菇、烤包子，若羌的红枣馕……

还有库尔勒的香梨酥脆多汁，轮台的小白杏醇甜如蜜，若羌的红枣软糯甘甜，和静的苹果清香脆甜，和硕的西梅、博湖的西瓜、尉犁的甜瓜、焉耆的葡萄、且末的桃子也都是顶呱呱……巴音郭楞，总能让人大快朵颐、口福多多。

如果你要写巴音郭楞，就不能只写巴音郭楞的美食，还要写巴音郭楞是歌的故乡、舞的海洋。

在全新疆乃至全国独树一帜的江格尔说唱在高山草原回荡，花儿的旋律在绿洲田野飘扬，纳格拉鼓在梨花丛中敲响，奏响欢快的托布秀尔，弹起心爱的热瓦普，赛乃姆、麦西来甫的欢声笑语在大漠戈壁荡漾。在这里，"葡萄美酒夜光杯，奶酒欢唱尽开颜。捧出哈达献祥瑞，张开双臂迎宾客"，歌舞之间，无不散发着浓郁浪漫的民族风情和"牧歌悠扬如云霞，一曲唱罢音缭绕"的惬意悠然。

如果你要写巴音郭楞，就不能只写巴音郭楞歌舞，还要写巴音郭楞的璀璨节庆、缤纷四季。

这里有冰雪节、风筝节、捕鱼节、龙舟节；梨花节、杏花节、草莓节、桑椹节、山花节、蟠桃节、西瓜节、葡萄节、红枣节、香梨采摘节；罗布烧烤节、小白杏文化节、东归那达慕节、沙漠文化旅游节、胡杨文化艺术旅游节、江格尔主题名宴非遗体验、飞驰人生汽车摩托车越野赛……

如果你要写巴音郭楞，你就要写巴音郭楞悠远绵长、生生不息的厚重历史；写巴音郭楞包容开放、交融共进的文化荟萃；写丝绸之路穿越巴音郭楞"使者相望于道，商旅不绝于途"的千年盛景；写巴音郭楞多个民族聚居、多元一体共融的文明演进；写浩瀚沙漠戈壁、雄伟高山峻岭、广袤草原绿洲、绵绵冰川雪谷、湛蓝河流湖泊、神奇雅丹地貌构建的山河浩荡；写巴音郭楞积极融入国际经济大循环和丝绸之路经济带核心区建设中的奋楫扬帆……"丝路山水，壮美巴州"，就是这样充满无限魅力、令人心驰神往。

这，才是我们要写的巴音郭楞。

话说库尔勒

光秃秃的石头山、灰茫茫的戈壁滩,寸草难觅。每年开春,沙尘总会如期扑面而来,令人不胜其烦。这里气候干燥,干旱少雨,火辣辣的日光下满目的荒凉萧索。去往内地路途遥遥,不管是坐火车、乘飞机还是自驾往返,长途奔波之辛苦劳累想起来都让人一个头两个大……

库尔勒,我的家乡。这座古老又年轻的城市,虽然有着如此多的"毛病",却一点儿也不影响我对它的一往情深。在我的心目中,虽然它在自然环境方面有"硬伤",但它也有很多优点,有图有真相,决不接受反驳。今天咱们就来好好"喧一哈"。

在库尔勒,有一种夜晚叫"星河灿烂"。这里有一年四季晴空万里的白天,有繁星闪烁、月色朦胧的夜晚,这里有高楼大厦的闪烁霓虹,有马路上滚滚车流的灯光、街边房屋和建筑的亮化装饰、遍布街头的路灯,以及孔雀河、杜鹃河、白鹭河两岸的七彩荧光。尤其是到了旅游季,天鹅河沿线灯火璀璨,音乐喷泉随歌起舞,缀满彩灯的画舫顺流而下,与光影扮靓的各式小桥交相辉映,水韵景致美轮美奂。这里还有人民广场、风帆广场、建设桥、欢乐海岸,石化大道高层建筑上的公益广告灯光秀闪耀梨城,把库尔勒的夜晚映照得流光溢彩。论夜景,我只服库尔勒。

在库尔勒,有一种烟火气叫市场。相比现代范儿十足的大超市,那些散布在小区周边,由平房小店、露天大棚加地摊组成的老式农贸市场,对于大爷大妈们来说,吸引力不减当年。拉着购物小车、坐着免费公交、满世界跑市场是他们乐此不疲的事。走进九鼎、海宝、萨依巴格、孔雀、鸿丰、南环、如意街坊(玫瑰庄园旁)、鑫华、凌达、团结、老水泥厂、四运、兵团三建、工四团24连等市场,鲜灵灵的蔬菜、带着露珠的水果、当天处理的各种新鲜肉类、鲜活的水产海货、琳琅满目的小商品百货、热气腾腾的各种美味小吃……市场喧闹嘈杂的爆棚人气,那种熟悉的老味道和热闹劲儿，绝对会让你找到小时候逛农贸市场的那种感觉。

在库尔勒，有一种旅游叫"逛吃逛吃"。闲暇时光，家人相伴、呼朋唤友，开启全天候逛街模式。先去新汇嘉转一阵子，这里吃喝玩乐一应俱全。再去大巴扎、龙山、鸿雁湖、永安塔、永安大道转一转，在南市区走着走着可能就蒙圈了：这是哪搭？我咋迷路了？对那些喜欢在市内休闲的人来说，天鹅河景区、体育公园、杜鹃河生态湿地公园和遍布市区的广场、街心公园也是不错的打卡地。

走累了、逛乏了，该干饭了，千城美食街、欢乐海岸美食街、海力帕尔美食街、湖滨世纪城美食街、七星广场美食街、和合家园梨园春美食街、退水渠路美食街等，还有石化大道、香梨大道、人民东路、交通西路、建国路沿街两边的饭店一溜子下去望不到头，吃货们尽可前往打卡。街上的馆子去烦了吃腻了，一脚油门开车到乡里的风情园、农家乐、朋友的农家院里，采摘水果蔬菜、吃个野外烧烤也不错。

库尔勒的铁门关巍然屹立，襟山带河；库尔勒的孔雀河穿城而过，碧波荡漾、风光旖旎；库尔勒的香梨声名远扬、享誉中外；库尔勒的天鹅翩翩起舞、流连忘返；库尔勒的人民海纳百川、大气包容；库尔勒的美食满街满巷、令人垂涎；库尔勒的文化多姿多彩、多元交融。这座位于沙漠边缘的城市天鹅河画舫穿行，风光胜似江南水乡；全国文明城市"六连冠"荣誉加身力拔西北头筹；塞外明珠、山水梨城……库尔勒的酷炫高光和出圈颜值绝非浪得虚名。

当初升的朝阳从耸秀的龙山峰冉冉升起，在人民广场晨练健身、吹拉弹唱的闲适氛围中，库尔勒人开启了"万家迎门起炊烟、柴米油盐又一天"的市井生活。当缓缓落下的夕阳渐渐消失在库尔楚旷野的地平线上，库尔勒这座被烤肉的烟火熏得入味的城市，拉开了夜晚霓虹闪烁的喧嚣大幕。这，才是库尔勒该有的样子！

慢品人间烟火色，闲观万事岁月长。人生海海，对于茫茫尘世中的凡俗百姓来说，健康地活着、适当地忙着、开心地笑着就很好。大千世界中平凡的我们，燕子衔泥般筑起屋檐之下的温暖之家，无论世间有多少沧桑变化，生活继续，快乐前行！

库尔勒，从"梨城"到"桥城"的蝶变

　　库尔勒，我的家乡，一座古老而又年轻的城市。

　　说它古老，是因为远在新石器时代，也就是约 5000 年前，孔雀河流域就有了人类活动。西汉神爵二年（前 60 年），西域都护府就在"河曲"（今孔雀河库尔勒流域）驻扎有军队；说它年轻，是因为库尔勒作为丝绸之路中道的咽喉和来往南北疆的必经之路，一直到 1939 年才设立县治，1979 年撤县建市，距今也不过几十年。

　　库尔勒，新疆巴音郭楞蒙古自治州的首府。库尔勒在维吾尔语中是"眺望"之意，因盛产驰名中外的库尔勒香梨，又称"梨城"。近年来，随着新型城镇化建设进程的推进，库尔勒在打造"水韵之城"的同时，新建了 50 多座融古典情调与流行时尚于一体的现代化桥梁，为这座塔克拉玛干沙漠边缘的新兴城市平添了诸多魅力，因而，库尔勒又被赋予了"桥城"的美誉。

　　蜿蜒流淌的孔雀河穿城而过，滋养了两岸的千顷良田，被誉为库尔勒的"母亲河"。但 20 世纪 90 年代以前的孔雀河，两岸垃圾成堆，分布着低矮的平房、狭窄的街巷；路面坑坑洼洼，沙石浮土遍布。"风过一阵土、雨过一身泥"，每年春暖雪化时，道路泥泞不堪，根本无法行走；孔雀河河道和堤岸因年久失修，加之洪水肆虐，显得破败不堪。

　　记得 20 世纪 70 年代末的一天，我和父亲一起到孔雀河狮子桥下的河岸边去钓鱼。当时，孔雀河两岸还是沙土和乱石形成的自然河堤，发大水时极易被冲垮。我在岸边帮父亲抓鱼时，一不小心踩塌了因河水冲刷底部被掏空的堤坝，一下子掉进了湍急的河水中。被河水冲出去几十米后，我被困在河中央的一片沙滩上，后被好心人涉水背上了岸。

　　进入 21 世纪以来，库尔勒市在推进经济发展、社会稳定、民生改善的同时，加快了生态环境改善和宜居环境改造步伐。2000年,孔雀河风景旅游带一期工程建设启动。2002年工程竣工后,因优良的生态效益和景观效果被建设部授予"中国人居环境范例奖"。也就是从那个时候开始,长久以来偏居大漠边陲的库尔勒人尝到了甜头,开始利用水资源作为加快发展的"驱动力"。在改善城市生态环境的同时,全方位提升城市品位,推进城市建设"旧貌换新颜"。

2012年,在加快推进新型城镇化的进程中,为破解组团式发展和棚户区改造这一瓶颈,库尔勒市以"生态优先、环保立市"为基础,秉持"以水为脉、以绿为主、文化为魂、以人为本"的建设理念,加大创新力度,放大生态优势,做足做活"水"文章。规划建设了将孔雀河、杜鹃河、白鹭河三条河流横向连接起来的"三河贯通"工程。充分利用水脉优势,以"三河"为骨架,彻底解决城市水系纵向密集、横向不足的问题。构建起纵横贯通、交叉环绕的城区水网,融人文景观、自然风光为一体,精心打造沙漠边缘的"水韵之城",营造温馨舒适的生态环境和宜居宜业的家园,进一步提升广大市民的舒适感、幸福感。

2013年8月以来,随着天鹅河国家AAAA级景区和鸿雁河景区的建设完成,昔日"脏乱差"的"城中村"、棚户区不见了,取而代之的是一幅水韵之城的美丽画卷:

亭阁、小桥、游步道、黛瓦粉墙,碧绿的草坪、郁郁葱葱的林木、姹紫嫣红的鲜花,无不洋溢着无限生机,令人心旷神怡。水中,美丽的荷花随风摇曳,仿佛在翩翩起舞;游艇和画舫在河面上划开一道道白色的涟漪;游客们在欢声笑语中体验着"青春花开树临水,白日绮罗人上船"的惬意,尽情感受"半城流水一城树,水边树下开园亭。夭桃才红柳初绿,梨花照水明如玉"的江南风情。

一座城市,有了水就有了灵性。

夏日的清晨,碧波荡漾的孔雀河畔薄雾轻纱、凉爽怡人。众多的市民在这里或悠闲散步,或晨练怡情,或纵情歌舞,或惬意观景,或自由骑行,或赏花拍照,尽情享受着这方静谧之地的绿色生态之美。

华灯初上,波光粼粼的天鹅河风景旅游带霓虹闪烁、五光十色,音乐喷泉随歌起舞、翩若金龙。缀满彩灯的游艇和画舫顺流而下,与沿岸的亮化景观交相辉映,把库尔勒的夜晚渲染得流光溢彩、分外绚丽。

河多了,桥也越来越多了。

作为一座干旱少雨的城市,此前的库尔勒城区仅有狮子桥、建设桥、葵花桥、十八团渠桥、喀拉苏渠桥等寥寥数座,不仅种类单一、造型简单,而且质地简陋。

我童年的时候,一场突如其来的洪水袭击了库尔勒城区。挟带着泥沙和杂物的大水冲毁了由木头搭建的十八团渠大桥,阻断了南北交通。当时的我站在渠边的高处暗想:什么时候库尔勒的桥都又结实又好看该多好啊!

2013年至今,库尔勒人在建设"城水相依、防洪安全与生态保护为一体的滨水生态城"的进程中,又新建了迎宾桥、田园桥、民生桥、宁远桥、麒麟桥、天鹅桥、喀拉苏桥、焉耆路桥、南库大道桥等50多座现代化桥梁。

如今,库尔勒市区的桥梁已达65座,数量之多位居全新疆城市之首。库尔勒的桥,不仅在"量"上有了倍速增长,更是在"质"上有了"脱胎换骨"的变化。

站在高处俯瞰,宽阔的河道,清澈的水流,一座座桥梁横跨河上。这些造型多样、风格迥异的桥梁,或如彩虹卧波、或如长龙横亘、或如跨海金梁、或如玉带缠绕。每座桥梁都蕴含着厚重的中华文化色彩,兼具地方文化元素,体现了城市别具一格的景观特色,充满了浓郁的"小桥流水"式水乡情致。也让库尔勒又多了一个响亮的别称——"桥城"。

小桥、流水、游船、人家、亭台、小径、花草、林木……在人们的普遍印象中,这种"河流环绕、城水相依"的水乡风光,本应是江南胜地的专属、如今却出现在距塔克拉玛干大沙漠仅70公里,常年与风沙、缺水、少绿、荒凉相伴的库尔勒,不能不说是一个奇迹。尤其是能够坐着游艇和画舫穿行在城市的高楼大厦之间,这对库尔勒人来说,在以前是连想都不敢想的。

水清岸绿,景美人和。城市生态环境的改善,为库尔勒营造出人与自然和谐相处的良好氛围,构筑起人与鸟类和谐共处的爱心家园。2007年入冬以来,来自300多公里外巴音布鲁克大草原的数百只白天鹅,连续16年飞到孔雀河和杜鹃河越冬。不仅给冬日的库尔勒增添了一道亮丽的风景,还为库尔勒赢得了"天鹅之乡"的美誉。

看得见山,望得见水,记得住乡愁。在倾力打造"生态之域、水韵之城、幸福家园"的进程中,一条贯通孔雀河、杜鹃河、白鹭河的"水带",将库尔勒的过去、现在和未来穿缀起来。使库尔勒从昔日沙漠边缘一座荒凉、贫瘠的戈壁小县,变成了如今高端大气上档次的"梦里水乡"。如今,"乘船游梨城"成为库尔勒的"新名片"。

水韵之城的打造,不仅极大地提升了城市的品位,也使库尔勒走上了一条经济快速发展、生态有效保护、社会和谐进步、民生持续改善的可持续发展之路。全国文明城市、中国人居环境范例奖、中国十佳魅力城市、国家环保模范城市、国家园林城市等50多项国家级荣誉,彰显着这座城市的光荣与辉煌。

如今的库尔勒,既有内地都市的时尚繁华,又有边塞城镇的从容静谧;既有西域盛世和丝路驼铃的古道遗风,又有高楼鳞次栉比的现代气派;既有城外雪峰、草原、大漠、田园风光的交相辉映,又有市内鲜花芳草、亭台楼阁、小桥流水、月夜泛舟的如诗如画。

库尔勒,依水而兴,因桥而美。源自孔雀河的水,赋予这座城市与众不同的底蕴和气质,让这片因盛产驰名中外的库尔勒香梨而声名远扬的城市生机涌动、绿意盎然,孕育着无限希望。放眼望去,一座城在林中、路在绿中、房在园中、桥在水中、人在景中的兼具现代品位和水乡风韵的城市正在铁门关下、孔雀河畔恢宏崛起。

当天鹅在孔雀河畔展翅翱翔的时候,当挂着露珠的库尔勒香梨沉甸甸挂满枝头的时候,当太阳从龙山之巅冉冉升起的时候⋯⋯这座水韵城市、宜居家园,将带给梨城各族人民更加幸福的生活,走向更加美好灿烂的明天!

梨城八景

铁关雄峙

铁门关位于库尔勒市东北崇山峻岭中的孔雀河岸上，是从焉耆盆地进入塔里木盆地的一道天险，是丝绸之路中道出焉耆去龟兹(今库车)的必经之地。

铁门关所在峡谷叫铁关谷，也称遮留谷。系孔雀河河道切割而成，长约 15 公里，一线中通、曲折幽深，崖壁如刀劈斧凿，极为险固，故称"铁门关"。是丝绸之路三十六关之一，被列为中国古代二十六名关之一，号称"天下最后一关"，自古为兵家必争之地。公元前 174 年，匈奴统治西域时期，焉耆僮仆都尉开始在铁门关设立守备。汉武帝建元三年(前 138 年)，张骞通西域时路过遮留谷。东汉永元六年(94 年)，班超带领军队修筑遮留谷道路。至东汉顺帝永建二年(127 年)，筑成车马大道的雏形，并设官置守，办理过所(通行证)。东汉顺帝永建三年(128 年)，在遮留谷大石岭建筑铁门，镇守南北疆交通要道。从晋代起，这里就设立了关口。

唐代著名边塞诗人岑参在《题铁门关楼》中描述："铁关西天涯，极目少行客。关门一小吏，终日对石壁。桥跨千仞危，路盘两崖窄。试登西楼望，一望头欲白。"《明史·西域传》记载："自焉耆四五十里，有石峡，两岸如斧削，其口有门，色如铁，人号为铁门关。"

在历史变迁和社会发展中，铁门关也见证了自身的变化。20 世纪 60 年代，人们在铁门关将孔雀河拦腰截断，筑起巨型拦水坝，建起了水电站。丝路古道的一段被淹没在万顷碧水之中，半截峡谷变成了一座容量达 1 亿多立方米的高山湖。湖水从隧洞穿越山体，以 60 米落差带来的巨大冲力，推动数台巨型涡轮发电机，将强大的电流输往各地。

如今的铁门关,林木葱郁,丝路古道蜿蜒、孔雀河水奔腾不息,亭台楼阁散落其间、美丽传说凄婉动人,以多元雄奇的自然与人文景观,成为库尔勒一处旅游观光的胜地。

月夜泛舟

2012年,库尔勒市以"塞外明珠、山水梨城"为目标,以"生态优先、环保立市"为基础,加大创新力度,扩大生态优势,大手笔规划建设了将孔雀河、杜鹃河、白鹭河三条河流横向连接起来的"三河贯通"棚户区改造工程。该工程充分利用水脉优势,做足做活"水"文章,将人文景观、自然风光融为一体,打造天鹅河国家AAAA级景区和鸿雁河景区,呈现出"半城流水一城树,水边树下开园亭。夭桃才红柳初绿,梨花照水明如玉"的江南风情。

傍晚,夕阳映照下的天鹅河,波光粼粼,一座座桥梁横跨河上,仿佛玉带缠绕。河面上,画舫缓缓驶来,穿行于高楼大厦之间,游人凭栏眺望,感受"城在水中立,船在城中行,人在画中游"的水乡风韵。库尔勒人实现了在大西北沙漠边缘城市中飞舟逐浪的梦想,"乘船游梨城"成为库尔勒的一张"新名片"。

一座城市,有了水就有了灵性。入夜,碧波荡漾的天鹅河畔游人如织,市民在休闲小道上散步纳凉,小道旁是碧绿的草坪和郁郁葱葱的树木。梨香湖中美丽的荷花随风摇曳,仿佛在翩翩起舞。岸边建筑物上霓虹闪烁,音乐喷泉随歌起舞。缀满彩灯的画舫顺流而下,与光影装扮的小桥交相辉映,水韵景致美轮美奂,街市的繁华与自然的宁静和谐相融,构成一幅人与自然和谐与共的美丽画卷。

梨花映雪

库尔勒香梨是西汉张骞通西域时,从内地带到新疆种植的,距今已有2000多年的历史。库尔勒香梨色泽诱人、味甜爽滑、营养丰富,被誉为"梨中珍品""果中王子",驰名中外。库尔勒也因此被人们引以为豪地称为"梨城"。

每年的4月初,从冬眠中苏醒过来的库尔勒绿洲上,都会开满梨花,广袤的田野上仿佛下了一场大雪,放眼望去,洁白无瑕。从城市到乡村,从街道到果园,一簇簇梨花在春风里迎风摇曳,传递着万物复苏的讯息。

千树万树随风摇曳,十里百里花香蜂鸣。初春时节,40多万亩梨树穿着雪白的盛装,不仅使梨城人流连忘返,还吸引了大量的外地游客前来观赏留影。

梨花淡白柳深青,柳絮飞时花满城。在库尔勒观赏梨花,可以有不同的选择:作为库尔勒市主干道之一的香梨大道正如其名,可谓"道中观花花似海,路至遥景景未绝";天鹅河景区河图洛书广场,梨花竞相争艳、缤纷如雪,使人仿佛置身于美妙的童话世界;在铁门关景区赏梨花,更是可以沿着丝路古道感受历史,聆听美丽的传说。

此外,位于狮子桥头的孔雀河风景旅游带、梨香湖公园以及西南郊的鸿雁河景区等地,都不失为赏花踏青的好去处。在库尔勒的广场公园、居民小区里,处处都有梨花盛开的春之图景。周边的阿瓦提乡、兰干乡、英下乡、阿瓦提农场、沙依东园艺场等地,也能让游人流连花海乐不思归。

龙山叠翠

龙山是库尔勒的东大门,位于 314 国道与 218 国道交会处以东,地处库尔勒市东侧库鲁克山唯一一处制高点,比市中心高出近百米,颇有巨龙昂首的意味,故名"龙山"。昔日的龙山,地形复杂、高低悬殊、乱石秃岭、草木绝迹,是梨城沙尘的起源地。每到春秋两季,龙山风沙弥漫、尘土飞扬,大量的沙尘被吹落到市区,严重污染了市区的空气质量。

1997 年以来,为改善生态环境,库尔勒人以愚公移山的气魄,响亮地提出"让库尔勒绿起来"的口号,向荒山戈壁宣战。在龙山一带开展了一场大规模的植树造林、绿化美化运动。龙山披上绿装后,为梨城构筑起一道绿色屏障,营造出一片人工绿肺和森林氧吧,成功降低了风沙危害,有效防止了水土流失,大大改善了周边的生态和人居环境。如今的龙山,林木葱茏、花果繁盛,生机勃勃,形成了三季花开、四季常青的园林景观。消失多年的黄羊、野兔出没其中,鸟雀、蛇虫栖息于此,呈现出人与自然和谐相处的生动画面。

龙山公园占地 1600 亩,由龙山景区、龙潭、凤山、龙子山景区、干旱植被生态园、月牙泉、动物观赏区、游乐区八大景区组成,是一座集观光、游乐、餐饮于一体的开放式综合性公园,成为市民和游客休闲纳凉、观光游览的绝佳去处。

白天在龙山远眺,高楼林立、车流如涌、人潮如水。夏日的夜晚,龙山上游人如织,热闹非凡。登顶俯瞰,灯火璀璨宛如星海,梨城的夜色尽收眼底,微风拂来,暑意尽消,令人心旷神怡

如今的龙山,不仅是闻名遐迩的旅游休闲胜地,更是库尔勒人顽强拼搏、挑战生态极限的象征,是"敢为人先、迎难而上、艰苦奋斗、百折不挠"的"龙山精神"的真实写照。

天鹅卧波

自 2006 年春节以来,来自巴音布鲁克大草原的天鹅,每年都飞到孔雀河和杜鹃河越冬。

远道而来的天鹅们游弋在宽阔的河面上,或卧波嬉戏,或垂首觅食,或曲颈小憩,或凌空翱翔,引来众多梨城市民和外地游客驻足观赏拍照。为冬日的梨城带来了勃勃生机,也为库尔勒赢得了"天鹅之乡"的美誉。

从 2008 年开始,库尔勒市组建了天鹅护卫队。他们分成白班、夜班两班,每天24 小时轮流在天鹅栖息处站岗巡查,保护天鹅的安全。护卫队在醒目处竖立"请勿打扰天鹅野鸭"的警示牌,上面印着伤害举报电话,大力宣传野生动物保护法规。对向天鹅投掷石块、在河边燃放烟花爆竹及企图猎杀、抓捕天鹅的行为坚决予以制止打击。

为防止天鹅冻伤,天鹅护卫队还在河面上搭建了人工浮岛,供天鹅栖息。他们采取在上游定期扬水等措施,不让孔雀河的水停流结冰,并始终保持在天鹅能够栖息、觅食的水位。他们还每天用馕饼、小鱼、青菜等食物,分早、中、晚三次定时投喂天鹅,为天鹅的安全越冬和健康成长营造出良好的环境。

与此同时,广大市民也对天鹅给予极大的关爱。市民自费购食投喂、文明观赏拍摄,积极投入到保护天鹅的行动中来。居住在孔雀河、杜鹃河附近的市民从不放烟花爆竹,以免天鹅受到惊扰。天鹅在库尔勒过上了安宁幸福的生活。

近年来,每年来此过冬的天鹅总数已达 500 多只。这里已成为外地游客来梨城观光的网红打卡地。

胡杨秋韵

胡杨,维吾尔语叫"托克拉克",意为"最美丽的树"。胡杨的祖先远在 1.35 亿年前就出现了,被称为"第三纪活化石",是全世界最古老的一种杨树。其历史价值也是其他树种难以相比的。

"生而不死一千年,死而不倒一千年,倒而不朽一千年",胡杨有惊人的抗干旱、御风沙、耐盐碱的能力和强大生命力。胡杨用生命默默守护着戈壁和绿洲,赢得了人们的衷心敬仰,被尊称为"沙漠英雄树"。

全世界的胡杨林有 10% 在中国,而中国的胡杨林有 90% 在塔里木河畔。在我国最长的内陆河塔里木河畔,有着全世界唯一的原始胡杨森林保护区——普惠胡杨林,它坐落于孔雀河中下游区域,面积约 25 万亩。深秋初冬是胡杨最美的时节,当蓝天上白云悠悠飘过,在阳光的照射下,孔雀河蜿蜒流淌,一眼望不到边的胡杨林傲然挺立,与大漠、蓝天、河流等交相辉映,仿佛一幅金光闪闪的油画。人们穿梭在一排排金色的胡杨中,仿佛走进了绚烂多彩的童话世界。

每年10月底11月初,普惠胡杨林便开始穿上它一年中最灿烂的盛装,迎来最佳观赏季。全国各地的游客和摄影爱好者都会前来观赏、拍摄,用目光和镜头记录胡杨的挺拔风姿。

碧水秀荷

杜鹃河生态湿地公园位于库尔勒市南部,西侧紧邻机场快速路,是机场进入市区的必经之地。公园全长10.65公里,总占地面积约5399亩,绿化面积4213亩,自行车道26391米,游步道31391米,木栈道3827米。杜鹃河生态湿地公园所在地曾经是一片戈壁荒滩。2016年,库尔勒市"十三五"重点民生工程——杜鹃河生态湿地公园开工建设。该工程以"绿"为核心提升河道及沿岸的景色,采取改善河流水质、恢复河道生态环境,构建湿地生态系统,提升水资源环境效益,种植大面积植物(包括乔木、灌木、花卉、草类、地被、湿生和水生七大植物体系)等措施进行景观营造,形成绿色屏障,打造人工"绿肺"。

同时,工程还引入活水净化、生态治水、海绵城市技术,成为全新疆河水治理、中水运用、乡土植被恢复、地域植物展示、地域文化传承、生态旅游休闲的示范民心工程。形成了新的城市绿色生态发展走廊,有效改善了河道周边3600余亩土地的生态环境,显著提升了周边的人居环境品质和市民幸福指数。

"接天莲叶无穷碧,映日荷花别样红"。如今的杜鹃河生态湿地公园,绿树成荫、风景怡人。夏秋时节,近3万平方米的河道中,荷花竞相绽放,层层叠叠的花瓣摇曳生姿,淡淡的花香迎风飘来,令人陶醉。睡莲、芦苇等水生植物郁郁葱葱、生机盎然。水鸟在碧波上翩翩起舞,鱼儿在水中追逐畅游,吸引了众多的市民或悠闲散步、或惬意观景、或自由骑行、或赏花拍照,尽情享受着这方静谧之地的绿色生态之美。

塔眺鸿雁

永安塔位于库尔勒市西南郊的雁鸣湖旁。塔高49.9米,塔身为九层,地下一层。塔体呈方形,建筑面积1346.81平方米,塔所在的小岛面积53.27平方米。永安塔每层的相对两面各有一个拱券门洞,用于通风和采光。塔内有电梯可直通顶层,顶层四面没窗,视野良好,可凭栏远眺周边。

1948 年,库尔勒县设"一镇三乡",即库尔勒镇、民治乡、建新乡、永安乡,奠定了库尔勒市最初的城镇格局。在"三河贯通"棚户区改造工程一期 B 段生态城的规划建设中,特别设计建造的永安塔,是为了纪念这一历史性的举措。因该塔建在原库尔勒县永安乡的旧址上,故名永安塔。寓意永安塔镇守一方,永保梨城平安,福荫百姓,惠泽千秋万代。永安塔飞檐斗拱、庄严古朴,融华夏文化、西域风物、丝路遗脉和现代建筑技术的精华于一身。建筑气魄宏大,造型简洁稳重,堪称库尔勒的地标建筑。

永安塔秉承国家"一带一路"的雄风,借势"三河贯通"棚户区改造工程的大手笔,充分展现了生态之域、水韵之都的万千气象。

夕阳西下,站在永安塔上居高望远,鸿雁河景区尽收眼底。鸿雁河自铁克其桥高低湖溢流堰起,沿市民中心和展示中心南侧向西与团结路相交,然后向西北方向沿建国南路北上,穿越英下路、流经南库大道最后在麒麟桥上游汇入孔雀河,全长 5.6 公里,平均水深 1.7 米。该工程于 2013 年开工建设,2015 年 7 月 18 日通水通航。

鸿雁河以"城市绿道"为建设目标,河道采用自然生态式驳岸,沿河桥梁、景观、雕塑及相关配套设施更加突出生态和自然。河道宽 80~100 米,两侧绿化宽 30~140 米,建设了 11.2 公里长的步道系统和 5.6 公里的自行车慢行系统。共修建桥梁 13 座(1 座人行桥,12 座车行桥)。绿化面积约 2000 亩,水域面积约 1402 亩。河道沿岸建设了"仁义礼智信""左宗棠""张骞出使西域"和"玄奘西行"等雕塑景观。

奔腾的浪花

在奔赴军校的前夕,儿子在他的 QQ 空间留言道:"离开库尔勒之前,我去见了每一个想见的人,因为这一去,再见时已是万水千山。有人说部队不适合我,但进了军校,就是部队的一员,身负使命,就必须有军人的觉悟,希望大家理解。今后见面,请站在我的左手边,因为我敬军礼的右手,属于祖国。"

送儿子进军校的那一天,看着儿子走进宿舍,看着儿子被教官拿走平日里一刻也离不开的手机,接下来是参加为期 7 周的高强度封闭式军训,我知道儿子接下来的军旅生活会多么严苛。我在心里也问过自己:我们对儿子是不是太狠了?

但儿子很快就融入军校生活,一天天变得开朗快乐起来。从他在军校参与的一系列活动中可见一斑:站岗巡逻有模有样、篮球健将活跃赛场、演讲达人伶牙俐齿、最佳辩手咄咄逼人、话剧主演声情并茂、晚会主持端庄大气、编辑系报舞文弄墨……甚至在男多女少的学校里,他是他们班里第一个追到了女朋友的。

四年的军校生涯结束后,儿子被分配到一座风光旖旎的江南名城,光荣地成为中国人民解放军的一员。"愿得此身长报国,何须生入玉门关"。虽然儿子没有驻守在大漠边关、高山哨所、海岛边防,但他熬夜加班不眠不休后沙哑的嗓音、匆匆数天归来探亲时疲惫的神情、远离家乡亲人的思念之苦……都充分印证了儿子和他的战友们虽身处不同的岗位,但同样在为维护祖国的安宁和人民的幸福辛苦付出、无私奉献。

"在茫茫的人海里,我是哪一个;在奔腾的浪花里,我是哪一朵……"此前,曾无数次听过《祖国不会忘记》这首歌,却没有太深的印象。自打儿子从军校毕业走进军营后,每次听到这首歌曲时,我都会不由自主生出一种自豪感、一种发自内心的感动:自豪的是,儿子正是这献身国防、保家卫国大军中的一员;感动的是,儿子和数百万中华将士一起，默默坚守在自己的岗位上，用青春、汗水、鲜血乃至生命，诠释着新时代中国军人忠诚、担当、勇敢、奉献的初心使命。这一切，更加让我们感到他当初的选择是正确的。

万里山河皆热血，华夏遍地好儿郎。"在奔腾的浪花里"有儿子这朵普普通通的浪花，作为家长，我感到很欣慰。他以个人微不足道的力量，和千千万万的战友们一起，忠实护佑着祖国的疆土和人民。正如歌中所唱："我把青春融进，融进祖国的江河。……山知道我，江河知道我，祖国不会忘记，不会忘记我……"

尉犁情缘

　　作为一名地地道道的库尔勒人,我却与远在40多公里以外的尉犁县,有着千丝万缕的联系。这中间的故事,说起来真的有些不可思议。

　　记得那是1981年7月的一天,我初三毕业正放暑假。一个偶然的机会,我被家里人带着去尉犁县串门。这对还从未出过远门的我来说,简直是天降好事,激动和兴奋瞬间笼罩了我。彼时的尉犁县在我的想象中,就是一座离库尔勒很遥远的、沙漠里的偏僻小镇。搭乘着拖拉机在震耳欲聋的"突突"声中颠簸了3个多小时后,我们终于抵达了尉犁县城郊一个兵团连队。

　　说是兵团连队,其实就是戈壁滩上几排低矮的泥土房,坐落在一簇簇的红柳之中。在那里,我见到了两个年龄与我相仿的小姐姐,那种情窦初开的少男少女初次相见时的羞涩感觉,让我的心如小鹿般怦怦乱撞。这番情景令我在40多年后仍难以忘怀。这是我和尉犁的第一次碰面。

　　第二次到尉犁是1990年的12月。那是一个周末,我坐班车到尉犁,专程去看望巴州电大新闻班的一名同学。同学见我来很高兴,领我到县城的一家饭馆吃饭,饭后又热情地留我在他的宿舍住一晚再走。同学的宿舍是一间十几平方米的简陋平房,一张桌子、两张单人床、几条板凳就是全部家当。屋子中间有一个铁皮炉子,不知是烟道不畅还是其他原因,火势不旺,隐约闪着几缕微弱的火苗。同学用炉钩子通了几下炉膛,又添了几块煤,我们就睡下了。

　　不知什么时候,我突然被一股刺鼻的煤烟味呛醒了。睁眼一看,满屋子弥漫着倒灌的白色浓烟。这时,同学也咳嗽着爬了起来,一个箭步蹿到门口打开了房门,我迅速披上外套,顾不上穿棉裤就跑出了门外。还好险情发现得早,我俩还没有进入煤烟中毒最可怕的"呼吸困难、四肢无力"状态,否则就有危险了。这一次有惊无险的经历，进一步深化了我对尉犁的印象。

2002 年，当时我所在的报社组织集体旅游活动，我第三次来到了尉犁，这次是去名声在外的"胡杨人家"。我们观赏了树围 6 米、树高 30 多米的千年古胡杨，聆听了关于它的美丽传说。品尝了抓饭、薄皮包子、戈壁滩烤肉、红柳烤鱼等丰盛的罗布淖尔特色美食，我不由得对尉犁的美景和美食产生了浓厚的兴趣。

有一年夏天，驻守在尉犁大漠中的一名武警战士，给我带来了一包他们自己采摘晾晒的野生罗布麻茶，说泡水喝有降压降脂、强心平肝的功效。罗布麻是一种长在沙漠边缘的灌木植物，既有着顽强的生命力，又有着极高的药用价值；既优化着沙漠的生态，又能保护人类的健康，用"仙草"来赞誉它当之无愧。尉犁县的沙性土壤，尤其适宜罗布麻的生长。

我喝了一段时间的罗布麻茶之后，感觉身体舒服了不少，多年的高血压一直保持平稳。打那以后，我就再也没有离开过罗布麻茶，这一喝，就是 20 多年。

2006 年，我陪同友人一起到大名鼎鼎的罗布人村寨旅游，再一次来到了久违的尉犁。第一次游览罗布人村寨，我们就被这里世外桃源般的风光所震撼。连绵不绝、一望无际的塔克拉玛干大沙漠；蜿蜒流淌、挺进大漠的中国最长的内陆淡水河——塔里木河；千姿百态、傲然屹立的胡杨；以胡杨作舟，打鱼为生、以鱼为粮、以小海子为家的最后的罗布人家，都让我们惊羡不已。

沙漠和水在这里"相拥"，绿色走廊和丝绸之路在这里交会，融观赏、游览、生态及历史价值为一体，是大自然赋予这片土地的瑰宝。神秘古老、能歌善舞的罗布人；碧波荡漾、荒漠映衬的神女湖；各式各样的美食如古法烤鱼、烤全羊、红柳烤肉、馕坑肉、手抓肉、抓饭、大盘鸡、拉条子、烤包子、焖羊肉、烤鸡……真是一场视觉和味觉的盛宴。

也就是这次到尉犁，我们怀着崇敬的心情，参观了塔里甫·艾山爱国主义教育基地。塔里甫·艾山数十年如一日，用一块自制的黑板宣传党的路线、方针、政策，教育村民坚定不移跟党走。小小黑板报，浓浓爱国情，塔里甫·艾山老人的家国情怀令人动容。

达西村，这个昔日"一年四季白茫茫，只见播种不见粮"的贫瘠之地，位于尉犁县的兴平镇。这里盐碱遍地，人烟稀少，贫穷落后。在村党支部的带领下，经过两代人的团结奋斗，如今的达西村环境优美、产业兴旺、乡风文明、团结和谐，是远近闻名的小康村、文明村、民族团结进步村，被誉为"塞外华西"和"南疆第一村"。如今，习近平总书记的复信言犹在耳，"口袋里要鼓囊囊，精神上要亮堂堂"的村训历久弥新，这些都引领着达西人昂首阔步走进美好新时代。

2020 年 5 月，我随巴州作家协会文学采风团第五次来到了尉犁。在短短一天的参观考察中,尉犁人民在发展现代农业、振兴乡村经济、改善生态环境、美化城市面貌、提升教育水平中迸发出的壮志豪情和冲天干劲,令我感动,让我敬佩。

在尉犁,不光有美丽风光、美味佳肴,还有许许多多优秀的尉犁朋友。通过与他们的交往和交流,我对尉犁的了解进一步加深,我对尉犁更加充满了敬慕和热爱之情。

尉犁县文联副主席唐平亮,一名数十年笔耕不辍的"老宣传"。曾写下脍炙人口的《民族团结四字谣》,出版过《晓梦残月》等诗集,主编过《放歌尉犁》《罗布人民间故事》《尉犁民间故事传说》等。如今,这名年逾花甲的昆仑巴人,仍孜孜不倦地行走在文学的道路上。

尉犁本土摄影家王汉斌,一生钟情于胡杨,专注于胡杨摄影,为拍摄胡杨可谓呕心沥血。他迷过路、翻过车、掉进过冰河里,但25年来痴心不改,用镜头记录胡杨风骨,展现胡杨精神,把胡杨的魂魄拍到了极致,把大美尉犁推向了全国和全世界,被外界誉为"胡杨王"。

尉犁县原副县长何淼,在忙碌的工作之余,通过自媒体平台为尉犁倾情代言,不遗余力地宣介尉犁的山水、美食、民风民俗、人文风情。他还走进直播间,化身主播直播带货,帮助农民销售农产品,被称为"网红副县长"……如今,他已调任巴州,任文旅局副局长。在新的工作岗位上,他一如既往地为巴州的文化旅游事业不遗余力、辛勤奔忙。

细细想来,自1981年第一次到尉犁距今已经40多年了。不知不觉间,我与尉犁有了那么多的交集,也亲眼见证了它的成长、发展、走向美好的历程。这一切,都构成了我和尉犁的难解之缘。我想,有这么多的美景、美食、故事和朋友的加持,我和尉犁的这种不同寻常的缘分,一定会长长久久地延续下去。

冬游霍拉山

"驱车入寨疑无路，忽见山村客舍低。跌宕群峰如醉蟒，拥怀一水过桥西"。2023年11月，一个初冬的上午，料峭山风裹挟着淅淅沥沥的冬雨，我们一行5人，游览了慕名已久的霍拉山。

霍拉山属于中天山的支脉，位于焉耆县城西130公里处，东西长165公里，南北长83.5公里，面积约1.18万平方公里，几乎占全县总面积的一半。称霍拉山是焉耆县的"半壁江山"，一点儿也不为过。霍拉山所在的焉耆县，位于丝绸之路中道，是西域三十六城郭中的四大国之一，也是盛唐时期著名的"安西四镇"之一。焉耆作为连接中央政权与西域诸国的南大门，曾是古丝绸之路上的重镇，也是南疆重要的商贸中心，有着悠久的历史和厚重的文化底蕴。

"焉耆"这一名称最早出现在《汉书·西域传》中，书中描述："焉耆国，王治员渠城，去长安七千三百里。户四千，口三万二千一百，胜兵六千人……西南至都护治所四百里，南至尉犁百里，北与乌孙接，近海水多鱼。""焉耆"这一古老的名称，沿用至今，已有2000多年历史。

不知不觉间，我们走进了由高山峡谷组成的霍拉山区。山区的上段有3万多亩天然云杉森林，中段有50多万亩空中草原和天然石林。发源于天山中部的开都河，蜿蜒穿行在连绵的崇山峻岭之间。

霍拉山区有20多条大小不一的山沟，最大的一条叫霍拉沟（又名果子沟）。沟长65公里，沿山沟两边散生着山杨、云杉、榆树等树木，生长着10余种牧草，以及雪莲、乌头等60余种药材。山谷内泉水长年不断，山涧溪水四季长流，气候凉爽宜人，实为避暑纳凉之佳境。山区里还有大头羊、黄羊、狼、狗熊等10余种野生动物，堪称天然的植物园和野生动物园。

　　独具慧眼的焉耆人审时度势、能谋善断,选择以霍拉山脚下的霍拉山村为突破口和示范样板,依托西域风情浓郁的丝路古村、汉唐文化厚重的小泉沟日喀则古寺遗址和具有原始山谷特色的果子沟景区、以奇山异峰取胜的大泉沟景区,以及广袤无边的霍拉山高山草原、天然牧场、原始森林和泉沟星湖,整体带动了霍拉山景区的旅游开发建设。

　　被称为"护山古村、王师驿站"的千年丝路古村——霍拉山村位于霍拉山边缘。古村是当时的古焉耆国王进入大泉沟祭拜山神的必经之处,周边有霍拉沟、大泉沟、小泉沟三条水系,还有日喀则古寺遗址、大泉沟墓地及遗址、霍拉山雅丹地貌等多处旅游资源,具有得天独厚的生态文化旅游开发价值。

　　2017 年,自治区级贫困村霍拉山村开始以"国家 AAAA 级旅游景区"为标准,立足优势、突出特色,以丝路古村为形象风貌,创建"丝路古村落、探秘霍拉山"品牌,打造具有浓郁西域古国特色的美丽乡村休闲度假旅游目的地。

　　在村落改造过程中,他们充分汲取丝绸之路文化元素及影视剧中西域风情视觉形象,以黄土墙、十字花窗等古风建筑为基础,对霍拉山村整体风貌进行提升改造,精心打造"古国风貌、西域风情、农家体验、民俗、民居、民俗体验融为一体"的复古旅游业态和"沉浸式"探访特色乡村的旅游模式。

　　近年来,霍拉山丝路古村落先后被授予"中国少数民族特色村寨""全国生态文明村""国家美丽宜居示范村""中国西部自驾游示范二号营地" 等称号。2018 年 8 月,霍拉山丝路古村落获得"国家 AAAA 级旅游景区"认证。2023 年 5 月 27 日,"国家 AAAA 级旅游景区"霍拉山古村景区正式开园揖客。

　　"焉耆山头暮烟紫,牛羊声断行人止",由于风大雨急,天气委实不给力,我们难以从容不迫地游览,只得匆匆告别了霍拉山,踏上了归途。回眸远望,在风雨交织中的霍拉山渐渐模糊,缓缓消失在地平线,但它在我心目中的轮廓却越来越清晰,越来越伟岸。我一路畅想着它在春日中繁花似锦、绿意盎然的景象,在夏日草木葱茏、层林尽染的模样,在秋日硕果盈枝、收获满满的画面,心头不禁涌上一股暖流,驱散了初冬带给我们的丝丝寒意。

　　霍拉山,这座雄踞千年古城、开都河畔的丝路名山;这座曾被岑参、陆游等文人墨客咏颂,曾为玄奘、法显等大德高僧驻留;曾经引来林则徐、褚廷璋等宿儒名士踏足的万年大山,如今迎来了盛世,焕发了朝气,走上了一条"旧貌换新颜,风光更无限"的光明坦途。

龙山胜景入画来

龙山,库尔勒的东大门,位于 314 国道与 218 国道交会处以东,雄踞市区东侧库鲁克山脉浅山区唯一的一处制高点上。山体与 314 国道海拔高度差为 39 米,比市中心高出近百米,颇有巨龙昂首的意味,故名"龙山"。

昔日的龙山,地形复杂、高低悬殊、乱石秃岭、草木绝迹。每到春秋两季便风沙弥漫、尘土飞扬,大量的沙尘被吹落到梨城市区,严重地污染了空气,广大市民深受其害,苦不堪言。

库尔勒市位于新疆腹地的干旱荒漠地区,地处沙漠边缘,南边与有"死亡之海"之称的世界第二大流动沙漠——塔克拉玛干沙漠直线距离仅 70 公里。库尔勒干旱少雨,空气干燥,年平均降水量 40 ~ 50 毫米,年均蒸发量高达 2700 ~ 2800 毫米,属于典型的温带大陆性干旱气候。这里沙尘天气较多,是"三北"地区风沙县市之一。这里土壤贫瘠、遍地盐碱,植被稀少,生态环境脆弱,荒山、沙漠、戈壁荒滩、沙化土地占全市土地总面积的 70% 左右,严重地制约着库尔勒市经济社会的发展。

生态是永恒的经济。面对恶劣的气候条件和地理环境,库尔勒市以绿化为突破口,立志变"气候劣势"为"环境优势",坚定不移地推进生态优先。并将其作为改善生态环境、推进经济社会持续发展和提升各族群众生活质量的一项重要民生工程来抓。高起点规划、高质量建设、高水平管理,创新探索出一条人与自然和谐共生、经济与生态双赢发展的道路。

1997 年,梨城人响亮地提出"让库尔勒绿起来"的口号。他们向荒山戈壁宣战,挥镐抡锹齐上阵,誓叫荒山披绿装。他们采取背土上山、滴灌造林、义务植树、绿地认养等举措,在位于城市东部的东山一带大规模植树造林,开展了一场以建设现代生态园林城市为目标的绿化美化运动。

打蛇要打七寸，捉牛先牵牛鼻子。梨城人决定率先向严重影响市区环境的"首恶"——龙山，发起全面绿化行动，并由此拉开了全市治山造绿的序幕。

梨城人炸山平堑、背土上山，打眼植树、见缝插绿，开始了滴灌节水技术在极端困难条件下的植树造林研究。龙山土壤为第三纪风化剥蚀山地基岩基础尚在发育形成过程中的棕漠土，土质粗、漏水、漏肥、缺乏有机质，含盐量高，且以硫酸盐、氯盐为主，对树木的生长发育危害极大。

通过对 18 种树种两年生长量的调查，梨城人在东山上种上了胡杨、红柳、沙拐枣、刺槐、大果沙棘等耐旱树种。还通过更换种植土，种上了法桐、国槐、侧柏等景观树和香梨、石榴、无花果、桃树、杏树、桑树、枣树等各类苗木。造林成活率和保存率分别达到90%和98%，成功地探索出了一套适合本地区特点的滴灌节水灌溉造林技术和规范标准，开创性地走出了一条荒山绿化的新路子。

昔日戈壁荒滩，今朝绿水青山。在几代梨城人的接续努力下，东山的绿化面积已达 10 万亩，满目苍翠、起伏绵延。7976 余万株各色林木随风摇曳、生机盎然，硬是为昔日寸草不生的亘古荒山、盐碱秃岭披上了绿装，建成了绿树成荫的龙山公园。这一切，铸就了"敢为人先、迎难而上、艰苦奋斗、百折不挠"的"龙山精神"。

东山的成功绿化，为库尔勒构筑起了一道绿色的屏障，营造出了一个巨大的人工绿肺和一片充沛的森林氧吧，成功地降低了风沙危害，有效地防止了水土流失，大大改善了周边生态和人居环境。据气象专家测定，东山荒山绿化工程的实施，有效地减少了库尔勒地区的热辐射，使夏季平均温度降低 0.7℃ ~ 1.6℃；空气湿度增大，相对湿度提高 7% ~ 10%；大风天气减少减弱，年平均风速降低 1.28 ~ 1.63 米 / 秒；扬沙天气逐年减少，进入市区的浮尘减少 10% ~ 20%，空气中的尘埃和颗粒物含量明显减少。

2001 年 2 月开工建设的龙山公园位于东山绿化带，由龙山景区、凤山景区、龙潭景区、龙子山景区、干旱植被生态园、月牙泉、动物观赏区、游乐区八大景区组成。公园面积从最初的 258 亩发展到现在的 1920 亩，已成为集观光、游乐、餐饮于一体的开放式综合性公园，为广大市民休闲纳凉、外地游客观光游览提供了一个好去处。

2019 年 9 月 13 日，建在龙山和凤山之间的玻璃天桥在库尔勒龙山公园落成迎客。天桥横跨龙山公园人工湖，总长约 280 米，桥面宽 2.2 米，距离地面约 50 米，面积 420 平方米，每 20 分钟可同时容纳一批次 450 人的客流量。桥身整体由钢结构组成，钢化玻璃桥面带有模拟裂开声效，给人以惊险刺激之感。

与龙山主峰隔空相对的是凤山。凤凰是传说中的祥瑞之鸟，因而山上建有瑞鸟亭。游客站在凤山西望，可以看到 9 座相连的绿色山头，寓意着"龙生九子"。凤山右侧的一座小山，以龙的第九个儿子貔貅命名为"貔貅山"。前山是圆滚滚的脑袋，后山是圆鼓鼓的肚皮，喜气洋洋，憨态可掬，寓意着招财进宝。

采用回归自然设计理念建成的问泉榭，是库尔勒市首次将松木结构用于园林小品建筑的典范。神态威猛的"龙王乘鳌"沙雕，精致逼真的雅丹地貌微缩景观，水波荡漾的龙潭湖，由景天类植物组成、用绿篱区分边界的巴州八县一市版图……龙山公园的绿化景观、园林小品数不胜数，令人惊喜连连。

登上龙山观景平台，库尔勒全貌尽收眼底。白日远眺，高楼林立，人车如流；夜晚俯瞰市区，灯火璀璨，宛如星海，仿佛一条闪光的长河。微风拂来、暑意尽消，令人心旷神怡。

绿水青山就是金山银山。如今的龙山，不仅是闻名遐迩的旅游胜地，更是库尔勒人不屈不挠、顽强拼搏、挑战生态极限的人文标志和精神象征。

长在十八团渠边

十八团渠引自孔雀河,流经库尔勒市区北部,是一条人工开凿的河流。

1950 年 9 月 15 日,为使百废待兴的新疆尽快恢复经济建设,在王震将军的亲自指挥下,中国人民解放军二军六师十八团的 1300 多名官兵,肩背钢枪,手拿坎土曼,在亘古荒原上摆开了兴修水利的战场。官兵们爬冰卧雪、风餐露宿,吃冻窝头、喝冰雪水,硬是用短短 8 个月的时间建成了一条宽 8 米、深 4 米、长 38 公里的引水渠。

1951 年 5 月 15 日,引水渠正式竣工通水。为纪念十八团官兵们的壮举,引水渠被命名为"十八团大渠"。

20 世纪 60~70 年代,十八团渠是从巴州四运司(当时叫"库运司")、库尔勒公路管理局(当时叫"养路段")家属区北侧流淌下来的,流经工模具厂(全称"新疆工具模具厂")的这一段大约有 2 公里,终点是十八团渠客运站大桥。那时候,我家就住在十八团渠边,出了院门一拐弯就到十八团渠。

1965 年,工模具厂建厂时,在十八团渠靠近厂家属区一侧的堤岸上种了几排白杨树和沙枣树苗,还专门在渠边建了一座水泵房,定时往上抽水,用来浇灌这些树木。因为有专人管护,这片林木长势良好,在渠边形成了一条长约 2 公里、宽 30 多米的绿化带,郁郁葱葱、绿意盎然。

因为住在水渠边,人们便经常来游泳。从五六岁开始,我和一帮小伙伴就跟着大人在渠里泡着玩,很快就无师自通学会了游泳。

那时候,每年刚到 5 月初,我们就开始背着大人偷偷下渠游泳,经常被冰冷的渠水冻得直打哆嗦。天热的时候,我们几乎是每天必游,中午、下午放学后就不用说了,就连晚上也不放过。借着淡淡的月光,趁着四周无人,快速脱个精光,"扑通"一声跳下水,不慌不忙地游好几个来回,等身子都凉透了再回家睡觉,别提有多爽了。

记得有几次,天上闪着电下着大雨,我们照游不误,在浑浊的渠水里游得不亦乐乎,每次游完回家都要挨大人一顿臭骂。

那个时候,在十八团渠钓鱼捞鱼,也是我们最开心的事儿。当时十八团渠沿渠边有许多凹进去的小水坑,时不时有一些小鱼在这歇脚,便成了临时的"鱼窝子"。经常有大人在这儿钓鱼,不一大会儿就钓上来一些巴掌大的小白条和小鲫鱼,小鱼们被装在铁皮水桶里,引得我们一个个伸长了脖子,羡慕地围着看个没完。

一天中午,我偷偷从爸爸的渔具盒子里拿了一只小鱼钩,从家里的竹扫把上拆下一根竹条,将一截大约 2 米长的缝衣服线牢牢地绑在鱼钩的尾柄上,然后系在竹条的前端,在离鱼钩几厘米处的线上拴一块小石子,就这样,一根没有鱼漂的"土鱼竿"就制作完成了。

我兴冲冲地拎着鱼竿来到离家最近的一处小水坑旁,将黄豆大的白面粒儿挂在鱼钩上,迫不及待地抛到了鱼窝子里。刚下到水里不一会儿,竹条的前端猛地往下一沉,一股拉力从水下传来,我急忙向上提竿,一条活蹦乱跳的小白条被拉了上来。初次钓鱼就旗开得胜,我当时那个高兴劲儿,真的是无法形容。

有时,我还跟同学一道,用铁质的纱窗当渔网,在渠边的浅水区里捞鱼。幸运时还能捞上几条小鲤鱼呢。现在回想起来,我青少年时期的欢乐大多与十八团渠有关。

秋天,我们在渠边的沙枣树上摘沙枣吃,在高高的白杨树杈上掏鸟窝。上学的路上,我们在渠边的大堤上掏个洞,捡一堆干柴,把洞烧烫后,扔进去几个土豆(当时叫洋芋),再几脚把洞口踩塌了,用土掩埋起来。放学回来时,我们又把已经焖烤得焦黄软烂的土豆扒出来,拍去灰土,顾不上烫嘴,三口两口就下了肚。那味道简直香极了。

冬天,十八团渠就成了我们的天然滑冰场。我们在上面滑爬犁,滑冰刀,滑单刀,抽老牛(陀螺),溜冰坡,一不小心就摔个四脚朝天,一个个大呼小叫的,玩得热火朝天,开心极了,大冷天都能出一身汗,根本不知道什么叫冷。

1984 年,十八团渠改建为水泥板砌成的防渗渠后,渠壁变得极光滑,加之渠里水深流急,人一旦下去就很难爬上来,打那以后,我们就再也不敢到渠里去游泳了。后来,我搬到离十八团渠约 10 公里外的新居,就很少到那一带去了。

1991 年 5 月,第二师在库尔勒市城区天山路、铁门关路交会点和十八团渠的渠首处,建成了十八团渠暨军垦英雄纪念园,以缅怀军垦战士特别能吃苦,特别能战斗的艰苦奋斗精神和顽强作风。

纪念园占地 8834 平方米,园中矗立着一座高 18 米的纪念碑,碑身两侧各镶有一幅铜铸浮雕,生动展现了军垦战士在党的领导下一手拿枪、一手拿镐,保卫边疆、建设边疆的风采。在碑身正面的大理石基座上,镌刻着王震将军在十八团渠建成 40

周年时的题字:"中国共产党领导的解放军战功和建设社会主义胜利万岁"。碑身另一面镌刻着王恩茂同志题写的十八团渠简介。从 1994 年起,纪念园移交库尔勒市管理,成为巴州和库尔勒市的爱国主义教育基地。2019 年,第二师对纪念园进行了翻新修缮。

1950 年,十八团渠最初的设计建设方案是灌溉农田 10 万亩,远期将增加到 33 万亩。建成通水以来,第二师先后对其进行了三次大规模的改扩建。目前,十八团渠已经建成了长 68 公里的主干渠,年引水量达 3 亿立方米,灌溉着第二师二十八团、二十九团、三十团及沿途的库尔勒市恰尔巴格乡、上户镇、兰干乡的 50 万亩良田。

时光荏苒,十八团渠建成已有 73 年了。斗转星移,如今的十八团渠,继续书写着辉煌,一如既往地造福着"屯垦戍边第一渠"两岸的人民,见证着兵团地方守望相助、融合发展、共同繁荣的光辉历程。

人民广场

人民广场地处库尔勒市老城区市中心,北邻巴音东路,南侧与人民东路相接,西至萨依巴格路,东侧为广场路。是梨城历史最悠久、景观最优美、人气最兴旺、名声最响亮的广场。

上了年纪的老库尔勒人都知道,人民广场在 20 世纪 80 年代末之前是一片裸露的长方形黄土地,地面上用白灰铺撒着环形的跑道线和足球场地标线,有两个简易的木质足球大门。现在广场的东北角有一座简易的主席台。这里平时被周边几所学校用作比赛和训练的场地,重大节日时被用作集会的场所,可以容纳上千人,当时被称为"广场"。上小学和中学时,我曾经在这里参加过几次大的体育运动会,尘土飞扬是我当时对这里最深刻的印象。

广场究竟建成于何时,各种说法不一,公认的说法是在 20 世纪 50 年代末、60 年代初左右。到 20 世纪七八十年代,当时的广场一带已颇具规模:北边有州委、州政府、州法院、州检察院、州公安局大楼等,东侧有工人俱乐部,南侧有州图书馆,西侧有新华书店、群众餐厅、人民商场,周边还有巴州影剧院、工农兵饭店、巴州邮电局、巴州教育局、巴州二中、巴州人民医院、巴州第一招待所(今楼兰宾馆)、巴州建筑公司等党政机关和企事业单位,堪称当时库尔勒的政治、经济和文化中心。

人民广场成为真正意义上的广场,具备一定的休闲、游乐功能,还是在 1991 年。1991 年 3 月,库尔勒市开始建设人民广场,并于当年竣工。作为当时全市唯一的设施、功能较为完备的正规广场,人民广场很快就成为周边居民晨练运动、休闲娱乐的地标性场所,逐渐成为库尔勒最为繁华、热闹的中心地带。

1994 年,为庆祝巴州成立 40 周年,政府在人民广场北侧增设了一组名为"腾飞的巴州"的雕塑,寓意为"腾飞的巴音郭楞"。这组雕塑长 40 米,矗立的四根不锈钢柱象征巴州人民走过了 40 年的艰苦奋斗历程,芝麻开花节节高。这组雕塑东侧是象征艰苦创业的群雕,西侧是象征石油开发的雕塑,柱子上的天鹅象征美丽的巴音布鲁克大草原和博斯腾湖,中间的汉维蒙回四个民族人物雕像,表明巴州是一个多民族地区,象征着各民族团结和睦,共建华夏第一州。这座雕塑是人民广场的标志性建筑。

在"腾飞的巴州"组雕前两侧铺设了 28 块长 1.8 米,宽 1.2 米的黑金沙花岗岩文化地刻,内容展示的是"巴州之最"的图文介绍——中国第一大州巴州、中国最大的沙漠塔克拉玛干大沙漠、最长的内陆河塔里木河、最大的内陆淡水湖博斯腾湖等多项位于巴州的"中国之最"。

2011 年,经过 20 年的风吹雨打,人民广场的地面铺装严重破损,地下管网严重老化,加之服务设施功能不完善,已无法满足市民的休闲游乐需求。库尔勒市投资 2700 万元,用时两个月,再次对人民广场进行了更新改造。

这次改造,在稳步提升人民广场管理服务水平的同时,进一步完善休闲娱乐设施,强化观光游览属性,将其打造成融巴州厚重的历史文化和独特的民俗风情为一体的市民休闲广场。此次改造工程以绿化、美化为主,在维持人民广场原貌的基础上,增加了一些绿化品种和服务设施,主要包括种植花草树木、重铺水电管网、灯光亮化、地面重装、中心旱喷广场改造等。改造后的人民广场总面积为 46741 平方米,其中绿化面积 22573 平方米,硬化面积 19500 平方米,喷泉面积 1007 平方米。

绿化改造工程对广场上老化的馒头柳、旱柳等植物进行了逐步更换,多采用具有浓郁本地特色的树种,如白蜡和胡杨等,还配栽了亚乔木、花灌木以及色彩鲜艳的彩叶树等树种,春、夏、秋三季里花卉品种以季节性草花为主,如萱草、矮牵牛、万寿菊、一串红等,真正做到了三季有花、四季常青。

这次改造还将广场中央原有的高台式彩色控制旱喷泉,改造为低于地面 0.9 米的下沉式旱喷泉,喷水时最高水柱可达 15.6 米(一般为 8 米),总面积达 3629 平方米。这样一来,整个广场和喷泉都在一个平面上,通透感大大增强。喷泉周围还设置了涌泉、跌水和戏水池,使喷泉的功能更加完善,更具观赏性和娱乐性,小朋友可以在戏水池中追逐嬉戏,增加了不少童趣。

广场喷泉周围的圆形道路上,铺设着 36 块展现西域三十六国地理信息的文化地刻。用绘画的形式,将西域三十六国名称与现在的地理位置相对应,让人们充分感受西域历史文化的源远流长。

广场内增设了大批庭院灯、螺旋灯、射灯等,每到夜晚便五光十色,景色蔚为壮观。广场的地面均改为了花岗岩和广场砖,特别是旱喷泉中镶嵌的代表"八县一市"的九种颜色的花岗岩组成的"巴州版图",在灯光的照耀下熠熠夺目。

此外,这次人民广场改造工程充分考虑广大市民的需求,在广场内设置了免费公厕,并增设了垃圾箱、休闲座椅和长凳等便民设施,让大家进入广场后能"留得住,坐得下,玩得欢"。

广场北侧是一个面积8000平方米的小型集会广场,是人们健身晨练、庆典集会的场所,每年自治州的国庆升旗仪式都是在这里举行的。广场东侧是"草原风光亭",亭子里绘满色彩绚丽的动物图案,它们都是草原上的传统吉祥物,给草原风光亭增添了生命的活力。风光亭同时也是棋牌爱好者的宝地。广场西侧是"梨乡民族亭",亭子以白色为底,周边镶有宝蓝色的,具有民族特色的花纹,每天都有许多戏曲爱好者聚集在这里吹拉弹唱、自娱自乐。文化舞台在平日里是人民广场最热闹的地方,梨城各民族老中青舞蹈爱好者聚集于此翩翩起舞。广场舞、民族舞等各种舞蹈轮番上阵,人们尽情享受着艺术活动带来的快乐。2013年,广场东侧建起了巨幅电子屏,每天转播中央电视台的新闻和娱乐节目,每年"十一"现场直播自治州举行的升国旗仪式。

日出日落,寒来暑往,人民广场陪伴着几代梨城人走过了数十载的风风雨雨,承载着众多梨城人满满的岁月记忆。它自身也完成了华丽变身,见证了梨城的飞速发展和沧桑巨变,毫无悬念地成为梨城的代表性地标之一,也成为了声名赫赫的网红打卡地。

又是一年春天到。正午时分,4月的阳光洒满人民广场,蜂舞花丛、鸟鸣树梢。三三两两的游人或聊天散步,或下棋打牌,或练歌学舞;孩童们放着风筝,骑着童车,追笑打闹……一派悠然闲适、祥和安宁的景象。这一刻,一种温情在我胸中萦绕,爱家乡、爱梨城、爱人民广场,这种发自内心的真挚情感,任凭岁月磨砺,永远都不会改变。

塔什店

2005 年以前，那些经常来往于天山南北的司机对塔什店一定不会感到陌生。这个坐落在孔雀河上游的小镇，自古以来就是往返南北疆的必经之地和歇脚之处。

塔什，在维吾尔语中是"宝石"的意思。塔什店位于天下最后一关——铁门关东北口，是古丝绸之路上的驿站。距库尔勒市政府 17 公里，东与博湖县毗邻，南与库尔勒经济技术开发区相接，西至哈满沟与天山街道交界，北与焉耆回族自治县相接，面积近 179 平方公里，是雄踞库尔勒的"东大门"。

塔什店历史悠久，西汉时地属西域三十六国之一的焉耆国，当时是传递军情文书、提供车马食宿的驿站。晋朝时设关，专事稽查行人车马、核验过关文书。唐朝时设"守捉"，即朝廷在边疆地区设立的小型军事机构。宋、元、清初时期，战事频仍，时局动荡，塔什店随着焉耆的更迭而屡遭变故。清朝统一新疆后，塔什店被设置为焉耆管辖的驿站之一。1957 年设镇，仍隶属焉耆管辖。1979 年，塔什店镇划入库尔勒市，设立了塔什店街道办事处。2001 年，改设为塔什店镇。

小时候，塔什店给我的印象就是拉沙子的地方。那会儿，我经常跟着在厂"五七连"工作的母亲去塔什店拉沙子。我们坐着单位的"老解放"，一路飙着"大厢"来到塔什店孔雀河大桥附近的河滩上，将当地工人筛好的沙子装车拉回厂里的建筑工地。虽说每次去拉沙子都弄得我灰头土脸，让母亲很是头痛，但对我来说，能坐着大卡车出远门太拉风了，我高兴着呢。

在 20 世纪七八十年代，塔什店作为巴州、库尔勒市最重要的工业基地，拥有煤炭、橡胶、电力、化工、建材、造纸、针织、陶瓷、制药、运输等诸多行业。各种企业可说是多不胜数，吸纳了大批返城知青和待业青年前来就业。记得那时我还在市里上初中，每到周末和节假日，我就会看到在塔什店工厂里上班的邻家大哥大姐赶回来和家人团聚的景象。

那时的塔什店，作为南北疆交通运输"大动脉"的枢纽，每天客货车辆络绎不绝，途经此地打尖休憩，带火了沿路的第三产业。一时间，在此交会的国道两旁，餐馆饭店、商铺旅社、汽修杂货等各色店铺林立，车来人往极是兴旺。

在塔什店矿山路哈满沟煤矿附近，有一家曾经为国防工业做出过特殊贡献的"小三线"军工企业——新疆红光器件厂。这家厂隐藏在山沟里，专门生产军用无线电器材。它始建于 1970 年，对外代码 8021，70 年代末改名为新疆红光无线电厂，军转民后生产的孔雀牌电子管收音机畅销一时。到了 90 年代，红光无线电厂悄然退出了历史舞台。如今这里早已人去楼空，远眺几幢残留的破旧厂房，仿佛还能依稀看到昔日马达轰鸣的繁忙景象。

山川宝地，天赋蕴藏。塔什店镇地处焉耆盆地孔雀河河谷平原地带，霍拉山和山前的广袤丘陵地带。也许是上天的造化，"物华天宝"这个词用在塔什店，可谓名副其实。塔什店的矿产资源十分丰富，蕴藏着煤炭、页岩、石灰石、陶土、石英石、红柱石等各种矿产资源，其中光煤的储量就达 6.7 亿吨，分布广泛，开发潜力巨大，是妥妥的宝藏级大矿。

塔什店紧临有"瀚海明珠"之称的博斯腾湖，也使得塔什店拥有了丰沛的水资源。源自博斯腾湖，被誉为库尔勒母亲河的孔雀河纵贯塔什店全境，流程长达 23 公里。沿岸水草茂盛，鱼类资源丰富，水鸟种类繁多，形成了一条自然天成的旅游垂钓风光带，吸引了众多的游人来这里垂钓观光。

塔什店是南北疆的交通要冲和咽喉之地。南疆铁路穿镇而过并设有货场站台；G3012 吐和高速与正在建设的 G0711 乌尉高速公路在此交会并设出口；国道 G216、G314 线在此重合，连接南北，通达四方，为人员出行、货物运输提供了极大的便利条件。塔什店还是能源充沛的"聚能"之地，有两座 110 千伏的变电站，西气东输管道穿镇而过并设有用气接口，为工矿产业的发展提供了充足的能源保障。

经过几十年的发展，如今的塔什店，已形成以煤炭开采加工、建材生产制造、橡胶制品、商贸物流、生物制药、再生资源回收利用、旅游服务等为支柱的产业格局和集畜禽饲养、水产养殖、特色种植等为一体的产业重镇。

心中有目标，脚下有方向。塔什店的建设者们依托厚重的历史文化、丰富的矿产资源、优美的自然环境、便利的交通区位、充足的能源保障和初具规模的产业基地等优势，为这一方宝地勾画出"打造中巴经济走廊上重要的循环工业产业基地、天山南坡重要的旅游集散基地、新疆中部重要的仓储物流基地等三大产业"的宏伟蓝图。当下，一幅描绘塔什店美好画卷正在徐徐展开——

建设四运环锦、欧冶炼金公司；建立汽车拆解、废旧钢铁回收加工基地；规划高标准厂房;打造红光回水湾铁门关驿站旅游景区,建设沿河旅游步道,引入冰雪滑道、激情漂流、水上娱乐项目;依托境内孔雀河两岸的优美风景和丰富的鱼类资源,打造"旅游 + 特色农业"现代观光农业旅游区、新疆特色水韵风情园和生态垂钓旅游线路;依托丝路文化,建设汉唐文化商业古街;充分利用原二师造纸厂工业遗址和湖边沙堆、河湖苇滩,打造集影视拍摄、怀旧文化娱乐、沙滩艺术、沙疗保健、沙滩越野、户外观鸟等项目为一体的生态湿地公园;打造智慧陆港公铁物流园……

不知不觉中,塔什店已经历了 2000 多年的岁月洗礼,虽饱经沧桑但风韵依旧。站在山脊上俯瞰塔什店,我仿佛梦回大唐,看到了袅袅升腾的狼烟、漫天席卷的狂沙、驼铃叮当的商队、长途跋涉的行旅、飞马传书的驿使、在古道旁默默矗立的参天胡杨和蜿蜒流淌的孔雀河……

相信这座在丝绸之路上繁衍生息、传承千年的驿路古镇,这座与库尔勒隔山可望、相依相生的小城,在"一带一路"春风的吹拂下,必将繁华再续,掀开惊艳耀目的崭新一页。

人民东路

人民东路位于库尔勒市老城区的中心地带,是一条东西走向的城市主干道。作为库尔勒市老城区最为繁华的商业街区,库尔勒人对这条路是再熟悉不过了。

人民东路东起交通东路原库尔勒丝绸厂,也就是现在的天百购物中心十字路口;西至原人民商场,也就是如今太百购物旁的"大十字",全长1835米,宽30米。沿路共有4条绿化带,每条长1510米,宽3米。

作为从库尔勒的东大门——狮子桥进入市区的必经之路,人民东路汇集了众多的优质资源。沿街党政机关、学校医院、高层住宅、商超市场、宾馆餐厅等一应俱全,办公、商务、娱乐、休闲、购物等各类门店应有尽有,凭借商业发达、位置优越、交通便利等诸多优势,被称为库尔勒的"王府井"。

在这条路上,还有一道亮丽的风景线——各个时代的英模人物先进事迹宣传灯箱,被称为"英模一条街"。这条路还集中了数家商业银行巴州总部,如建设银行、中国银行、昆仑银行等,成为名副其实的"金融一条街"。

20世纪60~70年代的人民东路,路面还是硬化的砂石路,道路狭窄,路面崎岖。过去路面上机动车很少,主要是一些机关和企业单位的212吉普车和老式的大卡车。大车驶过后,尘土飞扬。街面上驶过的大都是马车、毛驴车和自行车。路两旁是一排排低矮的土黄色砖混平房,几乎见不到楼房。

在人民东路上,曾经坐落着库尔勒市的首脑机关——市人民政府。说是市政府,其实这里还有市委、市人大、市政协三大机关和众多市属党政机关和事业单位,说这里是全市的政治中心当之无愧。

2008年,为扩大城市建设空间、拉动城南新区发展,库尔勒市委、市政府带头从老城区搬迁到现在的新址。为便于区分,原市政府旧址被称为"老市政府",现市政府新址被称为"新市政府"。搬迁后，原址建起了"华誉万锦苑"高层小区。

在人民东路上，还有一处人尽皆知的地方，就是大名鼎鼎的巴州宾馆。这座建于 20 世纪 80 年代的政府接待宾馆，在当时高层建筑凤毛麟角的库尔勒，可谓是鹤立鸡群。它的右侧是建于 20 世纪 60 年代的巴州电机厂，后来在 80 年代末转型为库尔勒丝绸厂。2007 年，在原库尔勒丝绸厂的地址上，天百购物中心开门揖客。

记得在人民东路（现巴州老干部大厦）对面，有一幢六层的楼房，是原库尔勒市食品公司和库尔勒市广播电视局的联合办公楼。原库尔勒人民广播电台的编辑部就在大楼的四楼。20 世纪 80 年代末，当时的我作为一名业余通讯员，经常到那里上门投稿，当面聆听编辑老师的教诲。这为我今后从事新闻工作给予了极大的帮助，我至今仍感恩于心。

在人民东路，还有一家地标式单位——巴州人民医院。这家始建于 1954 年的地州级综合医院，是库尔勒规模最大、历史最悠久、知名度最高的老牌医院，不知有多少病人在这里住过院、打过针、吃过药。"救死扶伤，实行革命的人道主义"在这里被生动地诠释着。

州医院旁的富士特也不可小觑，它的前身是三江商厦。作为一家颇具规模的综合性商贸城，三江商厦曾经在库尔勒小有名气。库尔勒有线电视台、红番区迪吧这两家单位最红火的时候，都曾驻扎在这幢大楼里。

在这条路上，还有许多早已消失的老地标：民族商场（今老干部大厦旁）、市城建局（今孔雀小区便民市场）、百乐小区（今百乐苑高层）、梨乡饭店（今七星花园小区西北角）、黑天鹅酒店（今九星丽苑旁）、巴州果酒厂（今华誉商务大厦旁）、巴州建筑公司（今苏宁国美电器）、巴州粮食局（今慧眼电脑城）……

人民东路经过数次改扩建，尤其是 1995 年那次脱胎换骨的改扩建后，发生了令人惊叹的变化。如今的人民东路，道路宽敞，车水马龙；高楼林立，广厦毗连；人气旺盛，商贸繁盛；绿树成荫，花草遍布。这里道路不长却繁华热闹，街面不宽却不失大气，尽显都市的华贵风度，洋溢着浓郁的现代气息。在几乎是与其平行的孔雀河的加持下，人民东路更加彰显出"塞外明珠，山水梨城"的国际范儿。

每次走在人民东路上，这里既让我感到亲切，又觉得是那么的陌生。亲切是因为我打小就在这里撒欢玩闹；陌生是因为它的变化让我始料不及，又感到无比的欣喜和自豪。

林徽因说："爱上一座城，就像爱上一个人，有时候不需要任何理由，没有前因，无关风月，只是爱了。"这条街，这座城，对我来说也是如此。或许，我不会把这里作为归途，但它是我的来路，是我前行的底气和动力。

供贸夜市

还记得吗？豆角蒸面、东河滩烤全羊、眼镜烤鱼、焉耆老酸奶、胖大姐烧烤、大胡子烤肉、铁克其羊头肉、老四胡辣羊蹄、花生毛豆炒田螺、"小企鹅"啤酒；还记得吗？卖花的小姑娘、拉着音箱的歌手、沿摊乞讨的"丐帮帮主"，推杯换盏，吆五喝六的醉汉……想起来了吧？这就是给两代库尔勒人留下满满记忆的供贸夜市。

供贸夜市，全名供销贸易大厦夜市，由原库尔勒市供销社于1992年开办，是当时全市规模最大、开办时间最长的规范管理的夜市。

提起供贸夜市，每个老库尔勒人都能或多或少想起关于它的一些故事。作为曾经大名鼎鼎的地标性餐饮场所，供贸夜市在彼时的库尔勒可谓红极一时。

1992年，在邓小平南方谈话和党的十四大精神的推动下，中国的改革开放扬起新的风帆。全国上下积极性高涨，经济快速发展。当时，地处西北边陲一隅的小城库尔勒也不甘落后，积极融入这场前所未有的经济改革中，经商做买卖的势头如火如荼。一时间，各类公司纷纷挂牌、饭馆商店遍地开花。在全民经商势头的催生下，夜市这一为人们提供夜间餐饮消费的"深夜食堂"应运而生，正式走进了梨城人的生活。

其实，早在20世纪80年代初，库尔勒就有几个条件简陋的夜市。比较大一点的有巴州影剧院夜市、巴州体育馆夜市、巴州客运站夜市、老街电影院夜市、兰干路博斯坦夜市等。这些夜市主要是卖一些吃的东西，如烤肉羊杂、凉皮凉粉、馕饼抓饭、花卷包子、啤酒茶蛋等，捎带着卖一些瓜子沙枣、冰棍雪糕、凉茶、刨冰、格瓦斯之类的小吃和饮料，主要是提供一些简单的夜宵，尚不具备休闲功能。就餐环境和卫生条件也很差，风一吹尘土飞扬，几盆水洗洗涮涮，桌子板凳上满是油渍，不能算是正规的夜市。

1992年夏天的一个傍晚，供贸夜市在人们期待的目光中闪亮登场。很快，它就凭借着位置优越、交通便利和管理规范的优势在一众夜市中脱颖而出。从最初的数十个摊位发展到数百个摊位,小吃品种也从最初的几十个发展到几百个,成为梨城夜市中的佼佼者。

当时,在供贸夜市周边还有几家夜市相生相伴,如金三角夜市、人民商场夜市等。之后几年又陆续有慧眼电脑城夜市、萨依巴格市场夜市、天百商场夜市、巴州水泥厂夜市、库尔勒棉纺厂夜市、湖滨世纪城夜市、六队馕坑肉夜市等。此外,还有一些开在农贸市场、居民小区内的小型夜市,分布在全市的各个角落,极大地满足了吃货们的夜间餐饮消费之需。

在梨城夜市最红火的年代,一到傍晚,摊贩们就骑着三轮、推着推车,带上摆摊的家伙,早早来到自家的摊位上忙活起来了。不一会儿,夜市就开始热闹起来,烤肉的青烟夹杂着新疆人熟悉的孜然味儿袅袅升腾,伴随着不绝于耳的揽客吆喝声,梨城人夜生活的大幕徐徐拉开了。

在这些大大小小的夜市中, 尤以供贸夜市的生意最为兴隆。各个摊位整齐排列,各种美食琳琅满目,色香味诱人:有烤肉、烤板筋、烤五道黑、烤鸡、烤鸽子、烤海鲜、烤蔬菜、羊头、羊蹄、羊杂汤、米肠子、面肺子、羊肚子、椒麻鸡、盐焗鸡、卤鸡爪、卤鸡翅、卤牛蹄筋、卤牛头肉、花生、毛豆、凉皮、凉粉、黄面;还有蒸面、刀削面、牛肉面、手工面、揪片子、拉条子、馄饨、饺子、砂锅和炒龙虾尾、炒牛肚、炒豆芽、炒土豆丝等各色小炒,以及卷饼、蛋炒饭、炒米粉、土灶烤鱼、麻辣烫、土火锅之类。这里的食物品类丰富,几乎涵盖了库尔勒所有的特色小吃。想吃什么就点什么,这家没有就到那家去拿,互通有无,保证食客吃得满足。

夜幕低垂,华灯初上。亲朋好友围桌而坐,吹着小风、喝着小酒、吃着美食、聊着闲天,其乐融融的景象,令人心旷神怡。那些穿梭在夜市上卖花的、卖水果的、卖手工艺品的、卖烟酒小百货的,还有那些卖唱的、要饭的,各种嘈杂的人声相互交织,此起彼伏,真是热闹非凡。

那时的夜市, 常常从每晚的 8 点钟开到第二天的凌晨。有时甚至到第二天天亮,环卫工人都开始打扫卫生了,还有一些醉汉趴在酒桌上,东摇西晃的,就是不肯走。可怜的摊主只好在一边陪着,实在熬不住便趴在桌子上睡一觉,都是老顾客,不好得罪啊。那时候,到夜市消费的食客中,有相当一部分是在第一场酒吃喝完没尽兴,接着转场到夜市喝"二茬酒"的,来的时候就已经醉醺醺的了,再喝起来哪能停下来呢?

经过一段时间的发展后,供贸夜市不仅成为梨城夜间餐饮消费的首选地之一,而且吸引了很多旅游观光的国内外游客,成为他们品尝梨城美食、领略梨城风情的绝佳打卡地。那时候,很多梨城市民在接待外地的亲朋好友时,也都要将客人带到供贸夜市来,一种源自家乡的自豪感便油然而生了。

2014 年,供贸夜市的"烟火"在旺盛了 22 年后,悄然熄灭,让人感到万分的不舍。曾经,它是梨城夜市高光年代的代表,为梨城经济的繁荣和市场发展做出了巨大贡献。如今想起来,仍是满满的一波"回忆杀"。

近年来,随着经济发展,丰富夜生活、发展夜经济、促进夜间消费的呼声日渐高涨,夜市又逐渐出现在梨城人的生活中。在市区里的有巴音夜市、鑫华夜市、新汇嘉夜市、大巴扎夜市、鸿丰大街坊夜市等;在乡村的有阿瓦提乡小兰干村夜市、阿克艾日克村夜市、阿瓦提村夜市,以及哈拉玉宫乡的中多尕村夜市等。为填补冬季夜间餐饮消费的空白,梨城又建起了库尔勒美食城夜市、丝路小镇室内夜市,消费者在冬季也可以逛夜市吃美食啦!

人间烟火气,最抚凡人心。夜市是一座城市最具生活气息和市井味道的地方,是生动展示一座城市夜间经济、特色餐饮、文化旅游、民俗风情的"落地窗",是真实反映一个地区经济发展的"晴雨表",也是市民群众获得感、幸福感、安全感的"显示屏"。相信随着经济的不断发展,随着广大市民夜间消费需求的日益增长,梨城的夜市一定会越来越繁荣兴旺。

家在"南市区"

"南市区"的概念,大约起源于十几年前。2008 年,为了拓宽库尔勒市的城区面积,扩大城市发展空间,市委、市政府率先南迁,带头搬离工作生活条件都十分优越的老城区,来到了现在的位置——库尔勒南部略微偏西的地方。

当时的新市政府一带,有密密麻麻的棚户区、杂草丛生的戈壁荒滩、连片成块的农田绿地和正在开发建设的几栋新楼盘。商场稀少、道路稀疏,市政基础设施也跟不上,是一片待开发的郊区。

一张白纸,好画最新、最美的图画。后来,随着新市政府周边道路桥梁、广场公园、园林绿化等市政基础设施不断建设完善,市场、超市、餐饮一条街、居民小区、学校、医院和企事业单位也相继建成,人流、车流量逐渐增大,这一带的人气渐渐旺盛起来,形成了南市区最初的雏形。

尤其是 2013 年以来,随着"三河贯通"棚户区改造工程的建成,国家 AAAA 级旅游景区天鹅河景区的开放,南市区昂然步入高速发展的快车道。人口逐年增加、面积不断扩大、设施日趋完善、景观越来越多,越来越美,成为库尔勒市城区发展的后起之秀。

在这里有规划展示馆、民俗文化博物馆、文化馆、美术馆、科技馆、图书馆和健身中心可供参观休闲,还有州市行政服务中心为市民提供各类政务服务。在景致丝毫不逊江南水乡的天鹅河国家 AAAA 级旅游景区,人们可以步行赏花,也可以骑行健身,还可以乘游艇和画舫游览沿河景观。这里的杜鹃河生态湿地公园美得犹如一幅水墨丹青。冬天,来到杜鹃河边,观赏拍摄从巴音布鲁克草原飞抵梨城越冬的天鹅,也是一个不错的选择。

近年来,随着鸿雁河风景区、库尔勒机场(临空经济区)、永安大道、鸿雁河教育医养新区、鸿雁美食城、新疆科技学院、库尔勒市第二十三中学（衡水中学）、购物中心、星级酒店、健身休闲场所等文化生活设施的建设完善，南市区的颜值和气质发生了翻天覆地的变化。很多老库尔勒人来到这里，有的人甚至会迷路，因为这里已然焕然一新。

如今，南市区虽然不在市中心，但规划有序、环境优美、便捷舒心，各方面条件都与老城区相差无几。南市区的居民们已经习惯了这里的阳光、空气、河流和一街一巷、一草一木，并且紧密地与之融合在了一起。

现在偶尔去一趟老城区，那种拥挤、喧闹、堵车和停车难等种种现象，还真让人有些不习惯呢。这一切，在十几年前是很难想象的。那时候，有谁愿意从生活了几十年，既熟悉又热闹的老城区搬到这儿来呢？

周末，漫步在南市区的街头，虽说已是深秋时节，但路边的景致丝毫不逊于春夏。各色花卉依然明艳，在和暖的秋阳下迎风摇曳，展现着旺盛的生机和顽强的生命力。这一切，无不向我们昭示着南市区这片生态家园欣欣向荣的美好明天。

走过石化大道

对于库尔勒人来说,在市区里走过路过最多的地方,还得是纵贯南北、连通东西的石化大道。

石化大道原来的名字叫建设路("建设桥"的名字即来源于此)始建于20世纪90年代末,北起原人民商场前的大十字,南到塔指路,后来延伸到邮政大厦。1999年前后,为纪念塔里木油气勘探开发,这条路更名为"石化大道",起点由大十字调整到建设桥。这样一来,建设路便只剩下从大十字以南到建设桥以北这短短的一段。2000年,库尔勒经济技术开发区诞生后,石化大道从邮政大厦延伸到开发区大门处,最终形成了现在的规模。

石化大道全长约8公里,双向八车道,道路平直,宽敞气派。刚建好的石化大道,在当时库尔勒人的观念中,属于郊区的范围。过了塔指大院再往下走,就显得有些人烟稀少了,只有路两边铁克其乡的一些村庄和农舍,还有一些单位的围墙和生产场地,零零星星有一些单位,如市国税局、库尔勒海关等。过了邮政大厦往下,基本上就是林带和农田了。

据说,政府在规划建设石化大道之初,遭到了来自各方面的反对和质疑:库尔勒这么一个小城市,用得着修那么宽的马路吗?这不是浪费吗?以至于在石化大道建成好长一段时间后,这种非议才渐渐平息。时至今日,当我们看到市内其他道路上车辆拥挤不堪时,不得不叹服于当年决策者们的超前意识和魄力。

如今的石化大道,经过20多年的建设和发展,早已今非昔比。路两边高楼鳞次栉比,汇集了众多的商业建筑、办公大楼和住宅小区,颇有大城市的范儿。行道树浓荫蔽日,绿化带花团锦簇,道路上车流滚滚、人流如织,尽显繁华与喧闹。尤其是夜幕下的石化大道,沿街建筑的灯光璀璨夺目、流光溢彩,道路上车灯闪烁、川流不息,仿佛一条闪光的长河,浩浩汤汤流淌在梨城的大地上,气势如虹。

石化大道贯通横向的塔指路、索克巴格路(朝阳路)、圣果路(铁克其路)、新华路(迎宾路)、民生路、机场路、石化路、218 国道,有力地带动了沿路的城市建设和经济发展。在石化大道和被其贯通的道路两旁,众多的办公大楼、商业建筑、居民小区依次排列,形成了以石化大道为中轴,其他道路为支线的"综合发展带",有力地推动了梨城经济社会的发展。与此同时,石化大道也成为梨城人的骄傲,接待外地客人时,都要领着他们在石化大道上走一走,看一看,逛一逛。

如今,石化大道已毫无悬念地成为梨城"第一路"。只是我们引以为傲的宽阔的双向八车道,在日益密集的车流下,已明显不堪重负,一到上下班高峰期就变得拥堵起来。

盛夏傍晚,走在石化大道人行道的绿荫下,悠闲散步的老人、追逐嬉戏的孩童、健步快行的减肥者、正在叫卖的路边摊贩、播放音乐的街边小店,伴着呼啸而过的汽车、低碳环保的共享单车,还有路边飘来阵阵清香的花草丛,构成了一幅和谐、安逸的盛世图景。

石化大道,这一条伴我成长的路,这一条留下我无数欢声笑语的路,20 多年来,我曾无数次从这里走过,今后,我还将无数次从这里走过,这种"来来回回"的缘分,注定我们与梨城这种"月是故乡明"的温情,永远在心间流淌。

葵花桥记事

葵花桥始建于 20 世纪 70 年代,坐落在库尔勒的母亲河——孔雀河之上。它是连接当时新老城区的重要交通枢纽,因桥两边的 48 根护栏立柱头四面上雕刻有葵花而得名。建成后虽经几次改建扩建,但外形基本没有太大的变化。

20 世纪 50 年代至 80 年代初期,库尔勒的老街一带(今团结南路)是当时最为繁华的街区。在 1979 年撤县建市之前,库尔勒的行政事业单位和商贸企业大都集中在这里,如县政府、一中、医院、公安局、红旗商店、团结食堂、电影院、供销社、二轻局、招待所、铁皮社、废品收购站等,是库尔勒的行政、经济中心。

那时候的葵花桥上,每天来往于新老城区的人流、车流不断,有步行的,有骑自行车的,有骑三轮车的,有拉着"拉拉车"、平板车的,有赶着马车、驴车、牛车的,有开着 212 吉普车、大卡车、拖拉机的。到了星期天更加热闹,人车流量骤增,喧闹之声不绝于耳。

童年时,一到了夏秋两季,每逢星期天,我都要跟着父亲去逛老街,每次都要经过葵花桥。那时的葵花桥,是小商小贩们偷偷摆摊设点的绝佳宝地。他们沿桥两边的护栏席地而坐,一块粗布往地上一铺,再摆上各种商品,吆喝几声就算是开张了。

在葵花桥这边摆摊的,大多是近郊的农民和住在附近的居民,也有一些专做小生意的社会闲散人员。农民们卖的大多是自家产的粮食、蔬菜、瓜果、鸡鸭兔鸽之类的东西。记得当时在葵花桥头卖的瓜果主要有香梨、土桃子、红光桃、沙果、杏子、土葡萄、沙枣、桑椹等。此外,还有花生、小红枣、雪花凉(土冰激凌)、瓜子、土盐、莫合烟、生羊皮、小烤肉、羊杂碎、凉皮凉粉什么的。

当年,葵花桥下的孔雀河河面宽阔、水草繁茂,是个戏水捉鱼的好地方。记得上小学时的一个暑假,我和几名同学拎着水桶和一片铁筛网,从交通东路步行去孔雀河捞小鱼。我们一边游泳一边捞鱼,从上午一直玩到傍晚,捞了大半桶小鱼,高高兴兴地唱着歌回家了。

近日,得知葵花桥将要再次改建的消息后,我内心感到既高兴又有些不舍。高兴的是这座老桥旧貌换新颜,即将再次焕发青春;不舍的是几代人记忆中的那座老葵花桥,将从此消失在孔雀河的波涛之上。

葵花桥从建成那天起,就不再是一座仅供通行的桥梁,它承担着记录梨城历史、述说梨城故事、折射梨城变迁的重任。如今,我每次路过葵花桥,都会想起它最初的模样,想起与它有关的故事,想起它昔日的繁华,儿时往事便深深萦绕在我心头。

世事

人间烟火

"烟火"一词,最早出自《史记·律书》:"鸣鸡吠狗,烟火万里,可谓和乐者乎!"原意为百姓人家在生火时燃起的火焰和升腾的烟雾。唐代诗人刘禹锡的《竹枝词》有云:"山上层层桃李花,云间烟火是人家。"

人间烟火,是锅碗瓢盆的交响。开门七件事:柴米油盐酱醋茶。其实,过日子要操心的何止这些,吃喝拉撒衣食住行,哪一样都少不了。如今,这日子是越过越方便快捷,越过越省心省事了。就拿生火这件事来说吧,小时候,谁家没有过劈柴火、砸煤块、引火、加煤、掏炉灰的经历?现在,只需轻轻一拧开关,"啪"的一声,把天然气灶打着就齐活了。虽说现在过日子都图个简单轻省,但必要的过程还是要有的,毕竟烟火味要靠实实在在的人和事来支撑。

人间烟火,是你来我往的人情交往。老话说得好:这居家过日子,谁家还没个红喜白丧、乔迁升学、生日聚餐、节庆聚会、亲戚走动?少不了迎来送往。这些个交际应酬,都是咱们日常生活中的重要组成部分,是维系亲情、爱情、友情不可或缺的仪式感。

人间烟火,是承欢膝下的天伦之乐。生儿育女是为了传宗接代,还是养儿防老、光宗耀祖?对此,每对父母都有着自己的答案。我认为,生儿育女,从大的方面来讲,是为了国家、民族后继有人,事业代代相传。从小的方面来说,孩子是夫妻爱情的结晶,是双方生命的延续,是相伴成长的同行者,是抱团取暖的相拥人,是我们烟火人生中不可或缺的希望。

人间烟火,是食色生香的幸福味道。食一碗人间烟火,饮几杯人生起落。烟火味,是街边小摊上冒着热气的油条和小笼包,是刚从馕坑里取出来香气扑鼻的热馕和馕坑肉;烟火味,是一碗热气腾腾的牛肉面,是一碗汤鲜味美的羊杂汤,是一碗酸酸辣辣的揪片子；烟火味，是深夜的酒，是清晨的粥。好日子，是在烟熏火燎中诞生的，就像挂在灶房横梁上金黄油亮的腊肉，就像在炭火上被烤得"吱吱"滴油的羊肉串。烟火味，是人间最绵长的滋味。

人间烟火，是安享世俗喧嚣之乐。著名作家汪曾祺在《人间滋味》里写道："看看生鸡活鸭、鲜鱼水菜，碧绿的黄瓜、通红的辣椒，热热闹闹，挨挨挤挤，让人感到一种生之乐趣。"渺渺尘世，漫漫长路，我们要善于发现并享受平凡生活中的乐趣：商场超市的琳琅满目，农贸市场的喧闹嘈杂，大马路上的车水马龙，小区里孩子的追逐嬉戏……会生活的人，总会将生活过得有滋有味，把日子过得活色生香，因为他们有一颗浸透了人间烟火的心。

"慢品人间烟火色，闲观万事岁月长。"最喜欢冬天的傍晚，忙碌一天后，顶着凛冽的寒风，独自走在归家的路上。夜幕低垂，华灯初上，看到路边一幢幢楼房中映出点点亮光，心中总会涌出一股暖流。我们的城市有这么多普普通通的人家，一起看日升月落，一起听风狂雨骤，一起赶朝十晚八，一起过着平平常常的日子。想着这万家灯火中有属于自己的那一盏，总会感到欣喜，便不由自主地加快了脚步——朝着家的方向走去。

凡尘滋味，尽是烟火味。其实，每一扇窗户里都在上演着一幕幕人间悲喜剧，个中的苦辣酸甜，万般滋味，也只有自己知道。而正是这些凡尘俗事，才勾画出活色生香的世相百态，绽放出气象万千的人间烟火。

最喜人间烟火味，伴得浮生又一年。平凡的我们，撑起屋檐之下的一方烟火，不管人世间有多少沧桑变化，都从容以待，人间值得。

有多少爱可以重来

"从我有记忆开始,你就一直很忙,忙工作、忙生活、忙自己的理想。我也曾像你一样,因为自己的固执被生活揍得头破血流;也想如你一样,为了自己的梦想不懈努力。父亲节快乐,爱你老爸,永远年轻,永远饱含深情。"父亲节那天,在内地上学、平时很少跟我主动联系的儿子突然发来一条祝福短信,一时间使我百感交集。

正如儿子所说,他出生的时候,正是年轻的我铆足了劲儿没日没夜干事业的疯狂期。那时的我,满脑子都是新闻工作,整天忙着选题、策划、采访、编稿、校对、审版,每天都在绞尽脑汁想着如何挖掘热点新闻、吸引读者眼球、扩大发行量、增加广告收入、提升报纸的社会影响力……

那时的我,仿佛一个上足了发条的闹钟,不知道什么是停止;就像一头正值壮年的耕牛,不知道什么叫疲惫。最忙的时候,我每天晚上加班到凌晨两三点,第二天早晨又准时出现在编辑部,风雨无阻。平时,我一周仅休息一天,全年无节假日,这一干就是十几年。这份执着源于一位新闻前辈的谆谆教诲:"选择了新闻,就选择了奉献,选择了艰辛,选择了一种非正常的生活方式。"

和天下所有的父亲一样,我对儿子也有着如山一般深沉的爱。我也想腾出更多的时间陪伴儿子一起成长,但那时,妻子也从事媒体工作,我们俩都很忙,根本无暇照顾儿子。所以,儿子从小就由外公外婆照料,一直到高中毕业。从衣食住行到学习教育,从行为习惯到情感关爱,无不凝聚着二老的心血和汗水。因此,儿子对二老有着深厚的感情,在儿子的心目中,二老永远是排在第一位的至亲挚爱。

近年来,随着年岁渐长,舐犊之情日盛,加之儿子离家在外上学,我对儿子的思念更加浓厚起来,稍有闲暇,便会不由自主地想起儿子,想他这会儿在做什么。我也时常会想起他小时候说的话、做的事、脸上各种各样的表情。我有时会情不自禁地打开相册，一遍一遍地翻看他小时候的照片，翻看从朋友圈搜集到的他的自拍，感觉怎么看也看不够，不知不觉笑容便挂在了脸上。

儿子每次放假回来，我总喜欢凑到他身边，像他小时候那样，看看他的脸，拉拉他的手，拍拍他的肩膀，捏捏他的胳膊和腿。为此儿子没少给我翻白眼，而我却乐此不疲。

我时常想，如果时光能够倒流，我一定会腾出更多的时间陪伴在儿子身边，尽到父亲应尽的责任和义务。我一定认真感受当父亲的劳碌和辛苦，分享和他一起成长的快乐和幸福，体味和他一起成长的酸甜苦辣，让儿子感受到那满满的父爱。

可是，光阴如流水，逝去难再回。这份发自情感深处的遗憾和歉疚，成为我永远难以释怀的心结。

大学生志愿者

最初接触大学生志愿者,是在 2011 年。此前在媒体上看到过有关他们的一些新闻报道,没想到后来和他们成为同事。

那年 8 月,单位分配来了一名大学生志愿者。小伙子姓郎,来自山东革命老区,刚刚大学毕业,主动申请到新疆当大学生志愿者。小郎皮肤黝黑,精瘦精瘦的,一口烟台普通话,话不多,但总能时不时冒出一句"经典"之语,很有冷幽默的意思。单位以前从未有过大学生志愿者,小郎一来就变成了"香饽饽",受到重点保护,加上小郎勤奋好学,为人又爽直仗义,很快就和大家打成了一片。

后来,单位每年都会分来一两名大学生志愿者,加之隔壁单位的大学生志愿者也常来串门办事,我逐渐对他们有了一些了解。他们来自全国各地的高校,当志愿者的目的也是各不相同,有为今后考研、考公务员享受优惠政策的,有在内地求职不易到新疆来寻找机会的,有来积累工作阅历、提升综合素质的,有对神秘的新疆充满好奇的,还有一些是追随恋人而来的。总之,他们虽然来意各异,想法不同,但都是背井离乡,告别亲人,有些人还是顶着家人反对、恋人分手的压力,踏上这趟前途未卜的边塞之旅的。

这些年轻的大学生志愿者经过短暂的培训来到服务单位,在经历了最初的新鲜、好奇和无所适从后,很快便投入到紧张的学习工作之中。这期间,他们还需要克服环境突变带来的身体不适,忍受背井离乡、思念亲人的离别之苦。他们的到来,为服务单位注入了青春的朝气。

内地的大学生志愿者来到新疆后,在一定程度上改变了对新疆的印象。此前,在他们的脑海中,新疆是一个苦寒之地,"骑着毛驴上学,赶着骆驼上班"……来了之后才发现,这里远不是他们想象的那样。于是,他们无形中成了美丽新疆的宣传大使。他们通过努力,将一个开放包容、文明进步、平安和谐、风景优美、民俗多彩的真实新疆展现在了世人的面前。

丁丽,一个之前从未离开过父母的福建姑娘。纤弱文静、轻言细语,却有着勇闯边塞的豪情;王春林,一个大嗓门、急性子、单纯质朴、孝顺懂事的河南农村姑娘。虽深受家庭重男轻女之苦,但在工作之余仍兼职做家教,挣钱资助正在上学的弟弟妹妹,最后考回了家乡,成为一名公务员;赵亚娟,一个心性纯净、高挑白皙的梨城小美女。整天乐呵呵地忙前跑后,仿佛一枚开心果,带给我们许多的欢声笑语;阿孜古丽,一名来自轮台、家境贫寒的维吾尔族女生。性情温和、为人朴实的她刻苦学习,克服诸多困难坚持完成学业;刘喜铭,一名来自天津、管不住嘴的"小胖子"。勤奋努力、积极上进,一忙起来就满头大汗,整天闲不下来……其他还有张铁舰、肖芳芳、苏龙高娃、马欣、顾文丹、谢茂林、王婷婷、岳挺、侯玉轩、刘锡歌、阳川、王紫欣……

每每想起这些曾经在一起工作过的"小伙伴"们,我内心总会涌起一股温情、一份感动、一种思念。尤其是那些自服务期满离开梨城就再未联系过的大学生志愿者们,不知你们现在在哪里?过得还好吗?你们不远数千里来到梨城,忍受离家在外、离别亲人之苦,为梨城的发展洒下了青春汗水、留下了奋斗的足迹,梨城不会忘记你们,我们更不会忘记你们。相信这段短暂而难忘的经历,一定会在你们的人生之旅中,留下美好的记忆。

春节的脚步

进入腊月,春节的脚步就一天天近了。

关于腊月,民间有谚语道:"小孩小孩你别馋,过了腊八就是年;二十三,糖瓜粘;二十四,扫房子;二十五,冻豆腐;二十六,去买肉;二十七,宰公鸡;二十八,把面发;二十九,贴对联;三十晚上熬一宿,大年初一扭一扭。"

我小时候虽说家里很穷,平日里缺吃少穿,紧紧巴巴度日,但过年的时候父母却很大方。那年头,大家都把好东西留到过年的时候集中享用,吃的、穿的、玩的都是如此。所以每逢春节,那满满的仪式感和欢乐喜庆的年味很是浓厚。一到年底,大家就开始陆陆续续准备年货了。

美味攒起来。由于当时副食品供应不足,要想买点儿紧俏的商品,就得费尽心思,从国营商店和供销社搞点"硬货",比如水果罐头、粉条海带、木耳黄花菜、花生瓜子、干鲜果品和一些上档次的烟酒糖茶什么的,买回来我们自己舍不得吃,集中存放起来待客时用。

腊肉腌起来。对来自巴蜀的父亲来说,年前腌腊肉可是头等大事。每年过年前一个多月,父亲就买来上等的五花肉,从切条、抹盐、码盆、杀水、晾干、烟熏直到制作完成,每道工序都亲力亲为,绝对不容他人"染指"。每年过年的餐桌上,这道金黄油亮、香气诱人的蒸腊肉都是当之无愧的压轴大菜,备受家人喜爱。家里的春节大餐中还有一道必不可少的硬菜——粉蒸肉。这道菜的制作工艺相对简单,父亲也充分放权,把炒米、捣米等几道粗活交给我们来干,他只在最关键的配料、抓拌、蒸制环节亲自上手,味道自然没的说。

年画贴起来。年画是每家每户必备的年货,贴年画是辞旧迎新的一项重要内容。20世纪六七十年代的年画,画幅一般为对开报纸般大小,彩色单面印制,内容充满了浓烈的时代色彩,大都是反映那个时代社会生活的题材,如伟人画像、英模画像,或与农业大丰收、喜庆胖娃娃等相关的画作。

日历挂起来。日历也叫月份牌,一本巴掌大小的厚本子,每一张代表一天,上面写着年月日、星期、节气什么的,每过一天撕掉一页,等撕完最后一页,就意味着一年结束了,也意味着离过年不远了。此外,当年的日历还兼有备忘录的功能,把准备办理的事项提前标注在当天的页面上,起到记事提醒的作用。

游艺搞起来。春节前夕,很多单位都要举办联欢晚会,职工家属、大人小孩欢聚一堂,开展唱歌跳舞、打快板、说相声及猜谜语等各种趣味游戏活动。一时间,场内掌声、欢呼声、孩子的嬉笑声、发放小奖品的哄闹声萦绕耳畔,煞是热闹,过年的气氛一下子就烘托出来了。

鞭炮买起来。年前买鞭炮是最令我们这些小孩子开心雀跃的事。我们早早就催促着大人买鞭炮,生怕晚了没货了。大人把买回来的挂鞭和各式花炮小心翼翼地放在火墙边,以免受潮了放不响。小孩子们每天都要心心念念地看上好几回,那种开心和欢喜,是无法用语言来表达的。

新衣穿起来。过大年穿新衣是孩子们最期待的事情。虽说那时家家户户的日子都不宽裕,但做父母的还是想方设法,让孩子们在过年时能穿上一身新衣服。哪怕是旧衣裳,也要缝补得整整齐齐,浆洗得干干净净,让孩子们精精神神地开心过年。

春联贴起来。翰墨飘香迎新年,门接四季平安福。贴春联是中华民族传承已久、倍加重视的一项迎春习俗。在辞旧迎新之际,大红的春联寓意着红红火火,寄托着在新的一年平平安安、阖家幸福的美好祝福,增添了节日的气氛。

回家走起来。有钱没钱,回家过年。年前,每天都有从天南海北赶回来过年的大人和孩子,一个个脸上洋溢着欢乐的笑容,见了长辈邻居亲热地打着招呼,处处透着一种喜气洋洋的欢快祥和。厂里那些在外地工作的大哥大姐们,纷纷从乌鲁木齐、阿拉沟、克拉玛依等地回到朝思暮想的亲人身边,过一个团团圆圆、欢欢喜喜的大年。

酿醪糟、生豆芽、割豆腐、捏丸子、炸鱼肉、蒸馍馍、蒸花卷、蒸包子、宰鸡兔、卤熟肉……春节大餐准备工作有条不紊、全面推进;看春晚、换新衣、吃年夜饭、放烟花鞭炮、熬夜守岁……除夕夜一家人欢天喜地、其乐融融;吃饺子、领压岁钱、出门拜年、走亲访友、聚会娱乐、外出旅游、逛灯展游园、观社火游艺、游冰雪嘉年华……初一到十五的活动丰富多彩、令人期待。

春节,正踩着欢乐的鼓点,大踏步向我们走来!

佳作迭出,亮点纷呈

——参加新疆作家协会第九次代表大会有感

2022 年 7 月 22~23 日,我赴乌鲁木齐市参加了新疆作家协会第九次代表大会。会议期间,我聆听了第八届新疆作家协会工作报告,见到了多位仰慕已久但从未谋面的新疆作家大咖;参加了气氛热烈、畅所欲言的座谈讨论,与作家同行们就文学创作进行了坦诚、深入交流。这一切,对第一次参加如此高规格文坛盛会的我来说,真可谓受益匪浅、感慨良多。

"文章合为时而著,歌诗合为事而作。"五年来,新疆作家协会团结引领全疆广大作家和文学工作者,以庆祝改革开放 40 周年、增强"四力"教育实践、开展"不忘初心、牢记使命"主题教育、打赢脱贫攻坚战、庆祝建党 100 周年、深入实施"文化润疆"、喜迎党的二十大等主题,创新推进文学创作,大力培育文学人才,持续巩固文学阵地,稳步壮大文学队伍,有力地推动了全区的文学事业实现高质量发展。

五年来,全区文学工作者们坚持以人民为中心的创作导向,深入生活、扎根人民,生动讴歌时代精神,弘扬主旋律、传播正能量,依托新疆这块底蕴丰厚的文学宝地和充满生机的创作沃土,怀揣拳拳赤子之心,秉承炽热的国家情怀,以充沛高昂的激情、细致入微的笔触,全方位、多层次、立体式讲好新疆故事,向外界展现出一个欣欣向荣的大美新疆。

全区文学工作者们创作出《叩拜天山》《静静的莫英塔》《白马少年》《在山顶和云朵之间》《绚烂大地》《博格达来信》《诗意栖居柯柯牙》《达坂兵》《大国脉》等一大批精品力作;通过"新疆文学原创和民汉互译工程",出版了 80 多部汉文、维吾尔文、哈萨克文、柯尔克孜文、蒙古文原创和互译的优秀作品。繁荣发展了自治区多民族文学创作和文学翻译事业,为增进各民族交往交流交融,进一步铸牢中华民族共同体意识,发挥了重要的推动和促进作用。

五年间,在周涛、刘亮程、赵光鸣、董立勃、阿拉提·阿斯木、熊红久、叶尔克西·库尔班拜克、黄毅、亚楠、李娟、鞠利、张映姝等作家的率先垂范下,一大批中青年作家勇立潮头、担当大任、笔耕不辍、捷报频传,作品多次发表在《人民文学》《中国作家》《诗刊》《十月》《花城》等文学刊物上。多位作家诗人的作品多次再版,入选各类图书排行榜,作品被译为俄、英、法、德、日等文字在国外出版发行,有力地促进了文学的国际交流和传播,这些作家诗人无可争议地成为新疆文坛的中流砥柱。

更为可喜的是,以王敏、毕亮、刘奕辰、毕婷婷、顾郁馨、子茉、唐嘉璐等为代表的一批"80后""90后"新生代作家异军突起,他们以个性独特、视角新颖的诗歌、小说和散文,在全国文学界崭露头角,产生了不可低估的影响。

文坛丰富多彩的文学采风活动、根植人民的文学主题创作、深入的交流、悉心的培养、广泛的精品传播、雪中送炭的创作扶持、扬先褒优的评奖激励,以及对新文艺群体的热诚关注,对网络文学的大力支持……这五年,无论是对全区文学界,还是对全区广大文学工作者来说,是亮点颇多的五年,收获满满的五年,感动深深的五年。

相信在今后的岁月里,全区的广大文学工作者们,一定会不负时代召唤、不负人民期待,创作出更多有筋骨、有情怀、有温度的精品力作,让全区文学事业的百花园更加瑰丽多彩,更加绚烂芬芳。

酷暑时节,热浪蒸腾。乌鲁木齐、昆仑宾馆、友好北路、八楼老站、二路汽车、文学盛会、文友欢聚……2022年仲夏的这段经历,将永远留驻在我的记忆深处,成为我漫漫人生之旅中一抹耀眼的亮色。

阳春时节南方行

　　2023年3月25日，我携家人一行四人，踏上了南下之旅。听说我们走后的第二天，库尔勒就刮起了大风，卷起了沙尘，一直持续到4月中旬。待我们返回库尔勒时，已是风停沙去、雨霁云开。

　　我们此行的第一站是母亲的家乡——重庆。当天下午5点40分，经过3个多小时的空中航行，飞机平稳地降落在重庆江北机场。当晚，我们入住解放碑附近的一家民宿。由于是网上预订，订到的民宿不光价格实惠，而且位于市中心，逛街购物都很方便。

　　这次的重庆之行严格来说是一次红色之旅。在渝期间，我们游览了抗日战争时期中共中央南方局驻重庆办事处——红岩村和重庆建川博物馆、李子坝抗战遗址公园。我们还专程来到九龙坡区谢家湾街道，寻访父亲20世纪五六十年代在重庆工作过的大型军工企业——重庆建设机床厂遗址。这家曾经被父亲引以为豪的国家大型军工骨干企业，早已湮灭在鳞次栉比的摩天大楼中，夕阳的余晖下，只有残存的几座破败厂房，在默默诉说着当年的辉煌。

　　3月28日中午，我们告别重庆主城区，来到了母亲的家乡——重庆市秀山县土家族苗族自治县龙池镇杉树村。60多年前，母亲就是从这个偏僻的小山村走向了繁华的大重庆，跟着父亲辗转数千里奔赴当时偏远艰苦的新疆库尔勒，支援国家"三线"军工建设，并英年早逝，埋骨他乡，永远地留在了第二故乡——大西北的土地上。

　　我们见到家乡的亲人，听着熟悉的乡音，驻足在母亲曾经蹒跚学步的土家老屋门前，血脉亲情在心中激荡，时时温暖着我们、感动着我们。

　　在秀山期间，我们还搞了一趟"跨省行动"。来到了与秀山县相邻的湖南省湘西土家族苗族自治州花垣县和凤凰县,游览了文学巨匠沈从文笔下的"边城镇"和"凤凰古城"。来到青年时期就倾心向往的文学圣地,我这个年过半百的"文艺青年"激动不已。

经过 6 个多小时的高铁换乘,3 月 31 日晚 8 点,我们赶到了父亲的家乡——四川省南充市仪陇县。在这里,我们专程参观了为纪念"全心全意为人民服务的典范"张思德同志而建造的纪念馆。10 年前来仪陇时,张思德纪念馆尚未完工,如今夙愿得偿。重温这位无产阶级革命战士的光辉事迹,我不禁心潮澎湃,敬仰之情油然而生。

之后,我们一行经过两个多小时的奔波,又赶赴邓小平同志的家乡——四川省广安市协兴镇,参观了邓小平故居。1904 年至 1919 年,邓小平在此度过了 15 年的青少年时光。"一夜春风花千树,万木葱茏新广安"。如今,这里已成为人们追寻小平足迹、缅怀伟人功绩、接受爱国主义和革命传统教育的红色教育基地。

4 月 7 日,我们抵达儿子所在的城市——江苏省无锡市。4 月的江南春光明媚、青砖乌瓦、乌篷人家,正是一派诗人笔下的"南国风光"。到无锡,怎么能不去太湖? 站在湖边极目远眺,天高湖阔、渔帆点点,走在湖边的小径上,春阳正暖、微风轻拂,我一股"其喜洋洋者矣"的惬意油然而生。

从无锡去往上海的途中,当得知要途经沙家浜时,我顿时惊喜不已。这里是八部"革命样板戏"之一——《沙家浜》的故事发生地,如此良机岂能放过? 在沙家浜,我见到了机智勇敢的新四军指导员郭建光,以及阿庆嫂在春来茶馆与草包司令胡传魁、诡计多端的参谋长刁德一斗智斗勇的雕塑小品,一时引起我对京剧《沙家浜》的满满回忆。乘着乌篷船穿行在无边无际的芦苇荡里,我仿佛又回到了当年江南儿女浴血抗日的烽火岁月。

四川有陡峭蜿蜒的"四十五道拐"、浓雾蔽日的锯齿岩、神态肃穆的乐山大佛,有岷江、青衣江、大渡河三江交汇的神奇壮观。重庆的洪崖洞夜晚灯火辉煌、宛如仙境,千年古渡朝天门展新颜,李子坝轻轨穿楼人称奇。江苏泰州有古色古香的钟楼老巷,流淌千年的大运河;无锡有江阴要塞和南泉古镇。上海有大名鼎鼎的上海外滩、东方明珠、城隍庙、吴淞炮台、四行仓库、十六铺码头……一路走来,我饱览了神往已久的景点,琳琅满目的南方美食更是令我大快朵颐。此行给了我太多的震撼,太多的惊喜,太多的感慨。

阳春三月下南方,煦风和暖脚步疾。这场沐浴着骨肉之爱的探亲之旅、红色之旅、文化之旅、观景之旅,令我收获满满。这趟难忘的南方之行,将成为我生命中无比温暖的一段记忆,永远珍藏在我的人生史册中。

湘西·边城

20世纪80年代初，著名导演凌子风执导的电影《边城》火遍大江南北。让我知道了遥远而神秘的湘西，继而认识了沈从文和他笔下的边城。今年仲春一个微风和煦的日子，我终于走进了向往已久的梦中"桃源"——湖南湘西土家族苗族自治州花垣县，寻访沈从文先生笔下的边城。

边城镇原名茶峒镇，始建于清嘉庆八年（1803）。小镇背靠太山，左依九龙山，右傍香炉山，面朝凤鸣山。这里群山环抱，山中有城，城中有山，是湘西四大古镇之一。

古城地处川湘黔三省交界处，同贵州省松桃县迓驾镇、重庆市秀山县洪安镇接壤。故沈从文在中篇小说中将其命名为"边城"，边城的故事由此拉开序幕。

《边城》讲述的是船家女翠翠凄美的爱情故事，同时也勾勒出湘西烟雨蒙蒙、如诗似画般的美景。土家族、苗族古老的民风民俗，吸引了无数文人骚客慕名而来，短短数十年便带火了边城。

依山傍水的边城，城楼雄峙，墙垣逶迤。正午时分，蜿蜒流淌的清水江在春阳的照耀下显得分外清澈，一排排吊脚楼矗立在河岸边，鳞次栉比，古色古香，是湘西特有的建筑风格。两岸的步行街上，来自全国各地的游人络绎不绝。

为体验"鸡鸣三省"的真实场景，感受"桨声舟影、渔歌唱和"的宁静幽寂，我乘上了一条小篷船。船家是一位微胖的中年妇女，神色淡然，不善言谈。她单手使桨，将小船划得又快又稳，不一会儿工夫就来到了竖立着界碑的岸边。

界碑位于湖南、重庆、贵州三省市交界处，碑身的三面分别刻着"湖南""重庆""贵州"的大红字样，面对着各自省市的方向，我们分别留影并拍下了视频，实地感受了"一脚踏三省"的冲天豪气。

沈从文在《边城》开篇中写道："由四川过湖南去，靠东有一条官路。这官路将近湘西边境,到了一个地方名为'茶峒'的小山城时,有一小溪,溪边有座白色小塔,塔下住了一户单独的人家。"我们沿着河畔的游步道慢行,远远看见一座耸立在半山腰的白塔,这就是《边城》中的标志性建筑——白塔。小说中写道,白塔最终倒塌了,翠翠的爷爷也去世了。这座白塔是根据小说中的描述专门建造的。

在白塔的旁边,有一栋小木屋,这便是大名鼎鼎的"翠翠屋"。沈从文在《边城》中写道:"风日清和的天气,无人过渡,镇日长闲,祖父同翠翠便坐在门前大岩石上晒太阳。"现在的翠翠屋,系按小说描述仿建而成。如今,江水岩壁依旧,古渡摆舟犹在,但翠翠与爷爷的故事早已远去,睹屋思人,令人不胜感伤。

与界碑隔河相望的是重庆市秀山土家族苗族自治县的洪安镇。我们坐着一条叫"拉拉渡"的船横渡清水江。这是一种由两名船夫、一条铁缆绳、一根硬木棒组合而成的水上交通工具。短短两分钟,我们便从湖南到了重庆。

洪安镇因与对岸的边城镇在民族构成、民俗、建筑风格、服装风格、饮食喜好、方言皆相同,为沾边城的"光",便自称"边城景区",吸引了许多"沈粉"到此一游。根据沈从文先生自述及专家考证,边城确为对岸的边城镇。沿清水江逆流而上,可见"象鼻吸水"、三不管岛、翡翠岛、古镇城墙、"二野"司令部旧址、刘邓大军进军大西南纪念碑、语录塔等久负盛名的景点。

我漫步在边城充满古朴气息的巷道,在历经沧桑的古桥上驻足,这里没有城市的喧嚣,有的只是流水古居的闲适与安逸。这,想必就是边城超然世外的原因吧。

湘西·凤凰

凤凰古城,位于湖南省湘西土家族苗族自治州凤凰县的沱江镇,始建于明朝嘉靖年间,是一座保存完好的明清古城。历史文化悠久,民俗风情独特,因西南方有山如凤而得名。

凤凰古城绵亘逶迤于武陵山脉深处,依山而筑,环以石墙,濒临沱江,其自古就是湘西地区的政治、军事、经济、文化中心。这里"西托云贵,东控辰沅,北制川鄂,南扼粤桂",是湖南和贵州来往的交通要道,历来为兵家必争之地。

"等一城烟雨,渡一世情缘。"得益于古城优美的自然风景、独特的民俗风情和沈从文先生的生花妙笔,近年来,这座曾经"躲在深闺人未识"的小城让世界认识了独属于它的古朴静谧和神奇魅力。

凤凰古城是文学大师沈从文的故乡,更是众生眼中的世外桃源,国际友人路易·艾黎赞其为"中国最美丽的小城"。沈从文先生就出生在凤凰古城的一座四合院里,他的作品大多创作于此。可以想见,他对凤凰古城有着深厚的感情。

读你千遍,不如见面。今年仲春时节,我有幸走进了凤凰古城。沿街徐行,沈从文先生笔下的老街、古巷、祖屋、食肆、青石板和飘着袅袅青烟的吊脚楼历历在目,清澈的沱江在古城墙下蜿蜒流淌,坐在小舟上可见苗式建筑的飞檐翘角如巨龙飞舞。身着色彩艳丽的土家族、苗族服饰,佩戴银饰的姑娘们,走起路来叮当作响,俨然成为古城一道亮丽的风景。

漫步其间,浓郁的湘西古韵扑面而来,仿佛时光倒流,又回到了市井喧嚣的民国初年。只是时过境迁,穿梭在这里的早已不是当年的船工和苗女,唯有他们的红尘情事令人浮想联翩。

凤凰古城中还保留着一处苗家边墙建筑遗存群,被称为中国的"南方长城"。登上古城墙,坑坑洼洼的石板路,被风雨侵蚀的木质立柱横梁,城楼牌匾上暗淡的墨迹和已显模糊的题字,无一不在诉说着流逝的岁月和曾经的故事。透过这些古老的遗迹,人们依然能想象到当年这里的硝烟弥漫,战火连绵。

走进沈从文的故居,遗墨、遗稿、遗像……睹物思人,先生的风采令人倾倒,先生的传世大作至今仍墨香扑鼻:民国版、新中国成立初版、改革开放版、大字版、古装版、外文版……足见一代文学巨匠创作之勤奋、成果之丰硕。

"凤凰城里凤凰游,人自堤行江自流。笑语时传浣纱女,轻波频载木兰舟。衣牵石巷青如染,光映廊檐淡若浮。遥望危崖红树上,片云飞去那山头。"这座小城,就这样静静地存在着,青山和碧水环抱着它,古老沧桑的样貌,记录着它的过往,清雅、宁静、恬美,如在画中,又在诗中。

告别凤凰古城,淡淡烟雨中的湘西已是暮色四合。这座享有"北平遥、南凤凰"盛誉的古城,这座近百年前沈从文先生笔下"我就这样一面看水,一面想你"的古城,一如往昔。

"陪"儿子读大学

今年 7 月底,儿子终于结束了四年的大学生涯,走上了工作岗位。我在长舒一口气的同时,回想起这四年来的异地陪读,不由得百感交集。

从儿子上大学的那一天起,和众多异地求学的学子的家庭一样,我们这个家正式拉开了两地牵念的亲情大幕。我们虽然不在儿子身边,但无时无刻不在关注着他成长的每一步,为他有了进步而欢欣鼓舞,为他遇到挫折而担心忧虑,为他生病受伤而心疼难受,儿子学习和生活的点点滴滴,都让我们牵肠挂肚。

大学四年,儿子的成长带给了我们诸多惊喜和自豪:宿舍里叠得方方正正的"豆腐块"、穿上军装时的威武帅气、走正步时的铿锵有力、敬军礼时的标准利落、野营拉练时的大步流星、主持文艺晚会时的落落大方、辩论比赛时的妙语连珠、编辑系报时的精心谋划、演出话剧时的声情并茂、打篮球时的矫健身姿、寒暑假回家时的热烈拥抱、家人生日时的温馨问候、祭奠外公时的深情告慰……这一切,无不让我们感到开心和欣慰。

与此同时,儿子的四年大学生活,也带给我们诸多忧虑:性情耿直常常得罪人、学习成绩老是徘徊在中游、因生病做手术令家人焦灼不安、打篮球受伤严重卧床不起、花钱大手大脚不思节俭、丢三落四遗失证件麻烦不断、假期同学聚会没完没了家人难聚……

上大学以来,儿子说过的两段话令我深为感动。一个是儿子在即将踏进校园时写的一段 QQ 留言:"离开库尔勒之前,我努力见了每个想见的人,因为这一去,再见时已是万水千山。有人说部队不适合我,但进了军校,就是部队的一员,身负使命,就必须有军人的觉悟了,希望大家理解。今后见面,请站在我的左手边,因为我敬军礼的右手,属于祖国。"

另一个是他拉着行李箱泪别校园时的微信留言："我是个后知后觉的人，直到一觉醒来的这一刻才恍然明白，这是我最后一次以学生的身份离开校园了。有些人留在昨天，可能再也见不到了。我自认为是个坚强独立的人，可是此时此刻，坐在逐渐远离校园的高铁上，我终于悲从心起，哭出声来……"

这一切，让我对儿子的内心世界有了进一步的了解，他不再是那个幼稚单纯的小男孩。他有着男子汉携笔从戎、报效祖国的使命感、责任感，也有着善良细腻，重情重义的一面。儿子长大了，已经是一名有着深厚家国情怀的军人了。

四年前谢师宴上的叮嘱言犹在耳，四年前送儿子上大学时的场景清晰如昨。如今，随着儿子大学毕业参加工作，开启新的人生航程，这一切都已经成为过往，永久留存在他的青春相册中，也永远留在了家中亲人的记忆深处。

此时此刻，我想用近年来大学毕业晚会上流行的那首《明天，你好》送给儿子，希望他能拥有属于自己的美好明天："看昨天的我们走远了，在命运广场中央等待。那模糊的肩膀，越奔跑越渺小。曾经并肩往前的伙伴，在举杯祝福后都走散。只是那个夜晚，我深深地都留藏在心坎。长大以后，我只能奔跑……每一次哭又笑着奔跑，一边失去一边在寻找……明天你好，声音多渺小，却提醒我，勇敢是什么。"

二孩，延续亲情

每次在视频中看到二孩家庭，尤其是年龄相差十几岁的大孩、二孩之间那种亲密相伴的温馨场景时，我总是在感动之余心生遗憾。感动的是这血浓于水的骨肉亲情，遗憾的是自己只有一个孩子。

小的时候，"多子多福""养儿防老""人多好干活"的观念在大人们的思想中根深蒂固。因此，那时候的家庭有三四个孩子很正常，五个六个不嫌多，十个八个也不稀罕。进入 20 世纪 80 年代，我国人口快速增长，庞大的人口数量直接影响到经济的发展和群众生活水平的提高。为限制人口增长、提高人口素质，国家实行了计划生育政策。

近年来，我国的人口形势发生了历史性转变：生育率逐渐进入低水平，男多女少、老龄化、劳动力减少等一系列问题日渐严重。为缓解人口老龄化、改善劳动力供给结构、促进人口长期均衡发展，2016 年，国家全面放开二孩政策，许多一孩家庭纷纷响应，二孩家庭逐渐增多。

对有生养愿望和生育能力的家庭来说，生二孩不仅仅是为了让大孩多一个弟弟或妹妹，多一个亲人，感受来自手足的爱，也是为了让他们懂得分享、学会负责、懂得体贴，更好地适应外部环境，融入社会生活，健康快乐地成长。

生二孩还有一个好处是：给大孩找一个青少年时期的玩伴，长大后，无论孩子身在何处，除了父母，还有一个兄弟姐妹能彼此依靠，共同面对人间风雨，一起慢慢走过人生路。

记得我小时候，身边的大多数家庭都很贫寒，但人丁却很兴旺，粗茶淡饭一窝孩子抢着吃，没个够；衣服不够穿，补丁摞补丁，大的穿完了小的接着穿；上学时大的牵着小的，玩起来满院子大呼小叫；打起架来一哄而上，兄弟姐妹一致对外，自家帮自家,打断骨头连着筋,谁让咱是一家人呢。

"一定是特别的缘分,才可以一路走来变成了一家人,他多爱你几分,你多还他几分,找幸福的可能,从此不再是一个人……"歌手张宇的这首《给你们》,虽说描述的是爱情,但用来表达手足之情也非常贴切。

正像那句在网络上打动了千千万万人的话:"我们之所以要二孩,不是因为我们有钱、有时间,也不是一定要生个男孩或者女孩,而是我们想给孩子留一个亲人,一个可以依靠的亲人。"

张家港纪行

2021 年初夏时节,我赴江苏张家港市参加《全国县级文明城市测评体系》修订工作会议。在时隔 12 年后,我再次来到了这个大名鼎鼎的荣获全国文明城市"六连冠"的城市。

2009 年 12 月,我曾有幸到张家港市考察学习。因行程较紧,我只短暂停留了一天,走马观花地参观了几个观摩点,未能探寻到张家港创建全国文明城市的"真经",留下了诸多遗憾。如今再来,我心中满是期待。

初夏的张家港,绿意盎然、满目清秀,江南水乡的诸般美景尽收眼底。漫步街头,街面整洁、河水清净、天空澄澈,交通井然有序,市民举止有礼,处处洋溢着和谐幸福的氛围,一派文明祥和的盛世华景。

2005 年,张家港和库尔勒作为全国第一批争创全国文明城市的竞争伙伴,一同获得了作为创建全国文明城市前置条件的 "创建全国文明城市工作先进城市"称号,与全国其他入围城市展开了激烈竞争。遗憾的是,库尔勒市未能在当年获得"全国文明城市"殊荣。

之后,库尔勒市认真学习张家港精神,发扬"敢为人先、迎难而上、艰苦奋斗、百折不挠"的创建精神,咬定青山不放松,最终于 2009 年 1 月捧得"全国文明城市"桂冠,成为西北五省区第一个获得这一殊荣的城市。

走进张家港,我深深地感受到:这是一座有着大爱大义的崇德向善之城,这是一座有着浓浓书卷气息的文化之城,这是一座市民幸福感满满的和谐宜居之城。这一刻,我终于明白了:持之以恒传承文明基因,久久为功涵育文明素养,不懈不息激发文明脉动,驰而不息追求文明高度。这正是张家港文明城市创建密码之所在。

在张家港,尤其令人感动的就是志愿者服务。至今,我的手机里还保留着这样一条短信："感谢您参加《全国县级文明城市测评体系》修订工作座谈会。会议期间服务不周之处还请您多多谅解，请对我们的会务工作多提宝贵意见。期待您再次光临文明张家港。志愿者陈银。"

从乌鲁木齐出发后，张家港的志愿者就通过电话、短信方式，向参会人员提供"一对一"专属服务。当志愿者得知我和新疆的另一名代表在飞机落地后还要换乘高铁，为减少我们的辗转奔波之苦，他们派车到机场把我们接到了张家港。会议结束后，他们又安排专车把我们送到虹桥机场。作为东道主，张家港人严谨细致的会务服务、温馨舒适的住宿服务、营养卫生的餐饮服务、周到贴心的接送服务，给我们留下了深刻的印象。

如今的张家港，虽声名远扬却没有陶醉在荣誉中不思进取，而是举全市之力，朝着"全力打造文明典范新品牌，奋斗提升文明新高度，为争当社会主义现代化建设排头兵做出新的更大贡献"这一目标阔步前行，全力争创新时代全国文明典范城市。

短暂的张家港之行虽然结束了，但它留给我们的启迪却远远没有停止。创建文明城市之旅一路走来，有张家港的引领和陪伴，我们对未来充满了信心和力量。值此仲夏时节，我在美丽的孔雀河畔真诚祝愿：愿张家港的明天更美好。

外出考察撷趣

　　2001年春,我参加了有关部门举办的一期业务培训班,并赴内地进行了一个月的参观考察。其间发生了一些令人捧腹的趣事,至今想起来仍令我忍俊不禁。

　　2001年5月初,经过两个月的理论学习后,我们培训班一行40余人从库尔勒火车站出发,踏上了外出考察的第一站——西安的行程。为排遣漫长的旅途寂寞,同学们提前做好了充足的物资准备,什么卤肉烧鸡、肘子香肠、烤全羊、花生瓜子、白酒啤酒、西红柿、黄瓜、大葱、皮牙子(洋葱)、青椒和各种水果等,还有馕、方便面、面包饼干什么的,把数十个大包小袋塞得满满当当的。

　　火车一开动,同学们便以包厢为场地,以小组为单位(全班分为四个小组),开始了各种各样的文化娱乐聚餐活动。有看书报杂志的,有凑在一起聊天谝传子的,有打扑克下棋的,有一整天迷迷糊糊睡不醒的。大家摆上几盘自带的卤味,拌上一盆"皮辣红"就开整,每天从早晨9点多就开始,一直"造"到深夜两三点钟才散场。

　　三组的王同学一上车就呼呼大睡,不知不觉将头伸出了床沿。兴许是做梦吃海鲜大餐呢,一道哈喇子不自觉地从嘴里流了出来,长长的一直垂到下铺,在阳光的照耀下亮晶晶的,引来众多同学围观,还有好事者上前抓拍作为"留念"。

　　车到兰州黄河大桥时,已是深夜3点多钟。睡在中铺的我正准备起床小解,忽听下铺传来一阵"咯吱咯吱"的响声,还以为是车厢里的老鼠偷吃我们白天剩下的下酒菜呢。我探头望去,只见淡淡的月光下,下铺的雷同学捧着一只卤猪蹄啃得正香呢。见我要下床,他以为我也是来吃夜食的,急忙摸了一只猪蹄递过来:"要不你也来一只?喝了一天的酒没吃饭,肚子饿了,吃点肉垫一下。"弄得我哭笑不得。

　　火车过了甘肃后,为防止食物变质,大家纷纷把带来的烧鸡、烤全羊、卤猪蹄、酱肘子拿出来,用绳子拴好,挂到车窗上方的毛巾架上晾起来,琳琅满目长长的一溜,乍一看像是进了风干肉店。

同学小孙生得体胖敦实,是一个名副其实的"吃货"。自打上了火车,除了睡觉上厕所,他的嘴就没停过。每到一个大站,停车后他都要下去买当地的名小吃。什么武威卤肉、天水烤馍、宝鸡烧鸡、德州扒鸡、道口烧鸡、南京盐水鸭、绍兴茴香豆等,还有各地的特产瓜果。走一路买一路、买一路吃一路,愣是把肠胃吃出了毛病,成天嚷嚷肚子疼。

在上海到青岛的列车上,笑点极低的同学老常听了一个搞笑的段子后,差点儿笑疯了,一想起来就笑个不停,整整笑了一下午。当天深夜4点多钟,睡得正香的同学们突然被一阵大笑惊醒了。几名同学循着笑声找到边上的一间包厢一看,老常坐在卧铺上,一个人捂着肚子笑得正欢呢。原来,老常夜里起来小解,又想起了白天的笑话,实在忍不住大笑起来。众同学见状,无不摇头无语。

从库尔勒出发时,由于同学们带的黄瓜、西红柿、青椒、皮牙子和啤酒太多,到西安下车时,还剩十几箱啤酒没喝完,食物也剩了许多。班长当机立断,立马指派生活委员联系列车上的餐车长,经过一番讨价还价后卖给了他们,所获款项用于集体活动支出。

我们在苏州,被导游忽悠着狂买伪劣丝绸领带;在青岛,大眼瞪小眼看着塑料袋装的散啤酒不知如何下口;在上海,吃饺子时因店家不倒茶不给餐巾纸引发激烈争执;在江苏无锡华西村,未婚的小林同学与导游小姐姐一见钟情差点私订终身;在大连,老秦同学扛着一条一米多长的黄鱼干,招摇过市如入无人之境,引来众多行人怪异的目光……

外出考察一月余,沿途趣事何其多。你方演罢我登场,留下笑声一串串。

老杨和他的饺子馆

老杨的饺子馆位于梨城石化大道的一个居民小区里。门脸不大,满打满算也就20多平方米,挤挤挨挨地放了七八张桌子,很是拥挤。

饺子馆原本开在老城区的一处临街门面上,自从20世纪90年代中期开业以来,就深得新老顾客青睐,生意一直很红火。后来,随着经济增长,老城区日渐拥挤,出行难、停车难的矛盾变得越来越突出。思忖再三,老杨决定到宽敞的新城区寻求发展。于是,他便在2015年连住宅带店铺一并转移到了现在的小区。

老杨原本是梨城一家中型国有企业的工人,妻子也是同厂的工人,两人养育了一儿一女,小日子虽说不富裕,倒也吃喝不愁,安安稳稳。20世纪90年代中期,老杨所在的企业倒闭,两口子人到中年,双双下岗成为失业大军中的一员。

为养家糊口,两口子没少折腾。打过工、摆过地摊、开过小商店、包过"招手停",却一直没挣上什么钱,日子过得紧巴巴的。后来,同为山东人的两口子一合计,与其在不熟悉、不擅长的行当里瞎闯荡,何不发挥咱山东人做饺子的特长,开家饺子馆呢? 说干就干,两口子经过一番考察,在离家不远的街面上接手了一家手工面馆,略加改造后开了这家饺子馆。

饺子馆从开张的那天起就明确了经营宗旨:饺子为主、凉菜为辅,主打家常味,走大众路线。多年来,为人朴实厚道的老杨是这么想的,也是这么做的。饺子馆刚开张时,就老杨夫妻俩里里外外忙活,上初中的儿子和闺女放学后也过来帮忙打打下手。这么多年来,他们从未雇过伙计,以至于我每次去都会很纳闷,这么多的活计,两口子是咋干完的?

老杨店里的饺子品种多,有肉的、有素的、有海鲜的,做法有干的、有汤的。他家饺子味道好,咸淡适中、鲜香适口,家常风味浓,而且分量足、皮薄馅大、价格实惠。

此外，店里还有一大法宝——小凉菜。老杨的小凉菜都是用上好的食材亲手调制的，绝对的良心菜。荤的有猪头肉、卤猪蹄、猪心、猪肝、肉皮冻、牛肉、牛肚、牛蹄筋等，素的有拍黄瓜、拌三丝、花生米、皮辣红、泡萝卜皮、酸白菜、五香大豆、豆腐干等，下酒佐餐十分可口，尤其受到酒客们的喜爱。经常有客人吃饱喝足后，再打包几份小凉菜带走。

老杨两口子为人实诚，待客热情和气，干活勤快利索。店内干净整洁，让人看着舒心，结账时抹个零头从不小气，很快就赢得了口碑，吸引了人气。饺子馆每天从早晨开张到晚上关店，食客不断，生意十分兴隆。20多年来，凭着自己的辛勤劳动，老杨养大了一对儿女，儿女们也很给老杨长脸，大学毕业后双双考进政府机关工作。

老杨性格随和，食客到饺子馆吃饭就像到自家一般，酒酣耳热后喜欢硬拉着老杨喝两杯。老杨也不推辞，停了手里的活计，递上一圈烟后端起酒杯就喝，但他绝不多喝，三五杯酒下肚后便找借口离席，钻进厨房端两盘小凉菜赠送给酒客们，有来有往，让食客们都乐乐呵呵的。

老杨的饺子馆从老城区搬到新址后，一部分老食客仍不离不弃，不惜打的、坐公交车远道赶来追寻"老味道"，用他们的话说就是：吃了二十几年，已经离不开了。每次听到这些话，老杨虽默然不语，脸上却总是挂着欣慰的笑容。

老店刚开张没多久，我就成了那里的常客，后来又跟老杨成为朋友兼酒友，搬到新店后依然如故。到如今，已经20多年了。老杨从当年的黑发大叔变成了白发大叔，我们之间的友情也像一壶陈年老酒，越老越醇厚。

在中国，不知有多少像老杨这样普普通通的平头百姓，他们日复一日、年复一年地辛勤劳作，过着自食其力的小日子。虽没有大贵大富，但他们享受着普普通通的快乐，安度着平平凡凡的人生。与世无争、乐天知命，这又何尝不是一种快乐和幸福呢？

店主老吕

认识老吕，是在 2005 年左右。因为我每天上下班都要经过他在萨依巴格路开的小商店，有时顺便买点儿东西，一来二去便和老吕熟络了起来。

老吕年轻的时候当过武警，转业后曾在塔里木某监狱当过狱警。后来，他辞职来到库尔勒，为了生计干过不少行当，如今年纪大了，不想再东奔西跑四处折腾了，便租了这间沿街的门面房开了这家小店。

老吕的小店位于一幢沿街大楼前的一排平房中，这排平房建于何年何月已无从考证了。老吕的商店是这排平房中最小的一间，满打满算也不过五六平方米。店内摆着两个一米长的柜台，放了一张窄小的单人床，到处塞满了待售商品，站脚的地儿不足一平方米，十分逼仄拥挤。

老吕虽说文化程度不高，但在经营小店上却有自己的见解：首先要根据周边顾客群的特点来决定经营品种，要有针对性，不能盲目求全，一定要瞄准大众的需求来进货；其次，要薄利多销，同样的商品，价格一定要低于其他超市和商店，顶多持平，决不能高，这样才能留住熟客；再就是服务态度要好，早来晚走要熬得住，要有耐心、脾气好，处处为顾客着想，不能怕麻烦。

小店虽小，却被精明的老吕经营得挺红火。当初老吕租下这里，就是看上这里临街，旁边有好几个小区，不愁客源，附近没有商店和超市，竞争对手少，还有就是旁边有一所中学，学生上下学大都从这儿经过，文具、小食品、冷饮不愁卖，再加上房租便宜，压力小。

在这里开店站稳脚跟后，老吕还抓住旁边有一家歌舞厅的商机，在店门口找来一家卖烤羊肉的小摊贩，在小伙计给歌舞厅的客人送烤肉的时候，趁机搭售自家店里的香烟和啤酒，又小赚了一笔。此外，老吕还搞起了多种经营，在店里售卖"刮刮乐"彩票,又是一笔收入。

平时,老吕和老婆两个人轮班看店,轮流回家吃饭。小店每天早晨 8 点多钟就开门了,常常到深夜两三点钟才打烊,有时打烊晚了,老吕就睡在店里。凡是附近的顾客打来电话要求送货上门的,金额超过五十元,老吕都是免费跑腿去送。老吕两口子早来晚归辛苦经营,小店的收入还不错,除去老吕一家三口的生活所需后还略有盈余。

小店的条件很差,没有暖气,没有上下水,上厕所得跑到旁边的一家招待所。冬天靠烧火炉取暖,夏天只有一台老的台式风扇降温。到了冬天,本来就小得可怜的购物区再放上一个火炉,店里就只能站得下一个人了。有时候火炉跑烟,满屋烟雾腾腾,呛得老吕直咳嗽。有几次夏天到老吕的小店,一掀门帘子,一股热浪便扑面而来,只见老吕坐在又闷又热的小店里,开着风扇,摇着蒲扇,仍旧是大汗淋漓,不免感慨:老吕挣这点辛苦钱真是不容易啊。

虽说经营小店十分辛苦,老吕却好像没有发愁的时候。白天看店,老吕爱在门口支个象棋摊,拉人"杀"两盘,周围总摆着几个小凳子,老顾客来了总要坐下一起聊天吹牛。每逢晚饭有好菜时,老吕便自斟自饮两杯小酒微醺一把,日子过得倒也惬意。

2011 年底,老吕小店后面的楼房要拆掉重建,小店自然是保不住了,老吕在拆迁前搬离了这里,此后一直没有再见过。一晃 12 年过去了,闲暇时,我眼前时常浮现出老吕两口子那熟悉的面容,想起跟他和一帮老友在一起谝传子时的开心时光。不知老吕现在何方? 还在开商店吗? 真诚地祝福他平安快乐、阖家幸福。

裁缝小常

小常其实不小,已经是四十好几的人了。他在我原来居住的小区里开了一家小小的裁缝店。这小店原来是小区业主在自家阳台旁边自建的一间约 3 平方米的铁皮房。小常把铁皮房和旁边的阳台一并租了下来,阳台就用来当卧室兼厨房。

小常的顾客主要是小区的一些大姐大妈们,业务以修修改改为主,来做衣服的不是很多。据小常说,他年轻时曾在广东的服装厂打过工,学了一手裁缝手艺。后来年纪大了,就回了位于库尔勒远郊的团场老家,又因吃不了务农之苦,为了生计来到梨城重操旧业,开了这家小裁缝店混口饭吃。

小常生性乐观,成天乐呵呵的好像没什么愁事儿。由于小店在小区里面,不沿街,小区周边又没什么大的居民区,生意一直不温不火,顾客稀稀拉拉的没几个,小常却老是笑眯眯的,一点儿也不着急。有活儿了就忙一阵儿,没活儿时就在店门口跟小区的居民打打扑克、下下象棋、聊个天什么的,要不就一头扎进阳台小屋呼呼大睡,一副气定神闲的模样。铁皮房条件很简陋,没暖气没空调,冬天冷得像冰窖,能把人冻透,夏天热得像蒸笼,待一会儿就大汗淋漓。小常有时在里面一干就是一天,从没听他抱怨过。

小常是个单身汉,吃饭基本就是凑合。有时间了就自己动手炒个菜,弄点儿米饭、面条、馒头什么的对付一下,不想做就到小饭馆吃个炒面拌面、抓饭包子什么的,权当是改善生活了。

大约是在 2008 年,小常经人介绍谈了个女朋友,是市里某兵团建筑单位的职工,个子不高,戴副眼镜,经常过来帮他收拾收拾屋子、打打下手做个饭什么的,有时还一起出去散散步、逛逛街。后来,不知什么原因两人分手了,这一来,小常又被打回了光棍原形。

　　小常虽说收入不高、生活节俭,却有两大爱好:一是抽烟,每天除了睡觉外,几乎是烟不离嘴;二是喝酒,每天中午、晚上两顿小酒,雷打不动。小常喝酒不讲究,下酒菜很简单,有一碟小菜就行,荤素都成。酒也是很便宜的那种勾兑酒,能把头打晕就行。后来,小常因意外事故眼睛受了伤,治疗期间,医生要他戒烟戒酒。伤好后,小常的烟是戒掉了,酒却又喝上了,后来一直没断过。

　　小常平日最爱听我讲笑话,每次听高兴了,眯着一双小眼,笑得咯咯的,像要背过气去。有时第二天见了我,想起头天的笑话,又笑得不行,像个小孩儿一样。小常的日子虽然过得很清苦,但他却怡然自得。

　　不知什么原因,小常很少回团场老家,即便是过年也只在家里待个一两天就回来了。有一年春节,我应邀到他的阳台小屋做客,两人一起小酌了几杯,也算是陪他过节了。2014 年 8 月,我搬离了小区,此后就再也没有见过他了。

　　不久前的一天,我到小区的老屋去取东西,顺带去看看小常。谁料过去一看,铁皮房已被拆除,阳台小屋空空如也。向房东打听才知道,小常已离开好几年了,不知道去了哪里。站在裁缝店的原址上,我怅然若失。

　　小常,不知道你现在在哪里?我很想念你。如果你能看到这篇文章,希望你能联系我,你的老朋友热诚地期盼着与你再次相见。

"糖公鸡"老王

在梨城某事业单位工作的老王,堪称一只地地道道的"糖公鸡",不仅自己一毛不拔,平时还恨不能从别人身上粘下点东西来。

老王今年五十挂零,生在城市,长在城市,属于正儿八经的"城里人"。他高中毕业后"招干"进了这家事业单位,一干就是30多年。老王的老婆也在机关上班,家里就一个闺女,生活条件不错,按说不应该这么"啬皮"(抠门)的,可老王偏偏就有这种习惯。

据老王单位同事"控诉":自打老王来到单位,就没见他请过一回客。但只要有同事请客,他从没落过一回,而且是一叫就去,不问原因,从不客气,敞开肚皮可劲儿造,一点儿也不见外。有时同事相约凑份子撮一顿,他一听要自掏腰包,便找各种借口不去,久而久之,大家都"自觉"地不叫他了,但他也无所谓。单位同事有红白喜事,老王于情于理都躲不掉,只好随大流,但他每次都是按最低标准"出资",面对同事不屑的目光和背后的议论,老王只当没看到没听到,一副死猪不怕开水烫的架势。

前些年,单位领导时不时安排大家聚个餐,一来犒劳犒劳大家,二来可以让同事间交流交流感情。每到这个时候,老王总是头一个到,早早坐在那里恭候领导和同事,比上班还积极。酒席一开场,平时不抽烟不喝酒的老王烟也叼上了,酒也是一杯接一杯,吃起来更是风卷残云,一副好几天水米没沾牙的架势,什么主食硬菜、菜粥肉汤、水果点心,通通不放过,食量惊人,看得大家目瞪口呆:这年头,这饭量,这岁数,这吃相,不应该呀。还好,老王属于那种怎么吃也胖不起来的人,长年保持着精瘦的身材,加上头顶早早失去了"黑色植被",一见光就亮堂堂的,被同事们亲切地戏称为"干头汉"。有一回,老王跟同事谝闲传时冷不丁冒出一句:"吓得我头发'唰'一下孬起来了!"众人望着老王那光秃秃的头顶,一脸蒙:你倒是想"孬"起来,可也得有啊。

老王是个好脾气的人，脸上整天挂着笑容，在单位从没跟领导顶过嘴，也没跟同事红过脸。虽说老王是20世纪80年代师范学校毕业的老牌中专生，但工作30多年了，业务能力一直没多大长进，在单位属于"有他不多，没他不少"的角色，很不受领导和同事待见。对此，老王心知肚明，故而从不在老同事面前指手画脚，也不在新同事面前摆老资格，能偶尔使唤一下新来的大学生志愿者，享受一回当领导的感觉他就很知足了。

老王虽说"毛病"不少，但也有一个不错的爱好，那就是喜欢经常给报社投些"豆腐块"文章，既圆了自己的文艺青年梦，又顺带挣点稿费。按说，业余作者一般都要巴结着编辑，以求能多发几篇稿子。可老王却不爱搞这一套，每次去报社都是把稿子往编辑那一放转身就走，一副爱用不用的架势，十几年如一日，从没"意思"过，就算赶上饭点也无动于衷，连一顿牛肉面都没请过。如此做派，几位编辑对他虽有些"肚子胀"，但对他的稿子还是该发照发，没给他穿过"小鞋"。

据同事观察，老王在生活中几乎没有什么朋友，他从不跟发小同学联系，跟家里的兄弟姐妹也是没大事不来往。他平时偶尔回父母家一趟，顺便带些在马路边小菜摊收摊时买的"扫尾菜"，就权当是尽孝了。老王每年只在年三十晚上领着老婆孩子回父母家吃个年夜饭，初一开始便"宅"在自个儿家里，看电视、发呆、睡觉，大门不出、二门不迈，既不给别人拜年，也不邀别人来家里做客，就连拜年的电话都懒得打。一日三餐也跟平日没什么两样，随便吃点儿就打发了，家里冷冷清清的，一点儿过年的气氛都没有。年年如此，岁岁这般，很是无趣。

老王在穿着上严格遵循"艰苦朴素、勤俭节约"原则，能凑合就凑合，绝不奢侈浪费。他一年四季总是那几身旧行头换着穿，很是俭朴。一双皮鞋不知穿了多少年，鞋跟歪了，鞋帮开口笑，鞋面总是脏兮兮的，几乎看不出原本的颜色。有眼尖的同事看见老王午休时穿的二道背心上破了好些洞，还有人看见老王在农村亲戚家炕上吃饭时，脚指头从袜子里钻了出来……

同事对此议论纷纷："这老王工资没少拿，家里也没什么负担，啥钱也舍不得花，好歹也是个机关干部，一点也不注意形象，真不知是咋想的？"老王却毫不在乎，整天端着个玻璃罐头当茶杯，在相邻的几个科室里东游西逛，满世界找人聊大天，开心着呢。

至于为什么这么"抠"，老王从没跟别人吐露过，有好事者曾为此专门求证过老王本人，也没有得到明确的答案。直到现在，这个问题依然困扰着大家伙。

有人说，老王之所以五十来岁了还是一名副科级的"大头兵"，跟他不请客、不送礼、不会来事、太抠门有直接关系。老王对此不置可否，仍旧迈着一摇三晃的八字步,不慌不忙地走自己的路,偶尔嘀咕两句:"这嘴长在人家脸上,我还能给缝上?咱天生就是这命。"

要说老王一辈子没请过客,也着实有些冤枉。据一名资深同事说,一次单位聚会,酒后,老王觉得意犹未尽,借着酒劲硬是拉住几位同事不让走,非要接着再喝,还拍着单薄的胸脯大声叫嚷着他请客。随后,老王晃晃悠悠地拽着同事七拐八绕来到石化大道一条小巷道里的一家"苍蝇馆子",点了几盘小凉菜,要了几瓶小二锅头就开喝。几杯下去,老王开始胡言乱语撒酒疯,也不知是真是假。同事无奈只好买了单,将他搀扶着送回了家。出了老王家的门,同事开始在风中凌乱:"不对呀,今晚到底谁请客?"

有道是,林子大了,什么鸟都有。每个人都有选择自己人生道路和行为方式的权利,只要不犯法不违纪,你拿他没辙。虽说经过同事多次严肃反馈,老王也深刻认识到自己抠门的"短板"需要尽快"补齐",但"弱项"存在已久,且根深蒂固,短期内很难"整改"完毕,只好长期坚持了。

从没钓过鱼的"钓友"

2021年1月10日，我按惯例来到小区门口的书摊，买了一本2021年第1期的《中国钓鱼》杂志。这是我24年来每月一次的固定支出。

23年前，我在一家报社工作，因为要在报纸上开辟一个《花鸟鱼虫》栏目，为了取经，我特意从报社图书室借来一大沓《中国钓鱼》杂志，细细地研究起来。此前，我虽然也翻阅过，但从未认真分析过它的办刊特点。

《中国钓鱼》杂志集权威性、指导性、贴近性、实用性为一体的办刊风格，平易朴实的文风，丰富贴切的栏目，精彩纷呈的内容，一下子就深深地吸引了我，使我有一种"再见钟情"的感觉。打那以后，我养成了每期必看的习惯。每月的10日，我会准时来小区的这家报摊报到，23年来风雨无阻，从未间断过。我之所以选择零售而不是订阅，就是为了享受每月一次的"约会"，那种期待感甚至有些甜蜜。

虽然已经与《中国钓鱼》结缘23年了，但由于工作繁忙等原因，我根本无暇享受垂纶之乐。我没有钓过一次鱼，甚至钓竿都没摸过，但我却自认是一名地地道道的铁杆钓友，这一切，都要归功于《中国钓鱼》杂志。

23年来，通过阅读《中国钓鱼》，尤其是阅读钓友们那些描写钓鱼的文章，我这个门外汉常有如临其境之感。我仿佛也跟钓友们一起来到了海边岛礁，来到了江河湖畔，来到了库区水塘，来到了林间碧水，和钓友们一起观赏山川水色风光，一起聆听莺啼燕鸣、虎啸狼嚎，在大自然的怀抱里养性怡情；和钓友们一起为渔获丰收而欢欣鼓舞，为空手而归而懊恼不已。彼时彼刻，我的心也仿佛和钓友们一起同频共振，紧紧地连在了一起。

看《中国钓鱼》，在家中就可感受野外垂钓的无穷乐趣，我顿觉胸怀开阔、心旷神怡，倍感生活的美好，进入一种忘我的境界。尘世的喧嚣顷刻屏蔽，内心的忧烦顿然消失,一种畅快惬意的满足感油然而生。

如今,阅读《中国钓鱼》杂志,已成为我生活中不可缺少的一部分,它给我带来的快乐,一点也不逊色于钓友们在水边享受。因为我人虽不在钓场,但心早已飞到了江河湖畔,和钓友们一起亲近大自然,感受钓鱼的酸甜苦辣,品味人与生态环境的和谐之美。

感谢你,《中国钓鱼》,是你使我成为一个特别的钓友,使我在喧嚣和浮躁之中保留一分沉静、一分淡定,一方属于自己的纯净天空,感受美好生活,享受快乐人生。《中国钓鱼》,我的终身"伴侣",将永远陪伴着我。

十八团渠游泳记趣

盛夏时节,我陪同一帮内地来的文友到梨城乡间采风。在兰干乡附近的孔雀河边,我们看到一帮小巴郎(男孩子)在游泳,他们时而纵身一跃"扎猛子";时而挥动双臂奋力划水你追我赶;时而仰躺在水面上表演"水上漂",大呼小叫,玩得不亦乐乎。此情此景,不由得让我想起了小时候在十八团渠游泳的情景。

小时候,我家住在十八团渠附近工模具厂的一处大杂院里,打记事起我就开始在渠里游泳。当时十八团渠从上游的四运司和养路段流到这里后,水面一下子变得开阔起来,水由深变浅、流速减缓,形成了一个椭圆形的宽大水面,成为我们这群野小子的天然游泳池。

那时候,每年到5月初,我们就迫不及待地偷偷下河游泳了。由于水太凉,我们在河里游几个来回就赶紧爬上岸,虽说一个个冻得哆里哆嗦的,却打心眼里开心。

进入夏季后,我们这帮小伙伴几乎每天都要游泳,一天不游就急得慌,每天晚上临睡前,还要摸黑到河里裸游一番,否则觉都睡不香。"游瘾"发作时,刮风下雨也要游。用"游疯了"来形容当时的我们,一点儿也不夸张。

由于游泳时体力消耗过大,每次游完泳我都饿得前胸贴后背,赶忙跑回家找吃的,管他什么窝窝头、发糕、饼子、馒头,逮住就往嘴里塞,狼吞虎咽的,吃得那叫一个香。

那时候游泳没有现在这么讲究。现在的男孩子穿泳裤、女孩子穿泳装,那时候经济实力不允许,我们根本买不起泳裤。男孩子的泳裤都是老妈做的棉布"大裤衩",以黑、蓝、土黄、草绿色为多,长长短短、肥肥瘦瘦的,煞是好看。每次游完泳,为了把泳裤晒干,我们就一个挨一个,将前胸和屁股轮流贴在被太阳晒得滚烫的墙壁上。

　　游泳时,我们最喜欢玩的游戏是"溜河"比赛。"溜河"就是从游泳点出发,顺着河边一直往上走,少则几百米,多则一两公里,然后跳进河里顺流往下漂。在河里,不管你用狗刨、双膀(自由泳)、踩游(踩水)、潜水还是躺游(仰泳),只要不沉下去,坚持到游泳点就算胜利。记得我们最远曾经游到十八团渠铁门关路的大桥,一头扎进河里往回"溜"。一路上,揪几把垂吊在水面上的半生不熟的沙枣,一边吃一边游。虽说"泳道"太长,小伙伴们一个个累得气喘吁吁的,但却坚持不上岸,因为一旦上去,就意味着弃赛了。

　　那时候,我们游泳的主要装备就是废旧的汽车内胎。把漏点补好后,用打气筒把气打得饱饱的,往水里一扔,会游的,躺在上面双手划水,拿它当船玩,不会游的,把它当作游泳圈。我们还从附近工地偷来施工用的长木板,将一头架在河堤上当跳板,小伙伴们学着电影里的动作练跳水。

　　夏天的时候,体育老师常常将每周分开上的两节体育课合到一起,带着我们到十八团渠游泳。一到河边,会游的不会游的一个个下到河里,游泳的、玩水的、捉鱼捞虾的,玩得既热闹又开心。那时候,我们经常因为游泳忘了上课时间,迟到后编造各种理由为自己开脱。老师也不是吃素的,用手在我们的胳膊上轻轻一抠,一道白印子就出来了——游泳去了,铁证如山,休得狡辩。

　　记得1976年的夏天,为纪念毛主席畅游长江10周年,有关部门在十八团渠举办了一场声势浩大的庆祝活动。当天中午,各单位的游泳方队依次通过在十八团渠巴州客运站大桥附近临时搭建的主席台。有些单位还做了高大的木质结构的宣传牌和标语牌,在队员的护卫下,顺着水流缓缓而下,一路上敲锣打鼓,口号喊得震天响,场面很是壮观。

　　1984年,十八团渠被改造成防渗渠后,就很少有人到十八团渠游泳了。如今,库尔勒建起了现代化的游泳馆,游泳的条件和环境跟40多年前相比,有了翻天覆地般的变化。但小时候在十八团渠游野泳的快乐时光,仍是我永远也无法忘记的美好记忆。

你的好，总有人记得

小时候，我常听爸爸和奶奶回忆过去，多次听到他们对曾经帮助过自己的人的感恩之言。年逾半百后，我对此有了深切的感触：生活中，总有那么一些帮助过我们的人，让我们念念不忘。

30多年前，我在一家国企上班。当时我考上了半工半读的电大，每天上午上课，晚上上夜班。这样一来就无法完成每月的工作任务，就要被扣发工资。当时每月工资只有五六十元钱，如果工资被扣，身为单身汉的我连基本生活都成问题。车间的党支部书记赵师傅兼着调度工作，知道这一情况后，便有意安排我做一些业余宣传文体工作，借机给我多记一些工时，以便补齐每月的任务指标，保全我的工资。几年前，偶遇赵师傅说起这件事，他一脸的茫然，怎么也想不起来了，但我却一直记得这件事，多年后还念着他的好。

平时，我经常会碰到一些以前在报社工作时认识的通讯员，他们总会说起第一次到报社投稿时，我对他们的热情接待，以及发第一篇稿件时，我对他们的热心指导和帮助。将近二十年过去了，这些在报社当编辑时做的分内小事，我早已忘得一干二净了，但在他们的心目中，却是那么清晰而难忘。

我好友也跟我说过一件关于感恩的小事。好友在一次聚会上，遇到一位多年前曾一起工作的女同事。在交谈时，如今已是某单位领导的女同事眼中含泪对好友说："当年我还是一名年轻干部，被抽调到您的手下工作，每天加班到很晚，没有一个人问过我、关心过我。只有您有一次看到后，关切地叮嘱我不要干得太晚了，早点回家、注意安全。当时，倍感压抑和委屈的我心里暖暖的。这件小事您可能早都忘了，但我却一直记着这件事，想着您的好。"

某单位的一位老同志，在工作中常常热心地对刚入职的新人进行业务指导，毫无保留地把自己的工作经验传授给他们。退休多年后,同事们提起这位老同志,仍是感激不已。当时,一处材料的修改、一条合理的建议、一点经验的传授、一句善意的提醒和鼓励的话语,大家都记得那样清楚。

生活中,那些在你看来理所应当的举手之劳,可能对别人来说却是一场久旱之后的及时雨,一缕凛冽寒风中的冬日阳光,在人生低谷时的慰藉和鼓励。你对别人的好,有时只是一句话,不需要太长;有时只是一件微不足道的小事,不需要太多,但对那些身处逆境的人来说,却是那么暖心。

在生命的长河中,你也许成为不了人们口中的"好人",但你可以多做一些好事、善事,那些在你看来是举手之劳的小事,却有可能给他人带来意想不到的帮助,让他铭记一辈子。因为,你的好,总有人记得。

节后最是伤别离

正月十五元宵节,我吃过了汤圆和饺子,送走了回内地上班的儿子,看完了央视 2024 年元宵节晚会,到楼下放完了最后的鞭炮和烟花,回到突然变得安静的家中,感觉心里空落落的。

春节是中华民族最盛大、最重要的传统节日,也是万家团圆、共享天伦的幸福时光。为了熟悉的故乡和挚爱的亲人,为了短暂的欢聚,漂泊在外的游子纵使千般跋涉也要踏上回家的路。春节期间,浓浓的亲情带来的喜悦弥漫在空气中,让人沉浸在欢乐开心的幸福氛围中。一转眼,正月十五元宵节就过完了,这意味着年也就过完了。短暂的相聚,昨日的欢乐仿佛还在眼前,倏忽间又只剩下寂寥和空荡。过年,真的好像做了一个热闹的梦。

随着春节假期的结束,无数在外漂泊的游子,又该整装出发了,又不得不与亲人分别,陆续离开老家,踏上返程之旅。

正所谓"回家时有多开心,离别时就有多难过"。虽说分别是必然的,但在告别家乡、离别亲人的时刻,心中总会涌上浓浓的酸楚和满满的不舍。

每一个离别的时刻都大抵相似:难舍难分的拥抱、一遍一遍的叮嘱、情不自禁的泣诉、塞得满满当当的家乡土特产、依依不舍的挥别和目送……尤其是对上了年纪的人来说,这一别,明年春节能否再聚,便成了未知数,更令人情难自抑、感伤不已。

"露从今夜白,月是故乡明"。元宵节既是团圆夜,也预示着与春节的告别,同时也意味着新的开始、新的机遇、新的成长、新的不可预知的漫漫前路。此一别再见时,又是下一个春节,这一走又是一年。日子就是如此这般,在离别和团圆的周而复始中度过。正是有了这样的聚散离合,人间亲情才显得如此弥足珍贵。

多情自古伤离别,更哪堪节后返程。聚少离多本是人生常态,分别之后的每一次重逢,都令人更加珍惜与亲人相聚的宝贵时刻。让我们珍惜眼前的幸福、当下的欢愉,愿每一次的分别都为下一次的团聚增添更多的温暖和感动。

启新程,赴山海。已经成为过往的龙年春节,有太多团聚的瞬间让我们充满感动。我们回首告别亲人,踏上新的人生旅程,充溢着对未来的希冀和憧憬,更加期盼下一次重逢的喜悦和欢乐。

离别是为了更好的相聚。每一个不舍的眼神,都因为浸润着亲情而传递着持久的温暖。愿今天的告别,能迎来明天更好的重逢。春节渐行渐远,日子又归于平淡,让我们带着家人给我们的慰藉,带着家给我们的勇气和力量,继续前行。

往事

梨城记忆之地标

在儿时的记忆中,有许多地标性的地方陪伴着我走过了一段难忘的岁月,它们见证了库尔勒的发展和变迁,也留给了我许许多多的萦怀往事。

在众多的地标建筑中,给我印象最深刻的,无疑要属赫赫有名的人民商场了。这座砖木结构、建筑面积为1679平方米的综合商场,建成于1964年,是为庆祝巴州成立10周年建的。这里曾经是巴州乃至南疆地区面积最大、品种最全、商品数量最多的购物中心,每天都吸引大量来自周边各县和团场的顾客前来购物。那年头,对梨城人来说,人民商场是周末和节假日逛街时的必去之处。而对偏远农村的农民来说,能进城逛一趟人民商场,是一种莫大的荣耀。

说到人民商场,就不能不说与它比邻而居的巴州新华书店。当时,它的位置在现在的人民广场西侧,现巴州新华书店大楼的正对面。作为彼时巴州地区最大的综合性新华书店,每天门庭若市,是众多爱书人士心目中的"圣地",我也是那里的常客。它的正对面是大名鼎鼎的巴州电影院,几乎每上映一部电影都是一票难求。由于地理位置优越,又有小自由市场加持,这片区域成为妥妥的梨城商业文化中心。

那时候,还没有"超市"一说,大一点的商铺称为"商场""商店",小一点的叫作"门市部""小卖部"。彼时,市内较大的商场还有位于今金三角附近的农二师商场、位于今团结南路的红旗商场、位于萨依巴格路的康乐商场、位于建设路的新华商场(原州体育馆对面)、位于滨河路建设桥附近最早的自由市场(今风帆广场一带),都是我们经常光顾的购物场所。20世纪80年代末,这里曾经举行过抽奖活动,现场看热闹和踊跃抽奖的人不计其数,用人山人海来形容一点儿也不夸张。

夹在人民商场和巴州新华书店之间的,就是当年令吃货们趋之若鹜的群众餐厅了,群众餐厅在当时被简称为"群餐"。

　　那时根本没有什么个体和私营饭店一说，有的只是几家服务态度一般的国营饭店，进去吃饭还得要粮票。即便这样，群餐每天仍是顾客盈门。当时，跟群餐齐名的还有斜对面的工农兵饭店、卫星食堂（今汇嘉时代）和位于北山路与交通东路交会处的东方红饭店。在老街（今团结南路）还有一家规模较大的国营饭店——团结食堂（在今团结南路）。后来搬到现在的巴州建行大楼附近，再后来就不见了踪影。工农兵饭店和东方红饭店在当时都属于"高大上"的饭店，外地来客大都在这两家饭店吃饭住宿，极其方便。

　　在那个通信技术不发达的年代，邮电局对老百姓的重要性不言而喻。那时候，散落在市内的小邮电所只能办理一些简单的邮政业务，想办理稍微复杂一点儿的业务，就要去到位于今电信大厦的巴州邮电局。这里每天都人来人往，很是热闹。

　　巴州邮电局的斜对面，就是今金三角商贸城所在的位置，属于当时农二师的地盘，人称"三角地"。这里有一片茂盛的树林，旁边有农二师五金商店等商业单位，还有一家小冷饮厂，小时候我们常在那里买冰棍吃。很多赶着毛驴车进城卖菜的农民和小商贩都喜欢在这摆摊。尤其到了中午时分，这里尘土飞扬，人车混杂，叫卖声不绝于耳，生意十分兴隆。

　　小时候，拍全家福对于一个普通家庭来说，绝对是一件大事。因此，当时位于今电信大厦旁的绿洲照相馆和位于今人民西路的农二师照相馆，是当地人拍全家福的首选。照完相，每天掰着手指头算还有几天取照片。那种期待，用急不可耐来形容一点儿也不为过。如果照相前想要理个发的话，当年在库尔勒颇有名气的红旗理发店就在旁边，十分方便。

　　说到当年的好去处，就不能不提狮子桥。当年的狮子桥，孔雀河流水潺潺，大桥周边绿树成荫，鸟语花香。在当时全市没有一座公园的情况下，这里自然就成为人们节假日聚会游玩、郊游踏青的首选之地，并且红火了好多年。

　　如今，这些承载着老库尔勒人满满记忆的地标，早已不是旧时的模样，有些已经黯然消失在时光的长河里。而那些耳熟能详的老名称，也很少出现在人们口中了。但这些老地方曾经发生的故事，却不会随着时光的流逝而消失，它会一直在那里，也在老库尔勒人的心里。

梨城记忆之读书

生于 20 世纪 60 年代中期的我,读书生涯是从两本被称为小画书(即小人书、连环画)的儿童读物开始的。

70 年代初期,父亲在家里偷偷藏了两本小画书:一本是蓝布面硬封皮,出版于 1952 年的《关羽之死》;一本是没有封皮的话剧连环画《西望长安》,内容取材于发生在 50 年代、轰动全国的一个真实的政治诈骗案。

大约五六岁时,还不识字的我把书偷偷拿出来,趁大人不在家的时候看,由此引发了我对阅读的兴趣,在懵懂中打开了我认识世界的另一扇窗口。

我们这些 50 后、60 后乃至 70 后在童年读书经历中,不约而同地都读过小画书。因为在那个年代,还没有后来那么多的幼儿、儿童、少年读物,图文并茂的小画书可以说是唯一适合儿童的读物。

上小学后,我开始从同学那里借一些儿童杂志和图书,这极大地丰富了我的阅读范围。那时的我,每每拿到新书都如获至宝,一读起来就如痴如醉。

那年头,文学和知识类图书也是寥寥无几。我最早接触的大部头文学读物,是两本极破烂的书,一本是《烈火金刚》,一本是《苦菜花》。那时候,作为小学生的我,认识的字还不多,看这些书的时候只能连猜带蒙、囫囵吞枣。但我每晚还是躲在被窝里,悄悄打着手电筒,读到深夜两三点钟才睡。

上初中时,大批的世界名著、中国名著和小画书再版发行,加之当时文学界解放思想、大胆创作,文艺作品大量涌现,呈现出井喷式的发展态势。文学类、知识类读物占据了图书市场的大头,尤其是文学类图书和期刊、小画书,种类繁多,数量巨大,其中,再版的世界名著、中国名著、文学类期刊和各类小画书最受欢迎。

如今,随着改革开放的不断深入和文化事业的发展繁荣,书的形态日趋丰富,从最初单一的纸质书到有了电子书。现在,手机也能听书了,人们的阅读方式发生了巨大的变化。但无论读书的方式如何变化,我对读书的热爱始终如初,这种热爱并终将伴随我的一生。

梨城记忆之出行

20世纪七八十年代,库尔勒人出行时,路途近的基本是步行和骑自行车,农村还有马车、牛车、毛驴车可以代步;路途远的主要以坐长途汽车为主。当时巴州客运站那破旧的候车厅、简陋的停车场,来往旅客或背或提着大包小裹、脚步匆匆的情形,至今历历在目。1984年南疆铁路开通后,库尔勒人坐火车到乌鲁木齐和内地就方便多了。

那时候,库尔勒还没有公交车和私家车,老百姓在市区内活动,主要以步行和骑自行车为主。所以,自行车作为家庭的主要财产和唯一的交通运输工具,承担着代步和运东西的重要任务。那时候的自行车主要有凤凰、飞鸽、永久、红旗等几个牌子,主要有24、26、28等几个尺寸的车型,28就属于加重自行车了,载重量更大。如果是带链盒的,就属于高档的自行车了,价格要贵一些。那时候,几乎每个单位都配有公用自行车供干部职工外出办公时使用。

记得当时我最羡慕的是一个在邮电局工作的同学,公家给他配发了一辆送邮件的墨绿色自行车,他骑上自行车上班送邮件,下班到处跑,可神气了。

那时候,学骑自行车一般都要经历套梁(身子悬在自行车左侧,左右脚在横梁下的三角区内蹬脚踏板)、上梁(左右腿分跨在横梁两边蹬脚踏板,臀部悬空)、经过了这两道坎,就算是学会了,可以坐在车座上骑行了。

那年头,一个小伙子用凤凰牌自行车载着一个大姑娘,就像现在开奔驰、宝马载着一位美女一样,回头率绝对高。那时候结婚,很多新娘子就是被新郎骑着自行车载回家的。当年,小青年们最拉风的事儿,就是一个哥儿们骑着自行车,横梁上坐一个,后座上载两个,在大街上招摇过市。

20世纪80年代中期,公交车出现在库尔勒街头,老百姓的出行又多了一种途径。最初的公交线路只有火车东站到市医院（现市第一人民医院）这一条线路，后来相继开通了2路、3路、4路、11路等线路。目前，全市有公交线路35条，总营运里程700多公里。

当时，库尔勒人要到乌鲁木齐和托克逊乘火车回内地，一般有三种途径，一是搭本单位的便车；二是到巴州客运站坐长途大客车；三是自己到路边拦顺路车，给司机塞点辛苦费或烟酒土特产什么的。当年，单位的司机可是个肥差，开着公家的车，烧着公家的油，在办公事的同时揽私活捞外快。那年头，司机师傅特别牛，成天叼着烟，板着脸，穿着翻毛皮鞋黄大衣，吃香的喝辣的，小日子过得滋润着呢。

1984年9月，南疆铁路开通，从库尔勒出行到乌鲁木齐不仅多了一种方式，而且大大缩短了旅途时间。

当时，市区交通运输工具除了自行车外，还有毛驴车和马车，不光能拉人，还能运送各种货物，便宜又方便。1990年前后，"马的"突然在库尔勒兴盛起来，装饰一新、铺着毡子、安着扶手的"马的"穿梭在大街小巷，既方便又快捷还便宜，乘客既看了街景又省了力气，好不惬意。不过没多久，"马的"就因为种种原因被取缔了。

大约是在1993年，库尔勒街头又出现了一种新的运输工具——黄包车（一种骑行的人力三轮车）。一时间，数百辆黄包车穿行在梨城的大街小巷，成为街头上的一道黄色风景线。谁知好景不长，在红火了三四年后，黄包车也销声匿迹了。

1992年，红色的夏利出租车开始出现在库尔勒街头，一种微型小客车——"面的"紧随其后亮相街头，尤其以黄色的天津大发为多。这种加上司机能坐7个人的小面包车既能拉人又可以载货，很是红火了一阵子。谁料没多久，"面的"就因故退出了出租车市场。

出租车刚出现的头几年，一直没有安装计价器，车费由司机和乘客双方自行商定，价钱高得吓人，一般人是坐不起的。1995年8月，库尔勒的出租车开始安装计价器，统一收费标准，出租车营运开始步入正轨。起步价白天5元，晚上12点以后6元，这个价格一直保持了20年。2015年底，库尔勒市的出租车起步价调整到每公里8元。曾经有一段时间，在库尔勒的街头常常能看到这样的一幕——乘客在出租车里坐着，骑来的自行车塞在出租车后备厢里，有时还能塞两辆，堂而皇之地在大马路上撒着欢儿地飞驰。

还记得"招手停"吗？20世纪90年代中期，一种介于公交车和出租车之间的交通工具——中巴车诞生了。就是那种能坐十几个人，只要路边有人招手便立即停车的小型客车，虽说在一定程度上方便了乘客出行，但突然变道和急停拉客都存在着极大的交通安全隐患。于是乎，"招手停"在风行了数年之后，退出了客运江湖，从梨城人的生活中消失。

　　40多年来,库尔勒老百姓的出行,经历了从自行车、毛驴车、马车到公交车,从黄包车、"面的"到"招手停",从老款夏利、捷达,再到新款桑塔纳、新款捷达,电动比亚迪、荣威出租车和私家车出行的华丽变身。从新疆往返内地的出行方式也实现了城际列车、高铁、动车、飞机的飞跃式进步,出行由受罪受累变成了方便快捷的舒适安全之旅。发展之快,变化之大,是我们以前做梦都不敢想的。

梨城记忆之上学

20世纪七八十年代,库尔勒地区的学校,加上农二师总共也没几所。记得当时比较有名的有巴州一中、二中,库尔勒市一中(原库尔勒县中学)、二中(原巴州二中分校)、三中、四中(曾一度改名叫高级中学)、五中、六中等。小学有市一小(即原来的巴州直属小学,简称州直小)、市二小、三小、四小、五小、六小、七小、八小等。中专学校有巴州师范学校、巴州卫生学校、巴州财贸学校和巴州农业学校,没有大学。

那时候,在计划经济体制下,大中型国营企业都是小而全的经营发展模式,很多企业还有自办的学校,称之为子弟学校,从托儿所、幼儿园、小学到初中、高中等,不一而足。

一般来说,巴州、库尔勒市党政机关、事业单位和中小型企业的孩子,可以到巴州、库尔勒市属的学校上学,而驻库大企业单位的孩子只能到自办的子弟学校上学。如果想到巴州、库尔勒市属的学校去上学,可以公对公联系协商,再就是家长个人想办法解决。

除此之外,就是兵团单位在库尔勒自办的学校了,大一点的有华山中学(兵团和地方合并时一度改名为巴州四中)、工四团团部中学及工四团分布在库尔勒周边下属连队的小学,还有后来成立的兵团三建学校。一般来说,兵团学校只招兵团单位的孩子,很少招地方单位的孩子。

当时,驻库大企业单位在库尔勒自办的子弟学校,先前有库运司学校、州车队学校、工模具学校、州水泥厂小学、504厂学校等,稍晚一些的有库尔勒棉纺厂学校、博湖造纸厂学校等。当时,我作为工模具厂的子弟,就是在厂办学校上的小学和初中。那时候,因为企业办学校受师资力量、办学条件和教学管理等方面的限制,教育水平远远赶不上地方学校,所以驻库大企业单位的孩子都以能到地方学校上学为荣。当时,班里有几名同学在初中时陆续转到州一中、二中,市一中、二中、三中、五中等学校上学,很是让我们羡慕了一阵子。

1977年恢复高考,当时全国的高考录取率普遍很低,能考上大学的屈指可数。而库尔勒地区的高考升学率远远低于全国平均水平,每年考上大学的更是寥寥无几。那年头,谁家要是出一名大学生,那可是一件了不起的大喜事,左邻右舍、亲戚朋友没有不羡慕的。考上大学,就意味着成了"公家人",毕业后可以稳稳地端上铁饭碗,后面大半辈子的生计都不用发愁了。

那时候,能有学生考上大学,政府表扬、社会称赞,学校也跟着沾光,因此,很多家长想方设法把孩子送进名校以求金榜题名。那时候,库尔勒地区高考升学率较高的学校有巴州二中和华山中学等,有几所学校一连几年都出不了一个大学生,好不容易出个中专生,都被当成了不起的成绩大加宣传。

1999年,随着国家高考招生政策的调整和招生规模的逐年扩大,高考升学率大幅上升,考大学不再是一件难事,高等教育开始走向大众化。1978年,全国共有600多万考生参加高考,录取40万人,升学率是7%。2001年,全国高考升学率为60%。2013年,全国高考升学率达到了80%以上,基本达到只要想上大学就能上的阶段。1996年,国家开始实行大学生毕业不包分配制度,1998年后大规模实行,2000年全面停止分配。至此,大学生"天之骄子"的光环逐渐褪去,变得不再那么耀眼和令人羡慕。

20世纪七八十年代,中等专业学校(简称中专)也是极好的升学选择。中专有师范、医药、财贸、体育、艺术等类别。当时,初中毕业可以考三年制的中专学校,高中毕业可以考两年制的中专学校。那年头,中专毕业跟大学生的待遇不相上下,农村户口可转为城市户口,工作包分配,前途极好,自然成为众多学子尤其是农村考生竞相追逐的目标,竞争十分激烈,能考上很不容易。

1981年,我在工模具厂子弟学校初中毕业后,因学习成绩优秀,由学校推荐报考中专。被当时的新疆轻工业学校皮革专业录取,另一名同学被新疆煤炭学校采煤专业录取。因为专业太差,加之我俩已被父母所在企业系统的新疆红旗技工学校内定录取,上技校不用交学费和生活费,毕业后可以直接进父母所在的企业工作,虽说是工人身份,但好歹在城里上班,我俩便主动放弃了上中专的机会。毕业后进工厂当了工人,再想当干部就难了。1985~1988年,我用了三年的业余时间读完了电大,费老鼻子劲儿拿到了大专文凭,好不容易在厂里提了干。后来,我几经努力考进了事业单位,又因工作调动转成了公务员,转了一大圈终于成了国家干部。

20世纪90年代后期以来,国家为减轻企业负担,逐步将企业自办的学校收归国有,转为公办学校。至此,库尔勒地区大中型国有企业自办学校的历史正式宣告结束。

如今,随着国家教育的不断发展,在国家均衡化义务教育和大力推进职业技术教育的背景下,库尔勒地区的教育事业发生了巨大的变化,取得了骄人的成绩,为社会经济发展提供了大批可用之才,正朝着打造南疆教育高地的目标大步前进。

40多年前一个夏天的傍晚,一名瘦瘦小小的少年放学后背着书包,沐浴着红彤彤的晚霞,沿着梨城一条蜿蜒流向恰尔巴格乡的小河,缓缓地步行回家……想到这些,我一时间心潮起伏、思绪飞扬,一种莫名的感慨和感动在胸中翻涌。这一幕,永远定格在我的记忆中,任凭岁月沧桑变迁,我始终未曾忘却。

梨城记忆之过年

自打记事起,我就特别喜欢过年。因为过年不光有好吃、好玩、好看的,还有新衣服、压岁钱、小人书,还能放鞭炮。但最让人高兴的,还是那种充满团圆之乐和喜庆气氛的浓浓年味。

记得那是 1974 年的春节,我随父亲到他的一个工程师朋友家去拜年。一进门我就感受到浓浓的年味:收音机里播放着喜庆的音乐,茶几上摆满了花生、瓜子、水果糖、干果。到了饭点,饭桌上又是饺子又是炒菜的,我美美地吃了一顿。那一天,我过得开心极了。

那时候副食品供应十分紧张,市场上能买到的年货少得可怜。限量凭票供应一些大肉、羊肉、香烟、白酒、清油等紧俏商品,蔬菜除了白菜、萝卜(青萝卜、胡萝卜)、土豆(当时叫洋芋)这"老三样"敞开供应外,其他品种的蔬菜水果寥寥无几。

那时候,还没有温室大棚,也没听说过反季节蔬菜。一到秋天,家家户户户都要买足吃到明年春天的"老三样"和皮牙子、大葱、生姜等。东西买回来都放到自家的菜窖里储藏起来,随吃随拿。家家再晒一些辣皮子、葫芦瓜干、莴笋干、豇豆干、青萝卜干、茄子干之类的干菜,和其他蔬菜一起搭配着吃。到春节前再托关系走后门,弄一些粉条、花生、豆腐、海带、冻鱼、木耳、黄花、水果罐头之类的硬菜,这年货就算是备齐了。

在那个年代,一般到别人家里拜年,也就是吃点儿瓜子、糖,抽烟喝茶、聊聊天,能留下吃饭喝酒的,绝对是关系不一般的贵客。

那时候,大家伙儿日子都过得紧巴巴的,舍不得多花钱买鞭炮,每家充其量也就买个几百响,年三十晚,噼里啪啦几下子就放完了。我们几个小孩子会把偷藏起来的一些鞭炮拆散,装在衣服口袋里,手里捏一根点燃的香或是棉线条,一个一个地放。大年初一我们还会早早爬起来，瞪大眼睛满地找那些没爆炸、有捻子的鞭炮，有时运气好，能捡好几十个呢。那会儿，大人给孩子们的压岁钱也少得可怜，一个年过下来，能收到几块钱就算是"阔财主"了。即便如此清贫，春节仍然是我们一年之中最为期盼的节日。

进入 20 世纪 80 年代，随着国家改革开放政策的全面实行，经济形势有了很大好转，市场供应逐渐丰富起来。当时的梨城，个体私营经济如雨后春笋般涌现，大街小巷遍布农贸市场、个体餐馆和小商店，从内地发运过来的水果、蔬菜、粮油肉等副食品，基本满足了梨城广大市民的日常需求和节日供应。年货一年比一年丰盛，年的味道也越来越浓了。

那时候，每到过年前夕，大伙儿都比着买年货，托国营商店的熟人买几瓶好酒、好烟和高档糖果。大肉、牛羊肉也不限量了，过年可以敞开肚皮吃，水果、蔬菜从品种到数量都比以前多了，粮油和副食品供应也很充足。每家购买鞭炮的数量也从几百响增加到上千响，各种礼花也开始绽放在节日的夜空。

大年三十晚，一家人团团圆圆、欢聚一堂，穿新衣服、看春晚、吃年夜饭，到 12 点了准时出门放鞭炮。从大年初一到十五，从十五到二月二"龙抬头"，大伙儿走亲访友、相互拜年、把酒言欢、其乐融融，这年过得是越来越有滋味了，这日子也是越过越有盼头了。

记得 1980 年春节前的一天，我和弟弟在外疯玩，天擦黑时才回家。一进门，我们就看见厨房案板上堆了足有几十公斤的大肉。父亲正兴高采烈地给家人讲述他和大姐两个人在国营肉食店轮流排队买这些肉的经过（因为每人排一次队只能买 5 公斤肉）。当时父亲那满脸的兴奋劲儿，我到现在还历历在目。

到了 20 世纪 90 年代，随着社会主义市场经济的迅猛发展，人民群众的生活水平是芝麻开花节节高，一年更比一年强。那时的梨城也走上了稳步发展的快车道：粮、油、肉定量供应成为历史；大棚种植技术已经被逐步引进推广，内地水果、蔬菜也大量涌入；梨城人一年四季都能吃到新鲜的蔬菜和水果，稀罕水果也开始出现；沿海地区的各类海鲜纷纷登陆，其他的副食品和商品供应也应有尽有。

梨城人再也不用为购置年货发愁了，想吃什么，想买什么，上一趟街就能让你满意而归。过年穿新衣服、收个几百元压岁钱也是小菜一碟，鞭炮一放就是几千响更是稀松平常。过年大鱼大肉吃腻了，人们就满世界找清淡的东西吃。要说有变化，那就是随着家庭电话和 BP 机的普及，除了传统的拜年方式外，通过电话和 BP 机留言拜年也逐渐流行开来，成为一种时尚。

转眼到了新世纪，梨城人在过年方式上发生了质的变化。大部分家庭仍然按照老规矩，一家人男女老少齐上阵，煎炒烹炸忙不停，在家里操办丰盛的年夜饭。一部分家庭开始选择在酒店吃年夜饭,这既减轻了家人的下厨负担,又能享受到酒店的高档次服务,一举两得。还有一些家庭选择到内地和沿海城市旅游过年,在饱览祖国山河的同时放松休闲。随着手机和计算机的逐渐普及,通过电子邮件、微博、手机短信拜年渐成新风。与此同时,压岁钱也水涨船高,一个春节收个几千元已不是新鲜事。

如今,随着"全面建成小康社会"的来临,梨城人在过年的方式上也与时俱进。年夜饭不管是在家里还是在酒店吃,都不在多而在精,营养健康、干净卫生、够吃就好,践行文明餐桌新风尚。新衣服看上就买,随时添置,不必非得等到过年了;拜年,只需轻滑手指,通过手机在微信群、朋友圈即可送上新春的祝福;压岁钱不用包红包了,发个微信红包既方便又快捷。节能减排,绿色过年,放鞭炮的人家逐渐减少,营造气氛固然重要,但环境保护也不能忘记。

如今过年,我听到最多的话就是:这年味一年比一年淡了,再也没有小时候那种浓浓的年味了。是啊,时代在变,人也在变;观念在变,习俗也在变。年味可以变淡,但永远变不淡的是阖家团圆的浓浓亲情和饱含真情的美好祝福。

梨城记忆之就业

　　20世纪70年代末、80年代初的库尔勒和全国其他地方一样,实行的是计划经济下的就业体制。由于当时经济还比较落后,企业单位较少,党政机关和事业单位人员编制紧张,招工招干入伍的名额都十分有限,再加上上山下乡的大批知青也眼巴巴地盼着返城就业,因此,能有一份正式的工作在当时是很不容易的。

　　那年头,想有一份正式工作,就必须通过国家招工招干、大中专和技工学校毕业分配,或者入伍后转业复员到单位。当时的企业分为国营企业和集体企业。国营企业比集体企业地位高,因此,国营企业的职工跟集体企业的职工相比,总有一种优越感。如商业局的下属企业就是国营企业,而供销社的下属企业就是集体企业。此外,还有为解决企业职工的家属就业问题而组建的"五七连"、家属队等。

　　当时,除了大中专、技工学校毕业分配、招干和部队转业复员的以外,能进党政机关和事业单位工作的只占很少的一部分。所以能进党政机关和公检法工作,是最让人羡慕的。能到学校、医院等事业单位工作也不错,大多数人都进了国营企业工作。

　　当时的塔什店,是库尔勒地区颇为红火的工业区,有煤矿、造纸厂、火电厂、制药厂、水泥厂、针织厂、陶瓷厂等众多企业,吸纳了不少人就业。此外,还有一部分人进了商业局和供销社下属的服务型国营企业工作。商业局下属的单位有糖烟酒、百货、蔬菜、五金、饮食服务等企业,供销社下属的有棉麻、废旧物资回收、土产日杂、果品、茶畜、农资等企业。二者分工明确,各管一摊。

　　上小学时,我和弟弟都是小人书迷,每次看见新华书店来了新的小人书,我们心里都是火烧火燎的,恨不得马上买回来,但我们兜里没钱,只能"望书兴叹"。情急之下,我们就把家里的牙膏皮、鸡骨头、罐头瓶等废旧物品搜罗搜罗,再溜到厂区里捡拾一些废铜烂铁,抬到离家不远的供销社下属的废品收购站卖了,换几毛钱买小人书。

当时,还有一项颇具中国特色的就业政策,那就是在企事业单位工作的父母退休后,可以允许一名已到就业年龄的子女在父母的单位参加工作,这被称为"顶班"。1987 年左右,国营企业开始改革用工制度,职工与用人单位签订聘用合同,实行聘用制,这一带有世袭色彩的就业政策也随之被取消了。

大约是在 80 年代末期,随着国家就业政策的调整,当时招工还有一项不成文的规定,那就是优先考虑本系统单位的职工子女,一般不招或很少招外系统单位的。如邮电局、电力局、物资局、银行等单位。那时候,一家好几口人在同一系统同一单位工作司空见惯。

当时,正值国家改革开放之初,大量的返城知青和没有考上大中专学校的历届和应届高中、初中毕业生,以及那些没能被招工、招干的无业人员急需就业,可现有的工作岗位远远无法满足如此大的就业需求,所以一个庞大的无业群体——待业青年便产生了。

当时,为解决待业青年的就业问题,库尔勒地区的企事业单位八仙过海,各显其能,开办各种经济实体,吸纳青年人就业,以解决他们的生计问题。一时间,知青建筑队、安装队,知青商店、门市部,知青饭店、小吃部,知青修理厂、加工厂等如雨后春笋般出现,遍布库尔勒的大街小巷,既解决了一部分待业青年的就业问题,又满足了生产需求,丰富了市场供应,方便了群众生活。后来,随着国家各项事业的发展和经济形势的好转,待业青年中除一小部分成为职业个体户或是进了私企、民企外,大部分都通过各种途径进入了党政机关和企事业单位,有了正式的工作。

计划经济时代,物资供应紧张,靠山吃山、走后门之风盛行。在食品公司工作的,家里不缺肉吃;在蔬菜公司卖菜的,家里总有新鲜蔬菜供应;在商店、门市部有熟人的,来了买东西不用排队;在烟酒公司有关系的,总能在逢年过节买到紧俏的好烟好酒。当时,邻居有个阿姨在一家食品门市部工作,经常能买到便宜处理的食品,亲朋好友都跟着沾光,左邻右舍无不羡慕。

也就是在这一时期,个体户、私企员工、民企员工、合资企业员工、外企雇员等新型职业应运而生,改变了传统的就业观念,打破了原有的职业格局,为以往单一的"公家"就业形态注入了新鲜的血液,焕发了无穷的活力,增添了强劲的动力。

如今,就业的渠道已经发生了深刻的变革,择优录用、逢进必考的就业机制给众多的求职者提供了更加公平、公开、公正的竞争平台。遥想当年,在计划经济的体制下,"50 后""60 后"为得到一份正式工作所经历的艰辛、付出的努力,是现在的"80 后""90 后""00 后"们无法想象和理解的。

梨城记忆之旅游

　　20 世纪 70 年代,库尔勒还是一个边远落后的小县城,没有公园、广场和街心小花园之类的公共休闲场所。人们春游踏青、野炊聚会、采摘瓜果最常去的地方,就是东郊的狮子桥一带和东北郊的铁门关。

　　那时,狮子桥下的孔雀河,河面宽阔,水流平缓;岸边绿树成荫,花草茂盛;风景优美,空气清新。一到节假日和周末,市民成群结队来这里游览休闲,拍照留影,一些中小学校也会经常在这里开展主题队会活动, 还有一些垂钓爱好者将这里作为天然钓场,偷闲享受挥竿之乐。

　　记得那时每到六一儿童节,我们就戴着红领巾,举着队旗,排着整齐的队伍,徒步来到狮子桥附近的草坪上,唱歌、跳舞、野炊、玩游戏,开心又快乐。

　　当时,库尔勒另一处游玩垂钓的地方是距市区 8 公里的铁门关。那时的铁门关是铁门关水电厂的生产和生活区,没有任何专门的旅游景点和服务设施。但拦河坝水库里有丰富的鱼类资源,且山水风光极其迷人,吸引了大批市民来此游玩、野炊和垂钓。当时,孔雀河流域的葵花桥——英下乡段,也是梨城为数不多的几个可供游玩的地点之一。

　　进入 80 年代后,随着国家改革开放的不断深入和经济社会的快速发展,人民群众的生活水平大大提高,旅游休闲意识也逐渐增强。其中,最具代表性的就是旅行结婚的兴起,大家开始喜欢到乌鲁木齐或内地大城市去旅行结婚。这一时期,库尔勒加快推进城市建设进程,市政基础设施不断建立完善,但由于受地理位置、经济、交通、人口等种种因素的影响,旅游业的发展和内地发达城市相比,仍处于相对落后的状态。

　　进入 90 年代,随着库尔勒城市建设步伐的加快和生活水平的不断提高,人们有了更多的时间放松休闲,出门看世界的愿望日趋强烈,旅游热持续升温。人民广场、人民公园、西公园、铁路公园等一批休闲场所相继建成开放。与此同时,库尔勒最早的一批风情园、农家乐在近郊乡村开门揽客,开创了梨城乡村旅游的先河。当时,比较红火的有英下乡风情园,以无花果、香梨、桃子、葡萄采摘活动和新疆美食,吸引了大批市民和外地游客。其他的还有英下乡的太阳岛风情园和普惠胡杨林度假村、西尼尔水库等,主要经营新疆美食、划船游泳和休闲垂钓等项目。

1992 年,邓小平同志南方谈话发表后,中国改革开放步入快车道。梨城掀起了发展经济、全民经商的热潮。以供贸夜市为龙头的一批夜市横空出世,催生了梨城夜市经济的繁荣,极大地丰富了市民的夜生活,有力地推动了梨城旅游业的发展。当时的供贸夜市,成为外地游客品尝库尔勒美食、感受库尔勒民俗风情的地标场所。

进入 21 世纪,库尔勒的旅游业呈现高层次、多元化的井喷式发展态势。市内酒店、宾馆鳞次栉比,接待和服务能力大幅提升,完全可以满足国内外旅客的需求。梨城人的旅游需求也从"在国内看一看"升级为"到国外转一转",逐渐从"台港澳游"到"新马泰游",然后进军日本、澳大利亚和欧洲各国,实现了几代人梦寐以求的出国梦。

2000 年,库尔勒市孔雀河风景旅游带规划建设拉开序幕,陆续建成了孔雀公园、梨香园等 4 个大型公园和 7 个风格迥异的沿河景点。孔雀河风景旅游带公园、广场、桥梁、游步道等设施齐全,乔木、灌木、花、草四季常绿,空气清新、景色宜人,大大改善了库尔勒的城市环境和人居环境,成为梨城一道亮丽的旅游风景线。

与此同时,新改扩建的孔雀公园、劈山造绿建成的龙山公园、游览乘船兼具的梨香湖公园、水色山光的劳动公园,升级改造的人民广场、风帆广场、石化广场和拥军广场等,也都为广大市民提供了舒适优美的休闲娱乐健身场所。

尤其是自 2013 年以来,库尔勒市规划建设了将孔雀河、杜鹃河、白鹅河三条河流横向连接起来的国家 AAAA 级天鹅河景区,打造出"城在水中立,船在城中行,人在画中游"的江南水乡风韵,使乘船游梨城成为游客们感受"塞外明珠,山水梨城"之美的又一方式。库尔勒规划展示馆、民俗文化博物馆、图书馆、文化馆、科技馆的建成开放,将库尔勒旅游的文化内涵和品位提升到了一个新的高度。

如今,库尔勒周边乡镇和农场围绕瓜果和林木优势,逐渐形成了"一乡一品"的观光采摘游发展格局。和什力克乡利用流经乡域的孔雀河,搞起了鱼宴品尝和休闲垂钓游。库尔楚农场利用邻近库尔楚大峡谷的优势,搞起了徒步攀登探险游。普惠地区利用拥有大片胡杨林的便利条件,以及小有名气的普惠羊肉,搞起了胡杨观赏摄影和美食品尝系列文旅活动。托布力其乡的大盘鸡、红焖羊肉、清炖羊肉"三大盘"远近闻名,引得大量的食客不惜驱车几十公里,就是为了一饱口福。

　　近年来,库尔勒市通过引导农户利用闲置土地种植蔬菜和特色果品,发展牛、羊、鸡、鸭、鹅、兔等畜禽养殖业,大力发展庭院经济,形成了具有区域经济特色的庭院经济产业,有力地推进了乡村旅游业的发展。大力发展乡村民宿,组织假日研学游;打造花海、采摘园,建设农家大院,丰富乡村旅游供给。结合乡村振兴战略,鼓励支持在农村兴办具有乡村特色、投资少、见效快的乡村夜市,吸引游客前来品尝乡村美食、体验农家风情、欣赏民族歌舞。其中,又以阿瓦提乡的小兰干村、阿瓦提村和英下乡的喀尔巴格村最为红火,成为拉动夜间消费新的经济增长点。乡村夜市不仅增加了村民的收入、丰富了村民的夜间生活,还有力地促进了乡村旅游业的发展。

　　库尔勒的乡镇农场还纷纷办起了"桑椹节""梨花节""西瓜节""杏子节""胡杨节""蟠桃节""樱桃节""烧烤节""采摘节"等主题各异的文化旅游节,更是把梨城的乡村旅游活动推向了高潮。

梨城记忆之婚礼

在我的记忆中,小时候参加的第一场婚礼,是在 1974 年的春节期间。

那天中午,父亲车间的一名青年工人在单位分配的一间小平房里举行婚礼。车间领导和一帮同事喜气盈盈地抱着床单、被罩、毛巾、枕套、暖瓶、搪瓷盆等时兴的贺礼来到新房。大家围坐在不到 10 平方米的新房客厅兼卧室里,嗑着瓜子,吃着喜糖,抽着烟,说着祝福的话,间或跟新郎新娘开开玩笑,逗得大家不时发出阵阵笑声。

新郎身着深蓝色的中山装,新娘穿着银灰色的中式"小翻领",满脸羞涩地给大家端茶递烟,往小孩子口袋里塞喜糖和瓜子。大家热闹一阵儿就散了,各自回家做饭管孩子去了。晚上,新郎新娘请了几个亲朋好友,一起简单吃个饭,就算是办婚宴了。记得那时的婚礼和婚宴大多是这种模式:中午闹新房,晚上办婚宴,一两桌就打发了,简单又喜庆。

20 世纪 80 年代中期,梨城普通人家的婚宴开始发生变化。男女双方家庭条件好的,到市里的餐厅里摆上几桌,上档次有面子;条件差一些的,在自家的院子里支起席棚,垒好炉灶,买齐各类食材,请个大师傅掌勺,在家里办喜宴,一来省钱,二来也实惠。

那时的婚宴也没有主持人什么的,司仪大都由新郎的单位领导或家中德高望重的长辈担任。在宣布婚礼开始后,由单位领导出来讲两句祝福的话,新郎父母出面说两句"大家吃好喝好"之类的客套话,新郎新娘出来给大伙儿点个烟、敬个酒,就算是完事儿了。那时,酒店里一桌婚宴的价格通常在一两百元,如果在自己家里办,还能省一些。

当时还有一些新人跟风赶时髦,不举办婚礼,选择旅行结婚,到乌鲁木齐或内地大城市逛一趟,看看风景名胜、文物古迹,顺便买一些衣物和居家用品,回来办几桌酒席,请亲朋好友吃顿饭就算完事了。

记得那时候的礼金,关系一般的同事和同学一般都是给 5 元钱,关系好的给的多一些,一般不超过 10 元。如果是亲朋好友就得翻倍,但最多不会超过 50 元。记得1987 年,我的一个好朋友结婚,按照当时的行情,因为是好朋友,得在一般同事的基础上加码,我和其他三位好朋友每人给了 15 元,凑了一个 60 元的大红包,这在当时算得上是一份厚礼了。

那时的婚礼上,新郎的装扮是清一色的西装领带,新娘则多为大红色的西装短裙。那阵儿,照相机还很稀罕,一般都是找个有照相机的人帮忙拍照,完事后请人家吃顿饭再给个红包以示感谢。至于迎亲的交通工具,也是五花八门,有骑自行车载回来的,有用吉普车、面包车、皮卡车甚至还有用大卡车接亲的。

进入 20 世纪 90 年代,库尔勒人开始效仿内地大城市,婚礼场地纷纷从自家大院、单位食堂走进了市内各大酒店、餐厅。婚礼变得越来越讲究,程序也变得越来越复杂。有了专门的婚礼主持人,照相和摄像服务提档升级,婚礼录像带和相册完整记录婚礼全过程。新郎西装革履,新娘婚纱披身,伴随着《婚礼进行曲》缓缓步入婚礼现场,颇有些西式婚礼的味道。迎亲车也开始上档次了,升级为小轿车了,好一点的有奥迪、皇冠和一些外国其他牌子的车,差一点的有桑塔纳、捷达等。那时候,私家车很少,这些车大都是机关事业单位的公车,司机受人之托偷偷开出来帮忙,顺便挣点儿外快。

这时候,随着物价和工资收入的逐步提高,礼金也水涨船高,从 80 年代的几元涨到几十元不等,一般不超过 100 元。婚宴的价格根据酒店档次的高低,一般在三四百元,最高不超过 500 元。90 年代举办婚宴,条件好一点儿的,选在巴州宾馆、楼兰宾馆、库尔勒宾馆、博斯腾宾馆等大酒店。那时,举办婚宴最多的酒店,当属塔里木饭店和西域酒家了,周末和节假日这两家几乎天天爆满,有很多库尔勒人在那里办过喜宴,也去喝过喜酒,想必年龄大一点儿的本地人对这些都有印象。

进入 21 世纪,梨城大大小小的婚庆公司如雨后春笋般涌现出来,经过专业培训的婚礼司仪出现在婚礼现场,婚礼的档次全面提升,逐渐向国内先进水平看齐。这一时期,除了旅行结婚外,婚庆公司几乎承办了所有的婚礼。婚礼流程、现场布置、婚车接送、影像资料等相关事项,都由婚庆公司一手操办,既省事又上档次。尤其是近年来,结婚典礼从内容到形式都令人耳目一新,新理念、新创意、新节目、新技术、新造型层出不穷、花样翻新,让人眼花缭乱。随着弘扬中华传统文化的呼声日高,中式婚礼逐渐时兴起来,成为众多新人举办婚礼的首选。无论中式还是西式婚礼,都是以一种欢乐喜庆的仪式向世人宣告一段美丽的爱情有了结果,新人都是在一片美好的祝福声中开始幸福的婚姻生活。

40 多年来,结婚贺礼从一只几元钱的暖瓶到成百上千甚至万元的微信红包,接新娘从自行车到豪车,婚宴从几十元到上千元一桌,从自家院子走进城里的大酒店,婚礼服装从中山装、小翻领到西装婚纱、中式礼服,结婚互赠的信物从笔记本、钢笔到戒指首饰,开场造势从放鞭炮到鸣礼炮,喜烟喜酒喜糖档次不断攀升,梨城人的婚礼伴随着改革开放带来的经济发展、社会进步和人民生活水平的提高,从形式到内容,无不发生了令人叹为观止的巨大变化。这种形式上的升级换代和内容上的丰富多彩,折射出的是国家的繁荣昌盛,人民的幸福安康,也是梨城人婚姻观念开放化、多元化、个性化的体现,更展现了梨城人对生活仪式感的美好追求。

梨城记忆之时尚

20 世纪七八十年代的库尔勒,正值改革开放的初期,有那个时代特有的时尚。

那时候,服装几乎不分男女,大都以蓝黑灰为主色调,男同志去正式场合一律是中山装,女同志一般是小翻领。到了夏天,大姑娘小伙子都是清一色的白衬衣、蓝裤子、白球鞋或塑料凉鞋。如果能头戴一顶仿军帽、穿一身仿军便装,再肩挎一只仿军挎包,走在大街上,那回头率可太高了。

那时候的冬天,大伙儿都穿着自家做的棉帽、棉裤、棉衣、棉手套,虽说又厚又笨的不怎么好看,但却很暖和。那会儿,人们还不知道什么叫羽绒服、滑雪服、保暖裤和运动鞋。

如果家里生活困难,没钱没布票做一件衬衣,可以做一副"假领子"套在脖子上,在外面穿件外套,看着别提多体面了。此外,解放鞋、海魂衫、仿军用水壶在当时也是很拉风的装扮。

那年头,库尔勒小伙儿都以拥有一顶仿军帽为荣。当时,戴仿军帽也很有讲究。要先用一顶小白帽或一叠报纸衬在帽子里,把它撑得圆鼓鼓的,戴在头上后,再用手把帽顶的后部往下抹,让帽顶的下部遮住帽檐。这种戴帽法,称之为"章程帽"。帽子撑得越高,说明"章程"越大。

那时候,裤子分男式和女式,女式在右侧开口,男式在前面开口,都是系纽扣的。自打记事起几十年都如此,不知何时,女式裤子也改成在前面开口了,而且一律为拉链开合。

改革开放后,各种时髦的服装和装扮涌进了库尔勒,那时最流行的穿搭标配就是喇叭裤、花衬衫或港衫(相当于现在的 T 恤)、蛤蟆镜、男式高跟鞋。喇叭裤臀部紧,大腿部细,小腿部呈喇叭状,裤脚口窄的有八九寸,宽的足有十一二寸,走起路来像扫地,在当时也被称为"扫地裤"。

1979年,日本电影《追捕》在全国上演引起了极大轰动,尤其是片中矢村警长的披肩发和大鬓角,更是吸引了众多的男青年竞相效仿,库尔勒小伙儿也纷纷以留披肩发和大鬓角为新潮。后来,还流行过一阵"爆炸头",男式、女式都有。女青年则纷纷剪去辫子,烫起了大波浪。穿连衣裙、抹口红、搽美容霜、蹬高跟鞋成为时尚,也有穿牛仔裤和直筒裤的。记得后来还流行过一阵蝙蝠衫、踩脚裤,如今也看不见了。

当时,保守观念与开放观念产生了激烈的碰撞。一些有悖于传统审美观的流行思潮,对于思想观念传统的中老年群体来说,无疑是难以接受的。于是,那些戴蛤蟆镜、穿喇叭裤花衬衫、留长头发大鬓角、肩扛录音机招摇过市的青年,在他们的眼中几乎成了不务正业的"问题青年"。

记得那是在1979年,日本的录音机漂洋过海来到了库尔勒。最早流行的是一种砖头大小的便携式录音机,这种黑色的单卡录音机用的是磁带,只能听不能录,当时有松下、索尼、三洋等几个牌子。也就是在那会儿,我知道了邓丽君、张帝、刘文正、潘安邦、罗文、许冠杰、罗大佑等港台歌星,听到了《美酒加咖啡》《何日君再来》《甜蜜蜜》等歌曲。

后来,"黑砖块"被台式双卡录音机取代,有了外录和内录的功能。那会儿,库尔勒街头有很多专门翻录磁带的小摊儿,小青年们经常拿着空带子去翻录自己喜欢的流行歌曲。

那时候的巴州影剧院门口,简直就是一个展示流行时尚的舞台。每到周末,来自全市乃至周边县城和团场的各路时尚男女在此会聚一堂,显摆流行时装和新式装扮,这也在一定程度上成为引领梨城流行时尚的风向标。

那时候,大伙儿聚在一起吃饭喝酒时很流行划拳,什么大拳、日本拳、老虎杠子鸡。不会划拳的,就玩大压小、哑巴拳、猜火柴棍、石头剪子布什么的,只要能助兴就行。后来,这些也不知因为什么原因消失了,如今在酒桌上已难得一见。

将近40年过去了,想想当年的时尚,虽说远不及当今的光怪陆离、五花八门,但在当时已经有些离经叛道了。如今,我在慨叹时代变迁的同时,更多的是对前尘往事的满满追忆。

梨城记忆之家当

20世纪七八十年代,在计划经济体制下,每家每户的日子都过得差不多,家当也是大同小异。

在那个年代,最值钱的财产——住房,往大了说是国家给的,往小了说是单位给分配的,属于公家所有,个人只有居住权,没有所有权,不能算是家当。在公家分配的住房外盖的小院算是自家的财产,却值不了几个钱。

当时,家里最值钱的家当是"三转一响带咔嚓"。"三转一响"指的是自行车、缝纫机、手表和收音机这四大件,这四大件是那个时代普通老百姓所能拥有的最大财富,一般家庭有了这三转一响就算是过上了小康生活。同时它也是大部分女性择偶的重要条件。后来,四大件升级为彩电、冰箱、洗衣机、空调,再后来升级为手机、电脑、汽车、房子。

自行车是当时每家每户必不可少的重要家当,一家老小的交通出行和运输全靠它,少了它日子就玩不转。在当时,全家人的新旧衣裤都要靠女主人裁剪制作。所以,缝纫机当之无愧地成为家中最为重要的生活工具。"咔嚓"指的是在当年很稀罕的"120"照相机,这玩意儿在当时属于奢侈品,大多数人家里都没有,只有公家才有。如果谁家能有一台照相机,那可是绝对的"出圈"。

那年头,手表、自行车、缝纫机、收音机都是凭票供应的商品,而且一票难求。上级部门每年分配给各单位的票数十分有限,给谁不给谁,着实是一件令领导很头痛的事。于是,一个听天由命的分配方法应运而生——抓阄,幸运不幸运,全凭个人手气。记得当时,除了这几大件以外,好一点儿的"的确良"衬衫、涤纶裤子、呢子大衣、丝绸面料、高档皮鞋,还有暖壶、搪瓷盆什么的,也得靠抓阄领票买。

那时候,除了这几大件以外,家中最重要的家当就是家具。普通人家里家具的最低配置就是大衣柜、五斗橱、双人床、单人床、写字台、方桌、板凳,也就是当时流行的"36条腿",没有这些就属于贫困户,家里的孩子找对象都困难。后来,随着生活水平的逐渐提高,配置里家具又增加了沙发、茶几、书柜,也就是所谓的"48条腿"。在当时的条件下,如果不是家境殷实的人家,是无论如何也凑不齐这"48条腿"的。

当时,各家各户为置办这些家具,可真是费了老鼻子劲儿,因为这些家具根本没地儿买,全得靠自己想办法做。首先得四处托人找关系买到合适的原木料,找人帮忙解成板材,再请专业的木匠上门现做。所以,那年头房前屋后经常能看到有人在拉大锯,把粗大的原木解成一块一块的板材,也经常能看到木匠师傅右耳朵上夹着铅笔,左耳朵上夹着香烟,在雇主家又刨又锯、又钉又铆。木匠师傅在雇主家干活,被好吃好喝招待着,滋润惬意得很。

那年头,几乎所有的家务活儿都得自个儿亲自干,不像现在,有些可以请专业的家政公司来干。所以,每家每户干家务活儿用的家伙什儿都置办得挺齐全。如生火时鼓风用的风箱,登高用的梯子,夜晚照明用的手电筒,竹木制作的算盘,装着榔头、起子、扳手、钳子、锯子、卷尺、锉刀、砂纸等各种工具的工具箱。除此之外,还有被褥铺盖、箱子柜子、锅碗瓢桶、暖瓶水壶、面盆脸盆、铁锹十字镐、斧头锯子、煤钩煤铲、铁皮炉子、泡菜坛子、竹篓箩筛什么的,还有挎包、水壶和各种相框,都是家里的必备家当。

那年头,正是国家最困难的时候,每家每户的日子都紧巴巴的。大人们一个个精打细算着过日子,那可真是"抠"到家了。在他们的眼里,啥都是宝贝,除非是坏得实在修不了了,否则一件也舍不得扔,"穷家值万贯"说的就是这个道理。那时候,谁家的孩子要是摔个盆打个碗什么的,挨一顿打是少不了的。

40多年过去了,库尔勒老百姓的家当从最基础的物质需求到高层次的精神需求,实现了量和质的双重飞跃。这种翻天覆地的变化,只有我们这些亲身经历的人才能深切感受到。

梨城记忆之棋牌

小时候，我对休闲生活最初的印象，是父亲跟人下象棋的情景。

父亲是个象棋迷，从小就酷爱下象棋。听奶奶说，父亲小时候因为着迷于下象棋经常惹祸误事，没少挨大人的打骂。记得小时候，父亲只要一有空，就邀棋友到家里来下象棋。要么他就拎着象棋盒子主动上门，到棋友家里去"杀一盘"。父亲虽说下了一辈子象棋，但棋艺却几十年如一日地没进步。棋风还不好，赢了，对人挖苦嘲笑；输了，脸难看话难听，找碴挑刺，活像一个打输了架又不讲理的小孩子。因为从小看多了父亲下棋时的种种"洋相"，所以我一直对象棋不感冒，至今也不会下。

后来上了小学，我跟同学学会了下军棋、跳棋和打扑克。那时候军棋的下法较为单一，主要有两种，一种是"明棋"，就是将棋子反扣在棋盘上搅匀后任意摆放，双方在红黑色棋子中各翻出一种作为己方，然后按棋子上的官职大小吃掉对方的棋子，直至全部歼灭；还有一种是"暗棋"，就是下棋双方在分界线两方各执红黑色棋子，然后各自排兵布阵、捉对厮杀，最后全部阵亡的一方为输。这种玩法需要专设一名裁判主持公道，判定双方棋子碰撞后谁大谁小、谁死谁活。

跳棋作为一种益智型棋类游戏，因玩法简单、易学好懂，成为一种老少咸宜、参与广泛的大众娱乐活动。

那时候，我们打扑克时常玩的一种打法叫"千分"，就是4个人分成两家，对门为一家，54张牌，先叫者为主，捞分多者为胜。扑克还有一种玩法叫"争上游"，以先出完牌者为胜。那时，在梨城常见的扑克牌玩法还有"拱猪""升级"等，后来又出现了"炸金花""斗地主"等玩法。

20世纪80年代末期，兴起了一种新的扑克玩法——"双抠"。这种玩法参与人数多、打法灵活有趣、娱乐性较强，赢得了众多牌友的认可和喜爱，很快就在梨城风靡。那时候,我还在一家国企当工人,闲暇时,工友们凑在一起打几把双抠,这是我们最喜欢的娱乐活动。

当时,梨城还有一部分围棋爱好者,他们大都是文化程度较高者或是知识分子。因为围棋被公认为是世界上最复杂多变的棋盘游戏,门槛比较高,没有在梨城广泛普及。我对下围棋没什么兴趣,加之身边会下的人又很少,也一直没有学会下围棋。

当时的梨城还有一种棋类——国际象棋,颇受群众喜爱。在老街的街头巷尾,经常能看到一群男士聚在一起下棋或观棋,下棋者专心致志,观棋者聚精会神,不时地低声评论、发表见解,以棋会友,其乐融融。

在当时业余娱乐生活还很单调的情况下,象棋和扑克作为易学好玩、随时随地都能开展的游戏项目,成为最受梨城百姓欢迎的娱乐活动。闲暇时,家里、院里、巷道里、树荫下、马路边、路灯下、工地上、车间里,甚至学校和医院里,常常能看到人们聚在一起打扑克、下象棋的场景。

当时,我所在的工厂每年都要举办象棋和扑克比赛。比赛期间,工友们每天最重要的话题就是"某某被淘汰出局了""某某进入前四了""某某车间输了某某科室赢了"等赛事新闻,说者激动,听者兴奋,好像是在讨论一场重大的国际赛事,整个厂区都弥漫着一股"硝烟"味。

20世纪80年代初,麻将这种在中国已有上千年历史的娱乐活动卷土重来,很快就占据了梨城百姓业余娱乐活动的主阵地。一时间,噼里啪啦的麻将声响彻梨城的大街小巷,成为参与人数最多、最受欢迎的一项大众娱乐活动。

当时,梨城还流行着一些其他棋牌类的活动,如斗兽棋、飞行棋、黑白棋、五子棋等,也都各领风骚了一阵子,给我们带来了许许多多的快乐休闲时光。

有缘网上来相会,纹枰论道天地宽。如今,随着互联网的普及,越来越多的梨城人已不满足于在现实中一决高下了,而是通过电脑、手机,在互联网上与全国各地的棋牌爱好者切磋对弈。在网上下棋打牌,打破了时空的局限,拉近了彼此的距离,足不出户就可以享受到棋牌带来的无穷乐趣。

30多年前的夏天傍晚,家门前的小河潺潺流淌,一排垂柳的绿荫下,邻居阿姨打扑克的叫嚷声,隔壁大哥象棋摊旁的嘈杂声,不知谁家传来的"哗哗"的麻将声,到饭点了家人"回家吃饭"的吆喝声,叫好几遍仍迟迟不动引来的嗔骂声,这一切构成的市井画面和烟火味道,至今仍驻留在我的记忆深处,每每回想时,都在我心底升腾起一股温热。

梨城记忆之吃食

20世纪七八十年代,我们这些半大小子正是长身体的时候,老是感觉吃不饱,成天东跑西颠地满世界找吃的。

春暖花开时节,我们在房前屋后摘榆钱和槐花,拿回家让妈妈做榆钱饭和槐花饼;到梨园里拔苜蓿、蒲公英和马齿苋,用来拌凉菜、包包子。而桑椹是春天一道必不可少的水果大餐,我们经常三五成群,骑着自行车来到恰尔巴格、铁克其、英下等近郊的乡村,或直接爬到树上吃,或用长杆子把桑椹打落到床单上,一群人围着用手掐着吃。大家吃饱了,再带一些回家。吃白桑椹时还好,最多嘴上和手上黏糊糊的,要是吃黑、紫、粉等带颜色的桑椹,嘴上、手上、衣服上都会被染上颜色,难洗不说,猛一看花里胡哨的怪吓人。

每到夏天,我们都要成群结伙到农家园子里摘杏子、西红柿、黄瓜、茄子……那些果蔬掰开后,有一股浓浓的清香微甜味,是真正的绿色食品。当时还没有温室大棚,秋天是各种瓜果蔬菜集中成熟上市的季节,我们骑着自行车去熟悉的老乡家摘葡萄、香梨,摘豆角、豇豆、扁豆,掰玉米棒子、老南瓜、老葫芦,运气好时还能吃上西瓜和甜瓜。

秋天,城郊的沙枣熟了,一串串红通通的沙枣挂在枝头,有大小两个品种,小的有花生米大小,大的有鸽子蛋那么大,吃起来沙沙的、甜甜的。我们常常一摘就是一面口袋,拿回家蒸沙枣馍馍,吃起来可甜了。小时候,我们特别馋糖,见了甜东西就往嘴里塞,野地里的红豆豆、野枸杞、马奶子都是我们爱吃的甜点。一旦手里有点儿零花钱,我们不是买水果糖就是买桃皮子、杏干子吃,过过甜瘾。

冬天,我们砸开孔雀河的冰面吃冰块,掰下房檐下垂挂的冰溜子当冰棍吃,用手拨开积雪的表层,掏出干净的雪就往嘴里塞。上学时,我们从家里偷几个洋芋(土豆），在地上挖个坑，捡一堆枯树枝点着，把土坑烧热后，把洋芋扔进去，用土埋了。等放学后，我们刨开土坑，挖出已经焖得软乎乎、焦黄黄、香喷喷的洋芋，三两下撕掉皮，几口吞下去，噎得直翻白眼，烫得直吸气儿，那叫一个香。

那时候，粮食都是定量供应的，干部和工人、大人和孩子、男性和女性的定量是不一样的。工人要比干部多，因为工人体力消耗大、吃得多。大人要比孩子多、男性要比女性多。

那时候，一家人的口粮都记在每户一本的粮本上，每月凭粮本到定点的粮店去买粮食或换粮票。当时，粮店供应的大米、白面等细粮只占30%，苞谷面这种粗粮占了70%。这一规定实行了很长一段时间。当时，有些粮食不够吃的家庭，将从粮店买回的细粮跟街上的小贩换成粗粮，一斤细粮可以换好几斤粗粮，一家人能混个肚饱。那年月，农村的女青年都希望嫁到城里来，转成城市户口，吃上商品粮。

那时候，除了粮食以外，肉食和清油也是定量供应的，而且很少。清油的定量是记在粮本上的，肉是凭票到定点的肉食门市部购买的。定量供应的那点儿清油根本不够吃，常常不到月底就断油了。供应的肉食也很少，平日里难得吃一回肉，只有到周末、节假日才炒个肉菜改善一下生活。

那时候，到国营肉食店买一次肉就像打仗。买肉的人少的时候，大家还自觉排个队，人多时，直接就乱了。人群挤成了一窝蜂，有的"二杆子"甚至从人群的头顶上爬去开票的窗口，那叫一个疯狂。所以，家里买肉的差事大都由中青年男性承担，女同胞去了基本没戏。

那年头，一天三顿有两顿是苞谷面食，如面糊糊、窝窝头、发糕、饼子等，吃得我一见苞谷面就反胃，天天盼着吃大米白面，哪怕吃顿"二合面"馍馍也好。当时，白面还分"75面""85面"，"75面"属于精面，做出来的面食口感细腻、筋道，大都用来包饺子、包包子、做拉条子。"85"面因为是粗面，吃起来口感就要差一些了，主要用于蒸馍馍、烙饼子、擀面条。

那时候，冬天的蔬菜基本就是"老四样"：大白菜、洋芋、青萝卜、胡萝卜，外加老葫芦瓜、皮牙子、大葱等。一般都是在秋末的时候买，少则几百斤，多的甚至上千斤。买回来后，先在阳光下晾几天，晾蔫后放到家家必备的菜窖里，用沙土把洋芋、萝卜、皮牙子、大葱埋起来，大白菜一层一层码起来，可以保存一冬天。因为小时候吃苞谷面食和"老四样"吃伤了，在此后很长一段时间，我都不愿再碰它们，一想起那味道胃里就泛酸水。

现如今，人们在吃上讲究绿色健康、营养均衡。"老四样"不知什么时候成了健康食品，原本作为粗粮的苞谷面又成了餐桌上的香饽饽，吃起来好像也没有当年那种难以下咽的感觉了。

梨城记忆之取暖

又是一年冬季到。今年库尔勒的天气明显比往年冷得更早、气温更低，属于几年不遇的"寒冬"。周末的傍晚，屋外寒风凛冽、寒气袭人，我坐在温暖如春的家中，不禁想起了小时候的取暖往事。

20世纪六七十年代，库尔勒绝大多数人家住的是平房。春、夏、秋三季，家里只需备好做饭用的柴火和煤炭，而冬天除做饭外还要取暖，所以得多准备一些。在我儿时的记忆中，每年10月中旬起，家里就开始大量储备冬天用的柴火和煤炭了。

那年头，家家户户取暖都离不开"火墙"，入冬前每家每户必做的一件事就是把火墙收拾好。所谓火墙，就是通过烟道，将厨房做饭时产生的烟火引到一堵横砌在房屋中间的空心墙体里，利用墙体烧热后散发出的热量使房间升温的取暖设施。那些年久失修、跑烟漏味的老火墙要拆掉重砌，平时要多清扫火墙里面的积灰，以保证墙体发挥最大的散热效应。那时的火墙材质不外乎三种：土块、砖块、铁皮。土块火墙发热传热慢，但保温效果好，停炉了还能保持一段时间的温度；砖块火墙发热传热快，但保温性稍差，一停火墙体马上就凉。铁皮火墙热得快、温度高，缺点也是凉得快，保暖性较差。

当时，住平房的人家还可以直接在卧室或客厅里生炉子取暖。用的大都是那种圆形的大铁皮炉子，将一节一节的烟筒连接起来，将煤烟引到室外，避免煤气中毒。也有的人家用"炮弹炉子"，那种炉子通体用铸铁浇铸而成，外形颇似炮弹。火烧旺后，炉体通红，高温灼人。不一会儿，房间里就暖烘烘的，别看它体积小，供应的热量却挺足。

要生炉子就得用柴火。有能耐的人会想办法从木柴厂、家具厂搞一些刨花或边角料，或是托人从周边林场拉一些废料。没本事的，就得靠捡了，他们会在周末闲暇时，到街边的绿化带里、郊外的林带里捡拾一些枯死的树枝，回家后用斧子剁成一截一截的码起来，用来引火。那时候，我的父母都在工厂工作，他们经常会把车间里废弃的、浸透了机油的木条拿回来引火用，点着后可好烧了。

那会儿，生炉子的程序大致如下：将引火用的废纸、柴火依次放进炉膛里，最上面放上煤块。用火柴从炉膛下将废纸点着，将柴火引燃，最后将煤块引燃，生炉子这一程序就完成了。只是生炉子的煤是买来的，柴火是拾来的，而引火用的废纸大部分是用书报。那时候，为了生炉子，不知道有多少课本、作业本、小人书在大人们的奋力撕扯后遭遇"火光之灾"化为灰烬。

冬天的晚上，做完作业后，我们会在烧热的炉盘上烤土豆片、爆粉条、炒黄豆。然后一边吃着夜宵，一边吹牛聊天，其乐融融，暖意浓浓。更多的时候，是我们一家人围坐在火墙前，你一句我一句地摆龙门阵。那时候，奶奶经常给我们讲一些"鬼故事"，我们一个个听得后背凉飕飕的，吓得要命，睡觉净做噩梦，夜里解手也要大人陪着，气得父亲直埋怨奶奶："都解放这么多年了，还在散布封建迷信那一套骗人的东西。"

那时候，冬天的学校里还有一道别致的风景。上课前，教室里烧得通红的炉盘和烟筒上，架着用铁丝制作的烤架，上面烤着同学们带到学校的早餐，有白面馒头、饼子、包子、花卷，有苞谷面饼子、发糕、窝头等，也有二合面馍馍、红枣馍馍、沙枣馍馍，还有高粱面做的馍馍、饼子、发糕等，各式各样。那时候，谁家的日子过得好不好，从烤架上的早餐就可以看得明明白白。

每年一到10月份，老师都要组织我们到单位的梨园里捡拾剪下来的梨树枝，打成一捆一捆地往学校里拖。梨树枝刚拖回来时还是半干的，我们再费力地将它们搬到教室的房顶上，晒干后再取下来当柴烧。

当年，我们取暖用的煤都是单位派车拉回来的。它们大多来自托克逊县、轮台县阳霞乡、塔什店煤矿、哈满沟煤矿。这些煤炭有好有坏，买到啥样的全凭运气。那种煤块多的、色泽光亮、易燃火旺的就是好煤；那种块少面子多、煤质发乌、不易引燃、烧不透、火头不旺的就是差煤了，俗称"石头煤"。煤属于紧俏货，能买上就不错了，买上不好的煤，就只能自认倒霉了。公家给你把煤拉回来，怎么倒腾回家就是你自己的事了。车一到，大家赶紧发动全家人甚至亲朋好友，用"拉拉车"把煤从单位的煤场里往家拉。也有条件好的，一大卡车煤"哗"的一下倒在你家门口，自个儿往家里的煤池子里运去吧。一车煤卸下来，运煤的人满脸满身是黑的，鼻孔里、嘴巴里都是煤灰，一个个都黑黢黢的。

每到冬季，单位和公共场所就会烧暖气。每个单位都有一个锅炉房，有专门的锅炉工，一天24小时不停炉。早先时候是汽暖，也就是用工业锅炉里烧水产生的蒸汽取暖,后来又有了水暖,就是直接用烧热的水供暖。不管是汽暖还是水暖,都要通过管道传输,再通过暖气片(包)来散热,升高室内温度。20世纪八九十年代,我所在的企业用汽暖供热。暖气来得快,温度升得也快,不一会儿,偌大的车间就暖洋洋的。停气时温度下降得也快,不一会儿车间里就冷冰冰的了。有时冬天上夜班晚了懒得回家就睡在车间里,关灯后漆黑一片,来暖气时管道不时"噼啪"作响,此起彼伏,吓得我们整晚难以入眠。

小时候一到冬天,我们这帮熊孩子就爱在野外玩火。拾来一堆枯树枝,用干透的落叶引燃,围一圈取暖烤"野食"吃,最常吃的就是烤土豆片、焖土豆。我们从家里偷几个土豆,用铅笔刀切成片,用铁丝串了,放在火堆旁烤熟后当零食吃。

进入21世纪,随着生活水平的提高、居住条件的改善,劈柴加煤、生火取暖早已远离了我们的生活,取而代之的是天然气集中连片供暖、空调供暖,既干净方便又温暖舒适。如此"高大上"的取暖方式,在我们那个年代,是想也不敢想的。

回不去的过往,忘不掉的曾经。几十年过去了,小时候在家中烧火取暖和在野外玩火时的一幕幕场景,时常清晰地浮现在我脑海里,像极了一部褪色的年代电影。只是,这一切早已随风而逝,永远无法重现了。

梨城记忆之照相

相机是人生重要时刻的忠实记录者,将生命中那些或温暖或难忘的、稍纵即逝的瞬间定格成画面。闪光灯亮起时,时光仿佛已经停驻,多年后重温,依然能够唤起人们对往事的追忆。

打我记事起,我最早见过的照片就是每家每户放在相框中的黑白照片了。照片中的人物或标准照或生活工作照,或单人照或双人照、多人照、集体照,或坐或站,或半身或全身,神情不同、形态各异。此外,当年还曾经流行过一种"上色"的照片,就是在黑白照片上用笔涂上颜色,当时叫"土彩照",很受小青年的喜爱。

那时候的照片在外形上分为竖片和横片两种,横片的尺寸从1寸到30多寸(1米多)不等,根据照相者的要求来定。在20世纪六七十年代,照相机价格较为昂贵,一般人家根本买不起,一般只有公家才有照相机。这一时期常用的照相机大部分是国内的品牌,型号主要有120、135两种,牌子有海鸥、珠江、牡丹、华蓥等。

当时会照相的人很少,会的一般都是报社的摄影记者、单位的宣传干事和照相馆的专业摄影师,一般人是沾不上边的。那时候,在公共场合脖子上挂个照相已经很神气,再打着闪光灯"咔嚓咔嚓"照几张相就更豪横了。

当年,女摄影师很少,绝大多数是帅哥。这些有相机的哥儿们是真吃香,常常引得一帮大姑娘小媳妇们围在身边,说着好话央求着给自己照一张,好挂到相框里显摆一把。

在20世纪六七十年代,去照相馆拍照还是一件非常奢侈的事情,只有逢年过节,人们才会换上最体面的衣服去照相馆,拍一张珍贵的全家福。那时候结婚,要是谁家新房里除了"三转一响"(自行车、手表、缝纫机和收音机),再多个"一咔嚓"(照相机),那绝对是"王炸"级的家当。当时,库尔勒比较有名的照相馆有两家,一家是位于今巴州电信大楼附近的绿洲照相馆，还有一家是位于今金三角附近的农二师照相馆。那里曾经留下了许多普通梨城百姓的影像记忆。

照相在当时不仅仅是一种时髦，更是一种高消费，所以每张照片都弥足珍贵。几乎每户人家都有几本相册，家里来了客人，拿出相册一起观赏，是必不可少的固定节目。这些相册大小不一、材质各异、档次有别，被家人像宝贝一样地精心珍藏在"保险"的地方。在他们心中，这些记录家庭记忆、岁月流转的影像档案胜若珍宝，寄托着他们对亲情、爱情、友情的深深怀想。

当时，要将拍好的照片冲洗放大出来，一般有两种途径：一种是到照相馆去冲洗，还有一种省钱的办法就是自己冲洗，这就需要有暗室和冲洗工具，还得有技术才能开工。那时候单位的宣传干事每次照完相，都要钻进一间由旧办公室改造而成的暗室，闩上门，拉上厚厚的窗帘，在里面捣鼓好几个小时。

20 世纪 90 年代初，我所在的报社就设有专门的暗室，摄影记者拍完照片后都是自己冲洗。有时候采访回来已经很晚了，还得再忙活几个小时，辛苦不说，还常常耽误编辑排版，很是麻烦。

夏天冲洗照片是最苦的，在密不透风的黑屋子里闷几个小时，常常弄得人浑身湿透。那时的摄影师拍照和冲洗的技术水平都不太高，所以废片率很高。

大约是在 20 世纪 80 年代中期，彩色照片开始在梨城流行，黑白照片逐渐被彩照所取代，暗室也随之消失。彩照只管拍，剩下的冲、洗、扩等后续工作只需交给彩扩部就可以了。当时，在库尔勒比较有名的彩扩部有地平线、星光、江南等。照相机的品牌以日本的和美国的为主，摄影爱好者常用的有理光、佳能、尼康、柯达、雅西卡、奥林巴斯和国内的海鸥、凤凰等。

在后来的很长一段时间里，中国的红乐凯、日本的绿富士、美国的黄柯达，成为国内胶卷市场最热销的产品。由于彩色胶卷价格较高，必须在专业的彩扩部才能冲洗，所以，照一张彩照在当时可不容易，得好几元钱呢。与此同时，家庭相册中的黑白照片也随之黯然退出，无可奈何地让位于彩照这一"新贵"了。

进入 21 世纪，技术先进、功能强大、使用方便的数码相机走进梨城人的生活，摄影爱好者们再也不用为"买得起相机，用不起胶卷"而犯愁了。拍照时，"一卡（SD、CF）在手，全部搞定"，只管摁快门就行了。拍得好的就留下，不好的就删掉，有瑕疵的还可以在电脑上修图。相册也用不上了，把想保留下来的照片存进电脑或硬盘里，想看时轻点鼠标就可以随意浏览，既方便又快捷。

之后，随着手机的普及，手机拍照逐渐成为一种行为习惯，"人人都是摄影家"成为不争的事实，手机在相当程度上取代了相机的地位。尤其是智能手机的广泛应用，更是为"照相"这一诞生于 19 世纪 30 年代的古老技术赋予了全新的功能——

能拍能存储,能修能编辑,能收能发送,人们照相变得越来越方便了。

一张照片,承载着一段记忆;一家照相馆,见证着城市的变迁和人们生活的变化。如今,老式照相馆早已退出了历史舞台,各具特色的摄影工作室、新式影楼,以及其他专业摄影店开始出现,门类更趋齐全,服务更加完善。

从黑白胶卷、彩色胶卷到数码摄影时代,从老式照相馆的"黑匣子"到几乎人手一部智能手机,照相这一门古老的技艺虽随着时代的发展几经更迭,但那些珍藏在方寸之间的光阴,仍在默默述说着人世间的精彩。

梨城记忆之跳舞

20世纪80年代改革开放之初,交谊舞在全国流行开来,并且很快就传到了库尔勒。

记得那时一到周末和节假日,各机关、企事业单位纷纷利用大礼堂、俱乐部、露天电影院、篮球场举办交谊舞专场晚会。条件好的单位有职工组织的业余小乐队伴奏;条件差一些的,直接用大喇叭音箱放舞曲。乐声响起,大家纷纷下场,翩翩起舞、一展身姿。也有现场学跳舞的,手来脚不来,时不时撞了人踩了脚,常常引得大家一阵哄笑。

当时最流行的交谊舞是"三步"和"四步",华尔兹和集体舞之类的也深受大家喜爱。80年代末,一些专业的歌舞厅出现在梨城,记得那会儿库尔勒供贸大厦旁边有一家油城歌舞厅很有名气,萨依巴格市场对面市总工会的露天舞场(旱冰场)也很是热闹。

那时,到舞场跳舞,男士选择舞伴一般有两种办法:一种是自带舞伴,另一种是到舞场上现找。现找舞伴需胆大脸皮厚、眼疾手更快,首先必须准确评估,也就是根据自身外形条件,快速选择合适的女伴,然后立即上前邀请,否则就有可能被别人抢先下手。

与此同时,在西方国家20世纪六七十年代流行一时的"的士高"传到了中国大陆,当时也被称为"摇摆舞",几乎成为时髦青年们的专属劲舞。大多数情况下,摇摆舞只能是小青年们凑在一起自娱自乐,是不能登上大雅之堂的。那会儿,花衬衫、蛤蟆镜、喇叭裤、摇摆舞、大鬓角、爆炸头、披肩发几乎就是落后青年的标配,良家姑娘是绝对不敢找这样的人当对象的,否则就要被老爹"打断腿"。

20世纪80年代中期,有一种"抽筋舞"在梨城青年人中间流行起来。抽筋舞,顾名思义就是跳起来像被电打了一样,全身乱扭,手和腿一抽一抽的,很是滑稽可笑。

记得 1987 年，我工作的车间在筹办春节联欢晚会时，专门请了一名抽筋舞高手来"传经送宝"。当众人一起"抽"起来的时候，群魔乱舞一般，简直"亮瞎眼"。由于抽筋舞太过怪异、难学难跳，在昙花一现之后迅速消失了。

同一时期，激情四射、狂野奔放的"霹雳舞"开始在全国流行，深受广大青年喜欢，并由此诞生了一部叫《摇滚青年》的电影，由当时的霹雳舞王子陶金主演，火遍大江南北，给观众留下深刻的印象，在全国掀起了霹雳舞狂潮。霹雳舞动感十足、节奏强烈，跳起来难度较大、专业性极强，不易普及，没能在梨城掀起太大的波澜，喧嚣一时后也归于沉寂。

时间进入 20 世纪 90 年代后期，随着现代版迪斯科的全新引进，"迪厅""迪吧"成为梨城文娱市场的主角。当年较有名气的有一点迪吧、红番区、巴拉娜等，都是蹦迪爱好者经常光顾的场所。

迪厅、迪吧的大量出现，在丰富梨城青年夜生活的同时，也造成了一定的治安隐患。在这些夜场，曾经多次发生打架斗殴事件，在社会上造成了恶劣的影响。后经有关部门大力整治，情况有了很大好转。之后，随着娱乐方式的多元化和文化生活的不断丰富，大型迪吧逐渐淡出了库尔勒的"舞坛"。

如今，很多交谊舞爱好者在公园、广场、楼前屋后开辟"第二战场"，和跳民族舞、广场舞、健身操的大妈大叔们共居一地，各自为"舞"、和平相处，一派歌舞升平的和谐景象。还有一些舞客，喜欢在歌厅"卡拉 OK"时，邀请同伴在狭小的包厢内伴着歌声小舞一曲，也算是过把瘾吧。

改革开放 40 多年来，梨城的交谊舞、现代舞紧跟潮流的变迁，不断丰富着梨城人的精神文化生活，演绎出一幕幕极具时代特征和岁月履痕的"舞坛大戏"。我们在感慨时光易逝的同时，也情不自禁地生发出对青春、爱情以及种种过往的回忆。

岁月已逝，旧曲难忘。30 多年前的恋爱季夜晚，人民东路萨派旁工会露天舞场（旱冰场），霓虹闪烁、乐声悠扬、欢声笑语的场景，至今仍存储在我的脑海中，怎么也忘不掉。

梨城记忆之文娱

20世纪七八十年代,是一个文化娱乐活动十分单调的时期,人们的业余生活仅限于谝闲传、打牌下棋、看电影、看书报杂志等几种形式。80年代初,随着电视机逐渐在库尔勒普及开来,这才稍稍有了一些好转。

那年头,最隆重、最热闹的群众性娱乐活动就属看电影了。条件好一点儿的单位,还能有座像样的电影院;条件差一点儿的,在大树上挂块白布或是砌一面土墙刷白,就成了银幕,放映机的光束一打上去电影就开演了。观众在露天或坐或站,看得津津有味,第二天还要余兴未尽地热议一番。小时候,晚上到周边单位蹭电影看,是我们的一大业余爱好。

当时,巴州电影院是库尔勒规模最大、档次最高的影剧院。由于片子少、场地有限,电影票经常一票难求,随便放个什么片子都是场场爆满。每天从早上第一场到晚上最后一场,售票窗口前始终没断过人,人们经常为抢票而挤成一团。一些小偷也趁乱混迹其中,伺机行窃。此外,当时比较有名的电影院还有库尔勒电影院(今团结南路)、农二师电影院(今建国南路)和工模具、六四一、库运司电影院等。

那时候,看电影时吃的休闲食品是瓜子、小红枣或沙枣,几乎没有吃爆米花的。食品是装在那种比酒杯稍大一些的玻璃杯里卖的,瓜子一杯一毛钱,沙枣五分钱。还有盛在用报纸叠的圆锥形纸筒里的,左手举着,右手忙着往嘴里送,边吃边看,两不耽误。也有吃冰糕冰棍喝汽水的,那就属于高消费了,只有处对象的青年男女才舍得如此奢侈。

改革开放之风吹进库尔勒后,电影市场逐渐变得繁荣起来,一大批五六十年代老电影被解禁,一批外国影片被引进,一批新拍摄的国产影片纷纷上映,着实让影迷们大饱眼福。

1981 年,电视进入了库尔勒。当时看电视着实不容易,要先在自家院里架一根十几米高的天线,才能收到巴州电视台、马兰电视台等几个模糊不清的频道,而且还是黑白的。不像现在,打开电视就能搜到几百个彩色高清频道。

在当时的库尔勒,还有三项文化娱乐活动不能不提,那就是滑旱冰、打台球、看录像。在现在的萨派旁,市总工会建了一个旱冰场,引得众多姑娘小伙儿蜂拥而至。赶时髦凑热闹,顺带还能找找对象。台球这一来自西方的室内运动,沦为大街上和马路边的"野蛮"游戏,狠狠一杆子下去,恨不得把台球捣烂,噼里啪啦的击球声常常响到半夜。当时,随着录像机的引进,大大小小的录像厅遍布库尔勒的大街小巷,成为众多小青年和外地民工夜生活的最佳去处。

在那个年代,我们惊奇地迎来了一项又一项未曾体验过的新鲜玩意儿,这在今天看来不算什么,但对于从贫困年代走过来的我们来说,却是莫大的精神享受,以至于我们在多年以后,仍是那么的津津乐道。

梨城记忆之玩乐

小时候,我们的生活虽然不富裕,但快乐却一点儿也不比现在的年轻人少,甚至远远超过他们。

那时候,库尔勒的城市面积还很小,离家几百米远的地方就是铁克其人民公社和恰尔巴格人民公社。每到春天,我们就到农家园子里去摘野花、割韭菜、挖野菜和拔喂鸡兔的草,折下柳枝做成柳笛满世界吹。我们还在自家的小院子里撒下花种,种下树苗,每天浇水观察,盼着它们早点儿发芽开花。那时候,我们最喜欢干的一件事,就是满世界捉"鸡鸡虫"(也叫母牛),飞在空中的用树枝打,刚钻出洞的用手捉,还在土里的用木棍掏出来,活捉后装进塑料瓶子,拿回家喂鸡。

那时候,一到开春,每家每户都要"抱鸡娃"。大人们先是从自家的鸡群里找一只"赖抱鸡",然后拿着挑选出来的个头较大的鸡蛋在灯光下来回地照,精选出十来个确定被公鸡"踩"过的蛋,放在垫着苇草和废旧棉布的箩筐里,再让赖抱鸡趴上去孵小鸡。那时候,我们每天放学到家的第一件事,就是去看小鸡娃孵出来没有。20多天后,看到刚出壳的毛茸茸的小鸡娃站在我们的手掌上,"叽叽"叫着吃泡过水的米粒儿,我们别提有多开心了。

夏天,我们无须大人陪伴,自己拿着旧轮胎当救生圈,到孔雀河、库塔干渠、十八团渠里野泳,什么狗刨、双膀、躺游、踩游、蛙式,花样不少。我们中午游、下午游、晚上游,游累了就上岸,晒热了再下水,一泡就是一天,一个个晒得黑黢黢的,按现在的说法叫"古铜色",是绝对的健康色。游泳时还顺带在河里捞条鱼、摸只虾、捉条水蛇什么的,玩得不亦乐乎。我们捡来圆形的玻璃罐头瓶底,把周边打磨光滑后,瓶底就变成了一个简易的凸透镜,对着正午的阳光一照,形成一个白色的高温聚光点,这常常被我们当作点火的工具。

秋天,我们来到田野上、树林里,用弹弓打麻雀,用抄网罩蜻蜓,在柳树上捉"野蚕",在田地里挖"地老虎",爬到高高的白杨树上掏鸟窝、捡鸟蛋什么的,成天没个消停的时候。那时候,我们简直就是马蜂窝的克星,只要一见到,必除之而后快。或是围上去一顿土块石头猛砸,或是用衣服包住头,举着火把轮番冲击用火烧,被蜇几个大包也在所不惜,这么做就是为了拿下蜂蛹盘,吃一顿蜂蜜大餐。

冬天,我们在零下十几度的严寒中打雪仗、堆雪人、扫雪铲雪,一个个小手小脸冻得通红,却笑得灿烂无比。我们在学校轮流生炉子,把教室烧得暖暖的。也有炉子没生好,把教室里弄得烟雾腾腾的时候,冷冰冰的上不成课,为此我们没少挨老师的批评。

隆冬时节,我们在冰面上"打老牛""滑爬犁""溜单刀",一个个冻得鼻涕"吸溜吸溜"的,即使脸被冻得生疼,手背上被寒风吹得裂开了血口子、长满了冻疮也照玩不误。我们在铁皮罐头盒底钉满小眼儿,安上粗铁丝做的提手,里面装上枯树枝用火点着,迎风甩起来后火苗呼呼的,着得可旺了,我们把这叫"罐头盒灯"。

那时候,我们的玩具成本低、不花钱,在家里就能做,游戏很多,随时随地都能玩。我们那时玩的游戏包括踢毽子、扔沙包、拍三角、打髀石、抓窝窝、存糖纸、跳皮筋、挑线线、叠飞机、折纸船、碰钢弹、摔火柴皮、拍圆铁片、打土块仗等。为了做毽子,我们没少从自己家的大公鸡身上薅鸡毛;为了做沙包,我们没少从妈妈的针线筐箩里偷碎布条;为了收集烟盒做"三角",我们没少拆老爸的香烟盒;为了折纸船,我们没少撕作业本……

那时候,我们玩斗鸡、攻城、鸭子头、挤悠悠、滚铁环、藏猫猫虎、骑马打仗、打弹枪弹弓。最厉害的是隔壁的一位大哥,他用自行车链条制作了一种可以击发的手枪。这枪装上从火柴头上刮下的火药,一扣扳机,可以像真手枪一样打出火柴棍做的子弹,发出响亮的"啪啪"声。

那时候,我们最喜欢的是一种叫"打尕尕"的游戏。用一截约 20 厘米长、直径约 4 厘米的圆木棍,两头削尖就成了尕尕。用巴掌宽的木板轻击尕尕的一头,尕尕便立即弹至空中,然后挥动木板猛击,整个过程既惊险又刺激,那叫一个过瘾……

在那个物资匮乏的年代,我们却传承、发明了那么多就地取材的玩具,开展了那么多有益有趣的游戏和欢乐十足的活动,这是多么难能可贵啊。

梨城往事漫忆

闲来无事时，我喜欢在库尔勒的街巷里走一走。漫步在曾经熟悉的城市角落，思绪总会被拉回过去的年代，那些尘封已久的记忆瞬间被唤醒：哪些过去必须铭记，哪些往事值得回味，哪些瞬间记录着一代人的青春履痕。

初夏时节，走进人头攒动的原巴州水泥厂院内的市场，叫卖声、询价声、讨价还价声此起彼伏。露天的场地、简易的摊位、飘香的果蔬、新鲜的鱼肉、亲民的价格，一种浓烈的烟火气息扑面而来，我脑海中随即闪现出老字号的萨依巴格、孔雀、东站市场昔日繁华兴旺的景象。如今，萨依巴格、孔雀市场尚在，只是在众多大型商超和小超市的挤对下，早已不复往日的风光。东站市场时运不济，被拆除只是时间问题。

昔日的东站市场之所以红火，是因为邻近两家大型国企——库尔勒棉纺厂和博湖造纸厂。想当初，这两家大厂拥有近万名职工，学校、医院、食堂、商店、影院等一应俱全，形成了一个自成一体的小社会，带旺了整个火车东站一带。如今，只有棉纺厂烤肉的烟火，延续着这里曾经的喧闹和繁华。

若干年前，离火车东站不远的铁路医院虽然默默无闻，但它旁边的小吃一条街却名声在外。我曾经是这里的常客。中午时分，我经常和朋友们到这儿吃东站凉皮。说是吃凉皮，凉粉、羊杂、小烤肉、烤包子、茶叶蛋什么的也没少吃。时光流转，物是人非，如今市二医院的"饭圈"虽在，却早已不是旧时的模样了。

原来每次路过人民广场，我都会想起这里的一家名店——库尔勒市粮食局第五粮店，简称"五粮店"。因为还兼着办理粮食关系业务，又名中心粮店，专门负责人民东路及周边的粮油供应。其他的还有管着库运司、养路段、工模具厂和交通东路周边粮油供应的四粮店（今库尔勒公路分局对面），管着萨依巴格路周边粮油供应的三粮店（今州民政大厦旁）等，如今早已不见了踪影，取而代之的是林立的一幢幢高楼。

梨城纪事

大十字和三角地(今金三角)周边,有许多熟悉的面孔,让我至今仍记忆犹新:人民商场——库尔勒国营商场中的"天花板",全市人民逛街购物的首选打卡之处,曾经留下过两代人满满的上街回忆。如今,人民商场早已荡然无存,湮没在历史的烟尘中,取而代之的是太百购物,仿佛提醒人们这里曾经的繁华。

寄信、汇款、发电报、打长途、邮取包裹、代写书信、订阅书报杂志……这些业务,我们小时候在邮电大楼可没少办过。时过境迁,昔日的邮电大楼早已被邮电局分家出去的电信大楼所取代,电信大楼"高大上"的外形仿佛在诉说着当年的辉煌。

提起小康城,大家一定不陌生,但要说起育花路,"80后""90后"那是绝对蒙圈。20世纪90年代初,在巴州二中的西侧,北起青年路、南到巴音东路,逐渐形成了一条饮食街,各类餐厅饭馆一字排开,各种美食应有尽有,吸引了众多梨城食客,一时间声名大噪。2004年,小康城横空出世,取代了曾经给一代库尔勒人留下味蕾记忆的育花路。

20世纪70年代,库尔勒最豪横的大酒楼,当属工农兵饭店(今老汇嘉)、东方红饭店(交通西路和北山路交会处)和群众餐厅(今巴州影剧院对面)了,能在这几个地方吃顿饭,那是老有面子了。虽说只是两三层的小楼,但在当年的库尔勒,那是妥妥的高楼大厦。之后在大十字(今巴州建行处)开门揖客的团结食堂,在萨依巴格路(今巴州电信大楼)大门旁开业的卫星食堂后来居上,以疆味十足、经济实惠赚足了口碑,很是红火了一把。

到了80年代,在工农兵饭店的原址上先后建起了塔里木饭店和西域酒家,这两家店都是主打正宗地道的新疆菜,老味道新环境,价格也亲民。当时的"60后""70后"都爱在这两家店举办婚宴。

20世纪90年代中期,库尔勒就有了直飞北京、济南、成都、佛山、西安等地的航班。这在当年是非常了不起的事,绝对领先于除乌鲁木齐以外的疆内其他城市。现在就更不用说了,从库尔勒乘飞机,可以到达全疆的所有地级城市,以及国内的30多个城市,空中交通十分方便快捷。

如今说到好酒,梨城人张嘴就来:茅台、五粮液、海之蓝、红花郎、国窖1573……其实在三四十年前,新疆也不缺本地产的好酒,如伊力特、天池特、红山特、奎屯特、古莞特、三台特、白杨老窖等,大众化的有古城大曲、五五大曲、天池二曲、奎屯佳酿等,还有巴州果酒厂生产的巴州大曲、金泉白酒等。想当年,喝着奎屯特、白杨老窖,就着花生、大豆,是我们这些未婚男的喝酒标配。此外,还有四川的绿豆大曲、小角楼,吐鲁番的"无核白"、红葡萄酒等,都曾经陪伴着我们度过无酒不欢的单身生涯。

要说当年最牛的,那还得是来自甘肃武威的西凉啤酒。自20世纪80年代以来,西凉啤酒一统巴州市场近20年。几乎在同一时期,一种叫小香槟的碳酸饮料一度出现在库尔勒的餐厅酒桌上，成为女士们的专属饮料，不知什么原因，在风行一时之后又不见了踪影。

20 世纪 80 年代，梨城的酒场特别流行划拳，不会划拳的就玩老虎杠子鸡、石头剪子布、哑巴拳、大压小、猜火柴。三杯酒喝罢，就开始进入"打通关"环节，霎时间喊声不断、战火纷飞：抢拳的、赖拳的、挡拳的、代拳代酒的、代拳不代酒的……一圈儿打下来，酒量小的已经开始胡言乱语，往桌子底下钻了；酒量大的则面红耳赤扯着嗓门继续酣战，气势如虹、不醉不归。20 世纪末，盛极一时的划拳不知何故从梨城的酒桌上消失了。现在的"80 后""90 后"，基本上对划拳没什么概念了。

20 世纪 90 年代初，受大城市的影响，库尔勒的酒吧一家接着一家冒了出来，其中最有代表性的就是天山东路市三中门前的"大酒瓶子"酒吧一条街、滨河路酒吧一条街。一到晚上，这些地方就霓虹闪烁，成为"夜猫子"们的快乐天堂。后来酒吧热逐渐降温，这些酒吧最终消失在梨城的茫茫夜色之中。

20 世纪八九十年代，在偏远闭塞的小城库尔勒，也曾有全国赫赫有名的明星大腕莅临一展才艺。1984 年，在连续两届春晚出尽风头的当红笑星陈佩斯就曾在老巴州体育馆（今华夏城市广场对面）演出过小品。1995 年 8 月，当时爆红全国的笑星赵本山赴梨城商演，我代表《库尔勒晚报》曾对他进行了专访并与其合影留念。1997年，玉女歌手杨钰莹和高枫（曾经以一曲《大中国》火遍全国）来库尔勒进行慰问演出，在巴音郭楞宾馆接受了我的采访并送我签名留念，我至今仍保存着。著名歌手孙楠、香港著名影星吴孟达、著名演员宁静、辛柏青都曾在库尔勒演出或拍摄过影视剧。央视著名节目主持人李嘉明，就出自塔什店原红光无线电厂，中学毕业于市五中。

2022 年热播的电视连续剧《人世间》里扮演周秉义的辛柏青，在 2022 年 9 月10 日央视中秋晚会上携小宋佳深情献唱歌曲《人世间》，那亲切而温暖的微笑，一如17 年前我在萨依巴格路光通大酒店第一次见到他时的模样，只是多了几许岁月的沧桑。

时光一去不复返，前尘往事随风去。恍若隔世忆当年，梨城风云谈笑间。零零星星、拉拉杂杂说了这么多，并不是那个时代有多好，而是因为我们曾经亲历过，并且那些岁月永远也回不来了。

如今，我再叙当年的故事，感叹岁月的变迁、世事的变幻、往昔的纷繁，那些几乎被遗忘的时光画面一帧帧温情重现，一次次触碰着我心底最柔软的部分。我想，关于库尔勒的过去，已成为这座城市的组成部分，将永远铭刻在我们的集体记忆中。

"工模具"的那些事儿

"工模具"全名为"新疆工具模具厂","工模具"是老库尔勒人对它的简称,如果用老库尔勒话(焉耆回族话)念的话,更是别有一番风情,透着一股浓浓的凉皮子味。说起工模具,想当年,那可是巴州军工企业中的"扛把子",老库尔勒人没有不知道的。

20世纪60年代中期,从战备需要出发,党中央出台发展三线建设的重大战略。1964年12月,新疆维吾尔自治区党委做出《关于加强地方军工建设的决定》,成立自治区军工领导小组,下设办公室,简称"国防工办",负责三线建设。按照"好人好马上三线"的要求,从全国各地的大中型机械企业和军工单位抽调了一批技术人员和工人骨干,并就地接收了一批优秀的转业复员军人,加快组建新疆的三线军工企业。

1965年,按照国家"小型分散、靠山隐蔽"的方针,自治区在天山以南,库车、拜城两县以东,以库尔勒为中心的地区规划了新疆小三线建设区,拉开了新疆小三线建设的序幕。

当年10月,在位于库尔勒市北部,十八团渠以南原恰尔巴格公社的一片荒地上,工模具开始选址建设,来自全国四面八方的干部工人,陆续抵达并立即投入建厂工作。这些新疆第一代军工人发扬"争分夺秒,大干快上,有条件要上,没有条件创造条件也要上!"的铁人精神,他们白手起家,艰苦创业,很快就盖好了厂房、安装好了设备,建起了生产技术在全国都堪称一流的现代化军工企业——新疆工具模具厂。工模具在短时间里生产出了国家急需的高质量的军工配套产品,迅速成为新疆小三线军工企业的骨干力量。

与此同时,自治区还在库尔勒建起了一系列军工企业,构建起门类齐全、互为依托、就地配套的新疆军工生产体系,源源不断地生产了大批军工配套产品,有力地支援了国防战备。

受益于当时国家对军工企业的高度重视和地方政府的大力支持,工模具不仅位置好、地盘大,而且是库尔勒片区中唯一一个在城里安营扎寨的军工企业。当时的工模具背靠十八团渠,东与养路段(现库尔勒公路管理分局)相邻,西接北山路(路对面还有一所子弟学校和上百户职工住宅,现博爱市场),南到交通东路(路对面有厂汽车队厂房和20多户职工住宅,现萨依巴格市场中门一带),厂区和家属区四周被一面三四米高的围墙严实地围住,作为与左邻右舍的分界线,与外界严格隔离开来。

当时工模具的技术人员和工人大多是从北京、上海、天津、哈尔滨、沈阳、长春、西安、重庆、武汉、乌鲁木齐等全国的大型机械企业、军工企业、高校毕业生中优选而来,其中不乏留学生,专业素质没的说。后来,厂里又陆续接收了一些部队转业干部和复员军人,如今,他们中的大多数已经永远地长眠在这片为之奋斗终生的热土上,再也回不去令他们魂牵梦萦的故乡了。他们的子女多数留在了库尔勒这个第二故乡,在此成家立业,生儿育女,继续扎根边疆、建设边疆、守卫边疆,完成父辈未竟的事业。

在计划经济时代,工模具作为一家中型军工企业,从建设到管理无不以规范著称,厂里党政工青妇、教育医疗、后勤保卫等机构一应俱全。厂房、设备、生产工具、检测仪器都是当时国内顶尖的配置,用高端大气上档次来形容一点也不夸张。以至于20世纪80年代塔里木油田公司的技术人员到厂里来订购产品时,看到一台台在当时堪称国内一流的机床设备后,惊羡不已、连连称赞。

在当时企业办社会的时代,工模具在发展生产的同时,盖起了宿舍、植起了林带、办起了农场,建起了食堂、澡堂、开水房、图书馆、篮球场、电影院、招待所、托儿所、幼儿园、医务所、子弟学校等,应有尽有,配套齐全。2000多名职工和家属生活在这个自给自足的小天地里,悠然自得,其乐融融。

尤其是厂里自建的露天、室内电影院,在当时绝对称得上是库尔勒地区电影院的"天花板"。周边的养路段、库运司(现新疆四运集团公司)、六四一(现新疆第三地质大队)、巴州茶畜公司、皮毛厂、水泥厂、棉麻公司、东方红饭店、巴州客运站等单位的大人小孩,常常到工模具的电影院蹭电影看。

当时,厂里还办起了子弟学校,在师资力量严重匮乏的情况下,竟然一度办到了高中,这对于一家企业学校而言,不能不说是一个奇迹。1988年,厂子弟学校宣告停办,学生被分流到周边学校就读,老师或调走或回厂或退休。至此,这所为工模具发展壮大立下汗马功劳的子弟学校,就这样消逝在库尔勒的烟尘中。但我相信,曾经在这里上过学的工模具子弟,是永远不会忘记自己的母校和老师的,不光因为这里是我们走向人生的起点，还因为这里曾经留给我们太多的记忆，令我们终生难忘、永远铭记。

工模具在"大干快上"发展生产的同时，秉承了军工企业"绿化祖国、造福一方"的优良传统，开展了大规模的植树造林运动，沿厂区四周种植了白杨树、青杨树、柳树、沙枣树、榆树等十几种树木，形成了环绕厂区数公里的林带。随后，工模具又在厂区、家属区见缝插绿、应绿尽绿，种上了白杨、松柏、香梨树、馒头柳、垂柳等树木花草，极大地绿化美化了生产生活环境，绿化率之高在当时的库尔勒地区名列前茅。

厂区内，一条笔直的大道贯通南北，两旁松柏矗立、苍翠欲滴，两边是一间间掩映在树木花草中的厂房。在紧靠交通东路旁有一片茂盛的梨园，种着正宗的库尔勒香梨。小时候，我们没少偷吃这儿的香梨。家属区内，上百栋平房面南背北、平行排列，颇为壮观。一条小渠自东向西穿过，蜿蜒流淌。沿渠两边白杨摇曳、垂柳轻拂，渠上架起了造型各异的小桥。夏秋时节，职工家属们三三两两地在渠边纳凉休闲，一幅安然闲适的场景。40多年过去了，这一幕仍清晰地印刻在我的脑海中，时不时就会浮现出来，是那么亲切而温馨。

当时的军工企业，因为设备强、技术精、名声好、待遇高。就连小青年找对象的标准都高人一头，姑娘不愁嫁，小伙儿吃得开，很多人都以能进军工企业工作为荣。在那个特殊的年代，军工单位的荣光、高精尖国企的优势带给职工们的自豪和荣耀，曾经温暖了整整一代军工人的心，给他们留下了难以忘怀的记忆，至今想起来仍自豪不已。

按照当时保密工作的需要，新疆工具模具厂代号9909，通讯地址是新疆库尔勒市交通东路12号信箱。当时的军工企业，由于工作性质需要保密，加上门槛高、进厂难、管理相对封闭等原因，被蒙上了一层神秘的色彩，对外界来说显得有些陌生。

20世纪80年代改革开放初期，在以经济建设为中心的国家产业政策调整中，三线军工企业纷纷下马转产民品，并下放到企业所在地政府管理，自主经营、走向市场，部分企业整体搬迁至内地。至此，三线军工企业结束了自己特殊的历史使命，融入市场经济的滚滚洪流中。

面对市场经济的激流，留在新疆的小三线企业由于地处偏远、信息闭塞、交通不便，加上产品成本高、市场竞争力差、自身负担较重以及吃大锅饭等原因，在激烈的市场竞争中，或破产倒闭，或被其他企业兼并，或被改制成民营企业，纷纷销声匿迹。工模具也不例外，虽然在20世纪80年代初开始军转民，投身市场经济大潮，在奋起"二次创业"的过程中，顽强自救，历经无数次的沉浮起落后，最终也未能挽回颓势，在市场经济的严酷考验中功败垂成。工模具于1996年12月被新疆四运集团公司兼并，在历经31年的盛衰兴替后黯然退出了历史舞台，从此不复存在。

　　战火硝烟远去了,曾经的边塞烽烟早已湮没在历史的光影中。但生活在和平年代的"疆二代""疆三代"们不会忘记,在库尔勒曾经有这样一座工厂,曾经有这样一群人。他们在 20 世纪 60 年代中期,携家带口,告别家乡和亲人,千里迢迢奔赴大西北,来到偏远的新疆塔克拉玛干大沙漠的边缘,为了新中国的军工事业,扎根边陲、艰苦创业。他们发扬"特别能吃苦、特别能战斗、特别能拼搏、特别能奉献"的军工精神,无怨无悔、鞠躬尽瘁,献了青春献终身,献了终身献子孙,为共和国的国防事业洒下了辛勤的汗水,做出了突出的贡献,在新疆军事工业发展史上书写了浓墨重彩的一笔。

　　回不去的过往,忘不掉的曾经。再想起工模具,充溢在我们心中的依然是满满的回忆和深深的感动。第一代人的付出,第二代人的接续,一座老厂,承载了两代人的青春芳华。犹如一部电影,记录着新疆军工那段激情燃烧的岁月,镌刻下新疆军工那道不可磨灭的印迹。

　　记忆或许可以被风干,但瞬间的画面却永留心间。作为一名"军工二代",生于军工、长在军工、热爱军工、感恩军工、怀念军工、铭记军工,这种浓浓的军工情结早已深深地渗透到我们的血液中,牢牢扎根在我们的心底里,一刻也未曾淡忘过,已然成为我们宝贵的精神财富并将永续传承。

新华书店往事

新华书店于我而言，是一个快乐的记忆，是一条传承文明的通衢大道、一座承载文化的启智宝库，亦是一艘播撒知识的远洋航船、一扇看世界的神奇窗口。

小时候，我家住在库尔勒市交通东路原新疆工模具厂（今工模小区），同在这条路上的原库尔勒养路段（今库尔勒公路分局）大门斜对面有一家书店——巴州新华书店交通东路分店。

在计划经济年代，国营新华书店一家独大，那时还没有民营、个体书店一说。库尔勒市区的新华书店仅有几家，其中位于今巴州新华大厦对面广场的巴州新华书店总店，是当时巴州地区最大的书店。其他还有位于今团结南路的老街新华书店，位于今火车东站的东站新华书店，位于今金三角的农二师新华书店。那时候，我去得最多的，就是离家最近的交通路新华书店。

这家书店面积不大，有七八十平方米的样子。店内的布置和当时大多数国营商店一样，都是封闭式的。前面是一排玻璃书柜，用来展示书籍，中间是一条一人多宽的供营业员通行的走廊，最后面靠墙则是一排书柜，既可以存放书籍，也可以展示书籍。

店里当时有两名营业员，男营业员是一名汉族同志，当年40岁出头的样子，中等个儿，腮帮略鼓，很健谈。女营业员是一名维吾尔族同志，有30多岁，个子不高，大大的眼睛，白白的皮肤，话不多，显得很文静。在我的记忆中，这两人在这家书店工作的年头还不短呢。

那时候，顾客首先要了解书的情况，才能决定买不买，也就是得先看书。因为顾客和营业员之间隔着柜台，需招呼营业员将书从书柜里取出来或是从书架上拿下来递给顾客，这样的动作每天都要重复无数次，很是辛苦，所以，营业员的服务态度就显得至关重要。在那个年代,国营商店服务员态度普遍"高冷",但这两位的服务态度却极好,以热情和耐心赢得了顾客的一致好评。

因为从小喜读书、爱买书,我三天两头往新华书店跑,渐渐跑上了瘾,从小学到中学,几天不跑一趟,心里就空落落的。当年,我跑书店的首要任务就是买小人书,其次就是买文学类图书和画报。

小时候家里穷,有时看到书店来了新小人书,可兜里一个钢镚儿也拿不出来,我便紧急招呼弟弟一起捡些废铁、旧玻璃瓶、牙膏皮、动物骨头什么的,拿到附近的供销社废品收购站卖了,然后直奔书店,生怕去晚了小人书就被别人买走了。当年,我断断续续用了3年时间才好不容易买齐的《三国演义》《水浒传》《杨家将》《说岳全传》等成套连册的小人书,至今仍像宝贝一样珍藏着,轻易不示人。

当年,除了卖废品,我还经常找父亲要钱,他也是小人书迷。有时我也向同学借钱,但常常是忘了还,在几年前的一次同学聚会上,我被当众"揭发",至今还欠一位同学两毛钱没还。现在想想,虽说当时欠钱没还成了"老赖",但我却没少和同学们分享我的小人书,也算是扯平了吧。

参加工作后有钱了,我买书的范围逐渐扩大,种类也日益增多了,有世界名著、社科专著、自学教材、文学选集、流行丛书、各类期刊等。周末逛书店成为我延续至今的爱好和习惯,在网络阅读盛行的今天,也一直未曾中断过。

几十年过去了,如今的书店,宽敞明亮的店堂、先进高档的设备、琳琅满目的图书和丰富多样的经营业态,是当时的我们无法想象的。但彼时新华书店毫不起眼的平房、木质框架的玻璃柜台、摆满图书的书架、充溢着浓浓墨香的味道、忙忙碌碌递书收款盖章的营业员、带着对知识的渴望纷至沓来的购书人,无一不在我读书买书、求知奋斗的生涯中留下了难以磨灭的印记,为我的追梦人生提供了源源不断的精神食粮和不竭动力。

"……今天我们已经离去在人海茫茫,他们都老了吧? 他们在哪里呀? 我们就这样,各自奔天涯……"此刻,耳边悠然响起朴树的《那些花儿》,眼前浮现出久违的交通东路新华书店的旧时样貌。岁月荏苒,40多年过去了,不知当年交通东路新华书店的两位营业员叔叔阿姨是否安好? 我在心里默默祝福他们健康相伴,平安顺遂。

广播大喇叭

20世纪50~80年代，人们获取新闻和信息的渠道不外乎报刊、收音机和电影开演前播映的《新闻简报》等几种。除此之外，最重要的一条渠道就是收听村里和单位、街道上的"大喇叭"广播了。大喇叭传播速度快、效果好、花钱不多、易于推行，在中国广大的农村和城市风靡一时，成为当时覆盖面最广、听众人数最多、传播最迅速、内容最权威的信息传播平台。

"一朵牵牛花，爬上大树杈"，这句顺口溜说的就是乡村大喇叭。那时，大喇叭几乎是全国各地所有村庄的标配。对信息闭塞、文化落后的乡村来说，大喇叭是农民了解外面世界的唯一渠道。

那时，农村的大喇叭内容颇为丰富，除了早、中、晚三次转播收音机播放的中央人民广播电台、省市广播电台和县、人民公社广播站的新闻节目外，还插播一些当时流行的革命歌曲和戏曲曲艺节目。有些县、人民公社广播站还自办一些本地新闻、天气预报、农业生产小常识之类的节目，很受农民群众的欢迎。农村的大喇叭，还有一个最重要的作用，那就是在第一时间播出上级的重要指示、重要文件、领导讲话、学习文章以及公社、大队部的紧急通知等。大喇叭还间或发布一些"王二家的猪拱了张三家的白菜快去制止、李四家的二小子不见了大伙帮忙找一找、供销社来了一批处理的'的确良'大伙快去买"之类的实时信息，内容五花八门，很是热闹。随着大喇叭声响起，村民们端着饭碗聚在村头，一边吃饭一边听广播，成为各地农村一道独特的风景。

那个年代，在城市的机关单位、工矿企业、学校医院和大街小巷，都装有大喇叭。有的装在楼顶，有的安在街头，有的挂在路灯杆上，还有的就地取材挂在树上，不留死角，不漏空白，基本实现全覆盖，到哪儿都能听见。

记得那时,我父母所在的军工厂实行半军事化管理,厂广播站每天早上8点到8点半,中午2点到2点半,晚上8点到8点半三次播放大喇叭,我们将其称为"放广播"。那时候,厂里的大喇叭简直就是我们的作息闹钟。

每天早上8点放起床号,提醒人们该起床了,然后转播中央人民广播电台《新闻联播》节目,到8点半放上班号,提醒人们上班时间到了,赶紧从家里出来往车间走;中午2点钟放下班号,然后播放《本厂新闻》等自办节目,大部分是厂部和车间的业余通讯员们采写的关于生产动态、劳动竞赛、好人好事等方面的新闻,以及电影预告和各类通知、公告等,一般播音到2点半左右结束。晚上8点放下班号,然后转播中央人民广播电台、新疆人民广播电台的新闻节目,一直到8点半结束。平时播放时间雷打不动,每年5月1日、10月1日根据夏、冬季作息时间略调整。

当时,我还是车间里的一名工人,平日里爱好写作,经常利用业余时间深入生产一线采写一些"豆腐块儿"新闻投到厂广播站。每次听到自己的稿件在广播里播出,我心里都是乐滋滋的。那年头,能在厂里当一名广播员可是一份很体面的工作,不是什么人都能当得上的,既要有文化,又要嗓音好,还要长相好,多才多艺,以女同志居多。

当时,走在库尔勒的大街上,在固定的时段里还可以收听到架设在路边电线杆上的大喇叭广播,主要是转播中央、自治区人民广播电台的新闻联播和文艺类节目。那时候,各机关单位的大喇叭还承担着播放广播体操和眼保健操等全民健身的任务。

那时的我,从大喇叭里知道了很多国家大事和时事新闻、文化知识,这对我今后从事的文字工作产生了重要的影响。那会儿,我还通过大喇叭学会了很多革命歌曲,如《黄河大合唱》《大刀向鬼子们的头上砍去》《社员都是向阳花》《草原上升起不落的太阳》等。

当时,大喇叭以铺天盖地的数量优势,当之无愧地成为中国主流媒体第一品牌,其传播力、引导力、影响力、公信力、号召力之大前所未有,创下了无可匹敌的收听奇迹,对当时人们的生活、工作和学习产生了难以替代的巨大影响。

20世纪90年代,随着电视的普及和1998年国家广播电视"村村通"工程的实施,曾经风靡一时的大喇叭逐渐淡出了人们的生活。

"中央人民广播电台,现在是新闻和报纸摘要节目时间……"如今,每当我想起小时候在大院里收听大喇叭的情景,都会有一种久违的亲切感,勾起我许多关于广播的回忆。40多年过去了,那些曾经陪伴几代人成长的声音,今天依旧在我们的记忆深处久久回响,余音袅袅,经年不散。

黑板报

一天，我路过街头，看见一块电子大屏正在播放一则公益宣传短片，不由得心中感叹，现代技术已使宣传方式变得如此先进。我不禁想起了年轻时曾经办过的黑板报。

黑板报诞生于何时已无从考据。黑板报作为一种生动活泼、图文并茂、短小精悍的群众性宣传工具，在宣传方式还很单一的年代，曾经发挥过独特有效的宣传教育作用。20世纪我国处于社会主义革命和建设时期，在机关、军营、工厂、乡村、学校、医院等地，黑板报几乎随处可见，遍布大街小巷。黑板报作为宣传政策法规、报道时事新闻、传播科学文化、发布工作动态的重要阵地，发挥了巨大的宣传和教育作用。

那时的黑板报，都是由单位里的党支部、工会、团支部来主办的，没有专门的采编人员，大多是由单位里有一定美术、书法功底的"秀才"，利用业余时间"出版"的。

在当时的条件下，黑板报的种类也是五花八门。条件好一点儿的，在一块长方形的薄铁皮上刷上一层黑板漆就可以了，或者是在长方形的三合板上刷上一层黑板漆，再用三角铁做一个架子，把板子斜放在上面即可。这种黑板报的特点是可以随意挪动，流动性较强。条件差一点儿的，在墙上抹上一层长方形的水泥，晾干后刷上一层黑板漆就成了。这种水泥黑板报的缺点是只能固定在一个地方，不能挪动。如果黑板报的板子发花或者陈旧了，用黑板漆重新刷一遍，即可焕然一新。

那时候，出黑板报很讲究：要写好文字稿件，报请单位领导审阅后才能作为定稿刊登。黑板报的具体内容不外乎最新政策、时事新闻、生活常识、科技知识、单位动态、好人好事、倡议书、决心书、表扬信以及各种通知。

至于版面美化，那就是编辑们的事了。板书用什么字体、用多大字号，文字和插图位置的摆放、标题如何设计，分隔线、尾花用哪种等，都得考虑周全。总之，就是既要文字内容有看头、吸引人，还要版面美观、赏心悦目，算得上是一门大学问。黑板报看起来简单办起来难，常常令编辑们抓耳挠腮，他们经常写写擦擦，历经多次修改才能交版。

大约是 20 世纪 80 年代中期，我曾经当过一段时间车间黑板报的主编。刚开始干时，我摸不着头绪，便认真向老编辑们请教，从文字的撰写到版面的美化，我都一一求教，很快就进入了角色，一期又一期黑板报在我的笔下完成了。在板报内容上，我力求政策性、新闻性、知识性、趣味性相结合，逐渐赢得了车间职工的好评和领导的肯定。

在当时黑板报热的催生下，还诞生了一批黑板报的衍生品，如黑板漆、直尺、黑板擦，黑板报设计、插图、花边、字体专用书籍，种类繁多的彩色粉笔、广告色等，都曾经畅销一时，成为黑板报编辑们的必备神器。

如今，随着宣传教育方式和工具的日益现代化，黑板报不可避免地退出了历史舞台。但黑板报在那个年代带给我们的文化熏陶、知识积累和精神激励却是永难磨灭的。

报人回想

20多年前,我在新闻媒体工作期间,曾多次赴疆内或内地参加各种会议、学习培训、异地采访等,有幸认识了一些性格、气质各异的媒体同行,他们给我留下了深刻的印象。

时任伊犁晚报社的总编辑杨振波,一位瘦高个、脾气大、说话冲、性格倔强的湖北人。我们是在青海西宁召开的一次会议上认识的。后来,我们在《伊犁晚报》主办的一次年会上又见面了。作为东道主,杨总对第二故乡伊犁充满了热爱,极力向参会的记者们推介伊犁的自然风光和人文风情,自豪之情溢于言表。初到库尔勒时,他对这里的荒漠戈壁和光秃秃的石头山表现出了不屑,总是把伊犁的山清水秀挂在嘴边。后来,当他了解到库尔勒周边的荒漠戈壁中蕴含着丰富的石油天然气资源后,不由得低下了骄傲的头颅:失之东隅,收之桑榆。老天爷是公正的。

2001年,我有幸见到了堪称中国晚报界翘楚的上海《新民晚报》总编辑丁法章,一位年逾六旬,不苟言笑的学者型媒体领导。当时,《新民晚报》在全国百家晚报中稳坐头把交椅,从办报水平、发行数量、广告收入等方面无不首屈一指,令我等晚报小兄弟望尘莫及。在陪同丁总参观的过程中,我趁机向他请教办报事宜。丁总没有因为我是后生小辈而轻慢,而是认真倾听、耐心解答,使我茅塞顿开、受益匪浅。全国新闻界鼎鼎大名的前辈能如此用心指点一介媒体小卒,使我深受感动。

王高林,《兰州晚报》总编办主任,一个见多识广、能说会道的"大城市人"。第一次见面,他给我的印象是热情幽默,一看就是走南闯北,见过大世面的同行前辈,令我这个来自边疆小城市的小记者崇拜不已。后来,我和他多次见面,从他身上,我感受到了媒体人独具的气质和风度。

豪爽大气的山东《威海晚报》副总编唐守业;吉林《城市晚报》"女汉子"副总编

张彬彬；敬业勤勉的上海《新民晚报》摄影记者楼文彪；儒雅潇洒的河南《大河报》总编辑王继兴；小巧活泼的陕西《三秦都市报》副总编王秋香；性情耿直的青海《西宁晚报》总编辑骆树基；气场强大的《乌鲁木齐晚报》摄影部主任杨大鸣……

　　如今，20多年过去了，想必这些报业的前辈们早已退休在家颐养天年了。闲暇时刻，我脑海中总会不自觉地浮现出他们的身影，每次都令我感到一种别样的亲切和温暖。我在此真诚地祝福他们平安健康、阖家幸福。

第一次出疆

1998年6月末的一天下午,我从库尔勒火车东站出发,乘坐前往西安的绿皮火车,踏上了首次出疆之旅。此前,我只是出差到过乌鲁木齐,从未去过口里。这是当时刚过而立之年的我第一次前往内地,因而我感到特别激动,对这趟陌生的旅程充满了憧憬。

列车发车后,经过十几个小时的行程,终于驶离了新疆,来到了进入甘肃的第一站——柳园。柳园原为甘肃省酒泉市瓜州县下辖的一座名不见经传的驿站,1958年因兰新铁路途经此地而兴盛,1963年正式建镇。

进入甘肃地界后,从早到晚,我的目光几乎就没有离开过窗外的风景。一切都那么新鲜,我感觉眼睛都忙不过来了。

过柳园后,火车进入了玉门地界,望着窗外的茫茫戈壁,我不禁想起了唐朝诗人王之涣的《凉州词》:"黄河远上白云间,一片孤城万仞山。羌笛何须怨杨柳,春风不度玉门关。"想象着当年的戍边将士,闻听羌笛吹奏着悲凉的曲调,浓浓的离愁别绪涌上心头,自是一番惆怅难思量。

离开玉门,列车驶入河西走廊最西的一处隘口,也就是河西走廊从西往东的第一站——嘉峪关。嘉峪关始建于明洪武五年(1372),比山海关早建5年,是现在长城上最大的关隘,也是中国目前最大的关隘。嘉峪关以西,是人烟稀少的荒漠戈壁,路途难行,天涯遥远,总令行客们黯然神伤,悲凄落泪。因此民间有"过了嘉峪关,两眼泪不干"之说。

列车过了玉门,进入了张掖市的高台县。高台地处河西走廊中部,自古被称为"河西锁钥,五郡咽喉",是一处战略要地。

高台的下一站是张掖。张掖古称"甘州",自古以来就是丝绸之路上商贾云集、贸易兴盛的重镇,取"张国臂掖、以通西域"之意命名,素有"塞上江南"和"金张掖"的美誉。

列车向东行驶到武威境内时,突然有旅客大声喊道:"快看啊,那有一个大啤酒瓶子!"众人定睛一看,一个足有数十米高的巨大的"西凉啤酒"立体广告雕塑矗立在铁路边上,十分醒目。东往西来的旅客无不侧目咋舌:这广告做的,地标效应也是没谁了,以后看见大啤酒瓶子,就知道武威到了。

武威历史悠久,距今已有2100多年的历史了,是汉武帝为彰显霍去病击败匈奴的"武功军威"而特别赐名的。武威古称"凉州",是丝绸之路的要冲,历代均在此设置郡县。到了武威,也就意味着列车走完了长达1000多公里的河西走廊。一直以来,行客总是抱怨新疆离内地太远,去一趟很不容易,殊不知,不是新疆太远,而是甘肃太长。

离开武威不久,甘肃省的省会兰州市已遥遥在望。列车经过兰州黄河大桥之时,已是凌晨3时许,我特意深夜不眠,临窗苦候,就是为了观看神往已久的中华民族的母亲河——黄河。夜色中,大桥巍峨、横跨两岸;黄河浩荡奔腾、涛声阵阵,此时此刻,我终于圆了心心念念的黄河梦。这一夜我心潮起伏,睡意全无。

过兰州、越天水、穿宝鸡,列车一路东行,经过51个小时的长途跋涉,终于抵达了此行的第一大站——十三朝古都西安。在西安,热情的东道主《西安晚报》同仁安排我参观了举世闻名的秦始皇兵马俑、华清宫、大小雁塔、钟鼓楼等名胜古迹。

我们在参观华清宫时还碰到了一个小插曲。当导游在讲解杨贵妃沐浴的海棠池时,原本在周边参观专供太子洗浴的太子池的众多男游客,立马掉头一窝蜂地拥向了海棠池,一旁的导游哭笑不得:"还是美女有魅力,都过了1200多年了,吸引力还这么大。"真可谓:"美人十载沐芬芳,承悦君前乱盛唐。怅喟繁华如梦逝,凝脂遗恨两茫茫。"

离开西安后,我来到了青海,游览了省会西宁的市容,参观了青海的旅游胜地——中国藏传佛教格鲁派(黄教)六大寺院之一的塔尔寺、我国第一颗原子弹研制基地青海原子城、中国内陆最大的咸水湖青海湖、唐代文成公主沿唐蕃古道远嫁吐蕃国王松赞干布时途经的日月山和青海第二大城市格尔木等。

青海之行结束后,我乘坐火车继续东行,经过一夜的行驶,来到了此行的终点站——北京。记得小学一年级上的第一课是《毛主席万岁》,第二课就是《我爱北京天安门》。如今,我终于来到了盼望已久、日思夜想的首都北京,怎能不热血沸腾呢?到北京的第一站,我迫不及待地来到了天安门广场。在书本里、广播里、电影电视里、脑海里无数次出现的天安门广场就在眼前:天安门城楼、人民大会堂、毛主席纪念堂、人民英雄纪念碑、中国历史博物馆、中国革命博物馆近在咫尺。这一切,不再是梦;这一切,就真真切切地呈现在我的面前。此刻,我再也抑制不住激动的心情,泪水夺眶而出……

在北京的日子里,除天安门广场外,我还参观了慕名已久的故宫、天坛、圆明园、颐和园、明十三陵、八达岭长城等古迹名胜,游览了大名鼎鼎的天桥、大栅栏、三里屯、什刹海、长安街、东交民巷、王府井大街,甚至还专门去了一趟景山公园,看了明朝末代皇帝崇祯上吊的歪脖树……此外,我还品尝了心心念念的北京名吃,大饱了口福。

第一次出疆之行,我开阔了眼界、见过了世面、学到了知识、丰富了阅历,圆了渴盼多年的游天下之梦,可谓收获满满。

在之后的岁月里,我在工作和旅行中又曾多次去过内地,见到了更多更精彩的城市风物、名山大川、特色美食、民俗民情。但都没有第一次出疆带给我的感受深刻和丰富。1998年的那个夏天、那趟行旅、那段美好、那个看见更大世界的震撼和自豪,将永远铭刻在我的人生记忆里,令我终生难忘。

小时候的味道

小时候,不管吃什么都香,哪怕是粗茶淡饭。

20世纪70年代,正值特殊时期,国民经济遭到严重破坏,吃饱肚子已经成为每家每户的头等大事。

那年头,凡是跟"吃"有关的东西一律定量供应、凭票购买。买粮、油要拿着粮食局发的粮本,到粮食局指定的粮店去购买。当时,位于今百川大厦处的库尔勒市粮食局第五粮店(兼中心粮店),负责周边州医院、州建筑公司、人民商场等单位居民的粮油供应,并办理粮食关系相关手续。位于交通东路的库尔勒市粮食局第四粮店负责工模具厂、库尔勒养路段、库运司等附近单位居民的粮油供应;还有在今萨依巴格路与青年路交会处附近的"三粮店"。当时,因为店少人多,买粮油时常常要排队。有时碰上粮店卖七五面、花生油什么的紧俏货,大家更是一拥而上,乱哄哄地挤成一团。

当时,除了粮油外,买肉得要肉票,每人每月定量半斤,买糖、烟、酒、茶、豆腐、鸡蛋都得凭票。到食堂、餐厅、饭店(都是国营的)去吃饭,钱、粮票、肉票一样都不能少,否则你就吃不上饭。

那时候,我最高兴的事就是父亲发工资,每次领完工资,父亲就会带着我下馆子"打牙祭",偷偷地改善一下生活。我们最常去的就是离家不远的东方红饭店(今北山路和交通西路交叉路口),要上几碗米饭,点一盘葱爆肉和白菜粉条什么的,再上一碗不要肉票的骨头汤——那种把肉剔得干干净净的羊骨头熬的汤。对我们这些肚子里常年缺油水、总也吃不饱的半大小子来说,这一桌菜那叫一个香,是绝对的"天花板"大餐啊。

我记得当时每次走进东方红饭店,一闻到那种浓浓的炖煮羊肉混合着各种炒菜的香味，我就会满嘴哈喇子，感觉这是天底下最好闻的味道了。我至今仍对这种味道念念不忘，只是在现在的餐厅里再也闻不到了。

那时候，因为经常吃不饱饭，菜里又缺油少肉的，人的身体老是处于饥饿状态，所以吃什么都特别香。"老三样"——大白菜、土豆、萝卜（胡萝卜、青萝卜），天天变着花样吃。玉米面窝头、发糕就着咸菜、玉米面糊糊照样吃得有滋有味。馒头夹上油泼辣子，一吃就是好几个。素馅饺子、香豆子花卷、葱花软饼、沙枣馍馍、二合面（白面＋玉米面）馒头、蒸榆钱、凉拌马齿苋、苜蓿、蒲公英，对我们来说都是好吃的。一碗没菜没肉的油泼辣子捞面条，我们都能吃得津津有味。

定量供应的油总是不够吃，大人在炒菜时都舍不得多放油。有些人家，在筷子头上绑块纱布，每次炒菜前，用纱布蘸点油，在锅底抹一下就算是放油了，炒出来的基本就是水煮菜。平日里难得上桌的肉菜，也是菜多而肉少得可怜。这样做出来的饭菜油水少，不扛饿，吃完很快就饿。当年工模具厂的一名青年工人，曾经创下一顿饭吃了十几个素包子的最高纪录，那包子还不小，一个就有二两。

那年月，家里偶尔炖个鱼、烧个排骨、做个抓饭、蒸个包子、包个饺子、炒个辣子鸡什么的，那简直就是过年了，一家人一整天都高高兴兴的，沉浸在幸福之中。

如今，随着社会的发展和经济的繁荣，老百姓的生活水平有了很大提高。从饭店到家庭，饭菜的花样品种越来越丰富，油水不缺，味道不差。可不知怎的，不管是闻起来还是吃起来，却再也没有小时候那种味道了，那种食欲旺盛、不吃到打饱嗝不罢休的状态，早已一去不复返了。

小时候的味道，是家的味道，是妈妈的味道，是绿色食品的味道，是粗茶淡饭的味道，是缺油少肉清汤寡水的味道，是胃口好、饭量大、每顿都要吃到撑的味道，是一种渴盼在贫困生活中能够吃饱的安全感和满足感混合的味道……只是，在衣食无忧、吃喝不愁的今天，我们已经很难感受到这种味道了。

我的电大生涯

1981 年初三毕业后，学习成绩优秀的我考上了自治区的一所中专学校。但因为家庭原因，我被迫放弃了这一宝贵的机会，转而报考了不收学费、每月还给生活费的技工学校。而且此前，我和班里其他两名同学已被巴州二中高中部录取，也都因为同样的原因放弃了，失去了上高中乃至上大学的机会，这成为我一生中最大的遗憾。

1984 年 7 月，从技工学校毕业后，我被分配到巴州一家原军工单位、当时转产民品的中型国有企业——新疆工具模具厂工作，当了一名普通的一线生产工人。几乎就在同时，我暗暗下定决心：通过努力，改变自己的命运，实现更高的人生目标。

但在当时，像我这样的平民子弟，想要追求进步是很难的。起初，我选择了文学创作这条路。我从小喜欢看书、爱好写作，一直幻想着成为一名作家，妙笔生花、文海泛舟。但在当时的文学狂潮中，我只是无数个爱好文学的青年之一，难度可想而知。

在第一篇"豆腐块"得以发表后，随后的文章等来的却是无数次的退稿通知。痛定思痛后，我放弃了这个美好理想，开始备战成人高考。

1985 年 9 月，经过一年多的自学，我幸运地考上了新疆广播电视大学巴州分校（以下简称"巴州电大"）新闻专业，开始了艰难的求学之路。当时，学校上课按照中央广播电视大学的全国统一时间开展教学工作：每天上午 9 点到中午 1 点上课，下午和晚上自学不上课。而我们新疆上午的上班时间是 10 点到中午 2 点，这就意味着此前一直上长白班的我只能下午上半天班。厂里和车间对我上学的态度是不支持也不反对，但每天要上够 8 小时班，完成每月的规定任务。为了使上班上学两不误,我决定向车间申请上长夜班。即每天下午6点到次日凌晨2点上班,并按时保质完成每月车间下达的工作任务。

为保证早晨9点按时上课,每天7点半我就得起床,这样一来,我每天只能睡五六个小时,然后骑着自行车匆匆赶往设在建国南路农二师党校的巴州电大上课。一年四季风雨无阻,这一上就是整整三年。这三年,我最大的感受就是缺觉,总觉得睡不够,一有空就想着补一觉。

因当时中央电大成立不久,教学条件还不完善,各学科使用的教材由全国通用教材和部分高校自编教材组成,五花八门,不甚统一。教学采取在课堂上播放录像带或录音带,再由各地市级电大分校的教师辅导的方式进行,并组织学员参加中央电大举行的全国统一期末考试,由省级电大集中阅卷打分,每学期期末考试、阅卷、打分都如同高考一般严格。因此,当时流传着"电大电大,进去容易出来难"的说法。

记得前两个学期的期末考试,学校给每人发一张空白试卷,让学员在考场收听中央人民广播电台的播音,记下考试题目,然后再答题。考试时,辅导老师和学员们一个个精神高度紧张,生怕漏记了考题。一场考试下来,师生们个个疲惫不堪。

当时,在电大学员中,历届落榜的高考生和社会青年占了大多数,还有一小部分是公家单位来混文凭的大龄人员,年龄、阅历相差悬殊,文化程度参差不齐。尽管这样,学员们仍然十分珍惜这个难得的学习机会,克服底子薄、基础差等困难,一个个如饥似渴,学习热情十分高涨。

有一段时间,因为考试压力大,我忙于补课、备考,占用了一些工作时间,没有按时完成工作任务被扣发了工资,一度连吃饭都成了问题,但我没有退缩,硬是咬着牙坚持了下来。

不知有多少次,到下夜班时,偌大的车间已空无一人。擦拭完机床,打扫完卫生,我推着沉重的铁屑车来到空旷的露天垃圾场,独自望着天空的明月,一种悲壮的情感涌上心头,我深深感叹寒门子弟奋斗的艰辛和不易,但这也更加坚定了我与命运抗争的信心和决心。

在历经了诸多坎坷磨难后,1988年8月,我终于上完三年电大,获得了新疆广播电视大学毕业证书,拿到了大专文凭。

上电大期间,在紧张繁忙的工作学习之余,我结合所学的专业知识,深入生产一线从事新闻采访和写作,在疆内报刊、广播等新闻媒体上发表了数十篇新闻稿件。这为我今后参加媒体公考、从事新闻工作打下了良好的基础。

回首三年的电大生涯,我有庆幸,有感慨,也有感恩。庆幸的是我能够在人生前路迷茫的时刻果断抓住机遇,做出了清醒而明智的选择,义无反顾地选择了自学、报考了电大;感慨的是我能够在艰苦的条件下,矢志不渝,始终坚定理想,不懈奋斗,并最终取得了成功;感恩的是家人、朋友、领导、同事的理解、关心和支持,哪怕是无意间的些许帮助,都使我倍感温暖,使我能鼓足勇气,顽强坚定地走下去。

　　三年电大,提升了我的学识,磨炼了我的意志,丰富了我的阅历,也圆了我的大学梦,奠定了我开启人生之旅的基石,深刻地影响和改变了我此后的生活。这段经历,我将长存心间、永远铭记。

坐飞机的那些事儿

如今，随着经济的发展和生活水平的提高，乘飞机出行对大家来说已不再是一件奢侈的事。坐飞机到疆内其他城市和去内地探亲、出差、旅游的人越来越多，坐飞机出国也不是什么稀罕事儿。我在有感于这一巨大变化的同时，不禁回想起从前坐飞机的那些事儿。

记得我第一次坐飞机，是在 1986 年。那时，我在巴州一家机械企业的生产车间工作。一天，车间团支部通知，厂团委和市郊某机场联合开展联谊活动，组织厂里的青年团员乘坐飞机，从空中俯瞰库尔勒市容市貌，每次 15 分钟，每人收取 5 元的成本费。听到这一消息后，我们这些以前只在地面上看过飞机的小青年都雀跃了。对于当时月收入只有 50 多元的我们来说，5 元可不是一笔小钱，但大家却毫不犹豫，纷纷踊跃报名。

活动当天，厂团委组织厂里的 100 多名团员青年，乘着两辆大卡车来到位于市郊的机场。在工作人员的引导下，我们每 10 人为一组，依次排队乘机。这架飞机体量不大，长十几米，有一人多高，外表显得很破旧。机舱里分两排布设着十几个座位，驾驶室和乘客之间没有任何隔离设施。

人坐满后，飞机缓缓滑行起来，不一会儿，就在震耳欲聋的轰鸣声中升向了空中。飞机升空后，我们几个胆大的小青年走到飞行员身后，从飞机前窗俯瞰下方的原野。很快，飞机就飞到了市中心的上空。经过飞行员的提示，我们看到了熟悉的人民商场、州政府大楼、孔雀河、狮子桥、十八团大渠等建筑和河流。因为是第一次在飞机上看到家乡的面貌，我们一个个兴奋得大呼小叫。15 分钟很快就过去了，飞机缓缓地返航降落了。第一次坐飞机，圆了我的飞机梦，让我大开了一把眼界。

第二次坐飞机是在 1995 年 8 月。当时，一起从乌鲁木齐出差到阿勒泰的一位领导因身体不适,无法乘坐飞机返回乌鲁木齐,临时决定跟我对换,由我来坐飞机,他乘车返回。那时候,乘机的手续很简单,安检也没现在这么严格。到机场后,我拿着领导给我的机票,直接进到了候机大厅,然后就排队凭票登机了,既不检查身份证,也没有安检。这架飞机的型号我到现在还记得,是一架老掉牙的加拿大"双水獭"客机,可以坐20来个人,比第一次坐的小飞机稍大一些。机上只有一名40多岁的女空乘,时不时过来转一圈,既不管水也不管饭。

飞机起飞后,遇到了高空气流,颠簸得很厉害,噪声也很大,乘客不时发出惊叫声。望着窗外机翼上锈迹斑斑的钢铆钉,我的心提到了嗓子眼,担心一阵大风过来把飞机吹散架。好在有惊无险,50多分钟后,飞机平安降落在乌鲁木齐地窝堡机场。

1998年,从北京乘飞机回库尔勒;2000年,从库尔勒飞成都、从上海飞乌鲁木齐;2001年,从库尔勒飞北京、乌鲁木齐飞伊宁……后来,由于工作需要,我出差坐飞机的机会渐渐多了起来,乘坐的飞机也从最初只能坐十几人的老式小飞机换成了能坐上百人的图–154、波音、空客、麦道系列等,候机环境、乘坐条件、服务质量都有了令人欣喜的巨大变化,极大地提升了长途出行的体验感。

如今,库尔勒机场已经开通了连接疆内外的近40条航线,成为仅次于乌鲁木齐的新疆第二大航空枢纽,为梨城人方便快捷出行提供了良好的交通条件。这是我在第一次坐飞机的时候做梦也想不到的,但它却真真切切地成为现实。

"老记"逸趣

从事媒体工作20多年间,我从记者、编辑、编辑部主任一直干到常务副总编辑。其间,我感受过许许多多媒体人都曾经历过的酸甜苦辣、喜怒哀乐,看到、听到、亲历过情节各异、五花八门的媒体故事,这其中,不乏一些令人捧腹的趣事,至今想来仍忍俊不禁。

有一年夏天,电台记者大周奉命到和静巴音布鲁克牧区采访。因路途遥远,道路崎岖,大周只好和被采访单位的陪同人员一起骑马赶赴目的地。骑行途中,路过一片一望无际的大草场,骑技娴熟的大周一时兴起,便纵马奔驰起来。不料,跑得正欢时,前面突然出现一条大沟,训练有素的马儿眼快蹄疾,一个急刹停在了沟边上,这马儿是停下来了,可大周却没停下来,一个前滚翻摔出去掉进了沟里,幸好沟不深还有草垫着,大周只是小臂骨折,侥幸捡回一条命。

某年春节前的一天,一单位宴请媒体记者。当天,报社记者钟大姐突感胃部不适,便悄悄安排服务员以矿泉水代酒。开席后,一向以性格豪爽、能喝善饮著称的钟大姐频频举杯先干为敬,博得对方一片喝彩声。谁料酒过数巡后,服务员给钟大姐刚倒的一杯酒竟然冒出了热气,空杯处竟起雾了,很明显是以水代酒。东窗事发,这下对方不干了。钟大姐不仅被迫补上了前面的"作弊酒",还硬生生地被罚酒三大杯,真是"偷鸡不成蚀把米"。事后才知,服务员在倒光了一瓶矿泉水后,情急之下便用温开水临时代替,没想到当场露馅被抓包。

一次,某酒店举行开业庆典,活动结束后宴请前来采访的记者。席间上来一道红焖牛蹄筋,电视台的李记者平时偏好这一口,见盘子停在面前,急忙伸筷欲夹,却不料被服务员上菜转走了。不一会儿盘子又转到面前,李记者眼疾手快再次出击,眼看筷子已到牛蹄筋边上,又被服务员转走了。于是乎,李记者手持筷子悬在半空,放也不是，夹也不能，显得十分尴尬。后来，李记者仍不死心，又接连"突袭"了几次，因为喝鱼头鱼尾酒转桌、小孩乱转桌、客人吃菜转桌等原因，他愣是没吃上一口红焖牛蹄筋，还被几位客人窥破了狼狈相，在一旁窃笑不止。

刚分配到报社的记者小黄经人介绍，与市某学校教音乐的丽丽老师初次相亲后，双方皆同意继续相处了解。周末，小黄到丽丽老师宿舍约会，被她的舍友、教体育的魏老师告知：丽丽老师临时有急事外出了，办完事很快回来，请她稍等。等人的时候，魏老师出于礼貌，便陪小黄聊了起来。没想到一直聊到晚上12点多，丽丽老师也没回来，小黄只好打道回府。后来，小黄又到丽丽老师宿舍去了两趟，谁料鬼使神差的，丽丽老师居然两次都临时有事外出，魏老师无奈，只好充当小黄的"陪聊"。这一聊，还真擦出了火花，最终，小黄记者与魏老师喜结连理。朋友打趣道：原想找个弹钢琴的，谁料娶了个打篮球的。

5月31日是世界无烟日，报社编辑部主任安排平日嗜烟如命的记者老王写一篇关于吸烟有害健康的稿件。到下午交稿时，左等右等不见老王的踪影，主任着急地冲到记者部，一推门满屋子烟雾腾腾，根本进不去人。喊了几声后，老王一边答应一边咳嗽着走了出来，地用手指头蘸了蘸舌头上的唾沫，慢条斯理地扯下两页稿纸递给主任，如释重负地说："抽了大半包烟，总算完成任务了。"再看稿件，被烟灰烫得斑斑点点，还散发着一股浓浓的烟味。

年终的一天，某部门召开总结表彰大会，报社记者华华前往采访。会议开到一半时，主任打来电话让华华暂停采访，马上赶到另一个临时安排的重要活动现场去采访。华华听闻事情紧急，便立即带着会议材料赶往下一个采访地点。下午快下班时，因编辑催得急，华华来不及对主办单位进行后期采访，便根据会议材料写好了稿件，未经审稿便交给了编辑部。第二天一大早，华华还未起床，报社领导便打来电话，劈头盖脸就是一顿训斥。原来，稿件中有一段："某某领导参加会议并发表了热情洋溢的讲话……"那天，会议最后一项议程是领导作总结讲话，原定的参会领导因有事先行离会，临时安排另外一名领导代为讲话，不知情的华华仍按原议程写稿，又未经会议主办方审稿，以致闹出了"不在场领导作重要讲话"的大乌龙。

一场狂风袭击库尔勒的第二天，摄影记者老谭到街头拍摄风灾造成损失的图片。为方便拍摄，老谭特地找了一辆敞篷小货车，坐在车厢里一路行驶一边拍摄。车过人民商场大十字时，几名穿着制服、头戴大盖帽的市政管理人员正在清理损坏的公用设施。突然，一阵大风卷积着沙尘呼啸而来，天空顿时一片灰暗。小货车放慢速度从这几人身边驶过，刚开出没多远，就见一辆"草上飞"一边鸣笛一边追了上来，看样子是有什么事，老谭见状便让司机靠边停车。车上下来一名"光头哥"，急匆匆跑过来冲着老谭吼道:"跑那么快干啥? 我的帽子在你车上呢。"老谭转头往车厢里一看,嘿,还真有一顶大盖帽。原来,老谭的车刚才驶过这几人身边时,正巧一阵大风刮来,把这哥们儿的帽子刮到了车厢里,老谭当时忙着拍照没看见,这才闹了这么一出。

第
四
辑

食事

寻味巴州

巴音郭楞蒙古自治州,简称巴州,巴音郭楞蒙古语意为"富饶的流域"。巴州地处欧亚大陆腹地,位于新疆东南部,东邻甘肃、青海,南依昆仑山与西藏相接,西连新疆和田、阿克苏地区,北以天山为界与伊犁、塔城、昌吉、乌鲁木齐、吐鲁番、哈密等地州市相连。

巴州幅员辽阔,地形多样,东西最大距离 790 公里,南北最大距离 880 公里,总面积 47.15 万平方公里,占新疆总面积的四分之一,占全国陆地总面积的二十分之一。巴州是我国陆地面积最大的地级行政区,被誉为"华夏第一州"。"不到新疆,不知中国之大;不到巴州,不知新疆之广"这句话广为流传,尽人皆知。

巴州是全国 30 个少数民族自治州之一,现有蒙、汉、维、回等 46 个民族,常居人口 161.4 万人。巴州历史悠久、文化灿烂、地域辽阔、物种繁盛。古老的丝绸之路南、中两线横贯全境 2000 多公里,各民族世世代代在这里生息繁衍、赓续血脉,有着辉煌灿烂绿洲文明,形成了特色纷呈、兼容并蓄的饮食文化。令人眼花缭乱的各色美食跳跃在舌尖上,融汇在味蕾中,释放出声名远播的巴州风味。

巴州的饮食与当地的自然环境、生活条件、生产方式息息相关。由于地处寒冷干燥地区,巴州在饮食上整体呈现出性热、味重、油大、香浓四大特色,有肉、面、烤、大四个特点:肉,即以牛羊肉为主,在各种饮食中肉的品种、比例较大;面,即以面食居多,保持了北方民族的饮食特点,偏好面食;烤,即以烧烤为重头,在各种烹饪方式中,烤占了很大一部分;大,即份大量足,呈现出大气豪放的特质,如大碗面、大盘鸡、大盘鱼、大盘肚、大串烤肉、大块清炖红烧牛羊肉、烤骆驼、烤全羊、烤整条鱼、烤整只鸡等,充分显现出巴州人的包容和气度,就像巴州的大山大河,从来都是伟岸和宽阔的。这就是巴州的舌尖文化,我们每时每刻都能够感受到它无穷的魅力和激情。

库尔勒作为一个年轻的移民城市，几乎接纳了来自全国各地的移民及其后代。这就造就了库尔勒人在吃上的海纳百川：什么天上飞的、地上跑的、水里游的、树上挂的、草里长的，什么新疆菜、川菜、东北菜、豫菜、湘菜、徽菜、京菜、鲁菜、粤菜，什么沙县小吃、兰州拉面、过桥米线、黄焖鸡米饭，什么火锅、涮羊肉、麻辣烫、串串香，各种美食应有尽有，说在库尔勒吃遍天下一点儿也不夸张。老话说得好："留住了胃就留住了心。"库尔勒之所以有那么多的"库漂"乐而忘返地生活在这里，美食功不可没。

"走遍南北疆，博湖鱼最香。"在巴州的特色美食中，博斯腾湖的湖鲜系列美食可谓得天独厚。博斯腾湖是全国最大的内陆淡水湖，水域辽阔、烟波浩渺，被誉为沙漠瀚海中的一颗明珠。湖中有赤鲈、池沼公鱼、鲢鱼、鲤鱼、草鱼等30多种有机鱼类和螃蟹、虾等水产品。博湖的西游鱼，湖水炖湖鱼，原汁配原味，细嫩爽滑、汤鲜味美、唇齿留香。还有3吨鱼、4吨水一起炖，一锅可供万人享用的"西海第一锅"。缸子鱼、椒麻黑鱼、清蒸乔尔泰等更是成为"中国西海·吃货天堂"的有力注解。

在新疆，有一种味道叫"焉耆味道"。一碗粉汤、一个油香、一盘凉皮、一份羊杂、一只椒麻鸡、一根胡辣羊蹄、一桌"九碗三行子"，无不在烟火中撩拨着味蕾，热腾腾地释放出家的味道，勾画出一幅食色生香的市井生活美景。生活在"良田嘉禾、沃野千里"的焉耆人民，将各民族饮食文化元素兼收并蓄、发扬光大，形成了以"九碗三行子"为主，粉汤、抓饭、馓子、油香、凉粉、凉皮、黄面、油糕、酸奶、椒麻鸡、糖粽子、火烧和各色油馃子为辅的焉耆回族特色系列美食。

"八方烧烤，味道尉犁。"在尉犁，你不光能遇见沙漠、胡杨和古老神秘的罗布人，感受"大漠孤烟直、长河落日圆"的诗情画意，还能品尝到外皮酥脆、肉质鲜嫩的罗布烤羊羔。"天下羊肉尉犁香。"罗布羊从小吃着甘草、罗布麻长大，因而肉质紧实、脂肪少、无膻味、口感好，碱性和氨基酸的指数要比其他羊肉高出很多。选6个月左右大的罗布羊羔烤制而成的烤全羊，酥脆香嫩、风味独特，堪称新疆烤全羊的"天花板"。

用罗布泊中现捕的鲤鱼或草鱼烤制的罗布烤鱼色泽金黄、香气扑鼻、鲜嫩多汁，堪称尉犁的味觉名片。罗布烤鱼从捕鱼到烤鱼，尽显天然粗犷、古朴狂野风情，在保持原始风味这块儿，把"高端的食材往往只需要最简单的烹饪方式"这句美食名言诠释得淋漓尽致。

烤羊背、铁凹包子、全羊养胃汤、野蘑菇全羊骨浓汤捞饭……应史诗之约，赏极致之味。在和静县美丽的巴音布鲁克大草原，你可以品尝入选中国地域主题名宴的美食文化大餐——江格尔盛宴。美食与文化密不可分，这道荟萃草原饮食精华的饕餐盛宴不仅可以让你大饱口福,还能让你了解美食背后的千般精彩、万种风情。在和静,不得不提的美味还有土尔扈特馅饼、牦牛肉干、巴音布鲁克黑头羊肉、巴音布鲁克蘑菇……

且末的羊肚子烤肉、锅贴肉让人垂涎欲滴,金灿灿的沙子烤饼、石板烤饼——库麦其香味四溢,被誉为"馕中之王",直径 40~50 厘米的且末大薄馕香酥可口。和硕的蒙古族美食全羊席、德吉、风干肉、肚包肉、面盖肉风味独特、别具一格,还有轮台的红柳烤肉、塔河野蘑菇、烤包子,若羌的红枣馕……

库尔勒的香梨酥脆多汁,轮台的小白杏醇甜如蜜,若羌的红枣软糯甘甜,和静的苹果清香脆甜,和硕的西梅、博湖的西瓜、尉犁的甜瓜、焉耆的葡萄、且末的桃子……巴州,就是这样让人口福多多、念念不忘。

全疆乃至全国的美食,都能在巴州找到它们的"替身",但有一种味道却是任何地方的美食都无可替代的,这就是巴州味道。巴州味道,就是家乡的味道,是挥之不去的牵绊,是深入心底的眷恋,是融入我们血脉里的情怀。不管我们走多远、走多久,最念念不忘的还是家乡的味道——一种直击心灵、触及魂魄的人间至味。

梨城人的面食情结

中国的面食历史悠久、品种繁多、风味各异。新石器时代已有石磨,春秋战国时期已经出现了油炸及蒸制的面点,如蜜饵、酏食、糁食等。

库尔勒作为中国西部边陲一座典型的北方城市,注定了在饮食风格上以面食为主。新疆人对面食的执念,是刻在骨子里的。各种口味的面食汇集交融,形成了新疆独有的面食文化。

作为一座典型的移民城市,库尔勒人不光来自五湖四海、语言上五花八门,在饮食上也是风格迥异。

一个人的饮食习惯,是在从小生活的环境中熏陶出来的。虽说父辈来自天南海北,但作为"疆二代""疆三代"的我们,由于深受新疆饮食风格的影响,大都偏向北方饮食习惯,在主食上偏爱面食,尤其是对具有西北风味、新疆特色的面食情有独钟。新疆人在请客吃饭时最常问的一句话就是:"吃米还是吃面?"而得到的回答大多是"吃面"。从这一点上不难看出,新疆人对面食的青睐。

近年来,库尔勒的餐饮业迅猛发展,各种风格、不同流派的美食纷纷在这里落户,呈现出空前繁荣的景象,因此,将库尔勒称为新疆餐饮的网红打卡地一点也不为过,面食更是不甘落后,各类面食纷纷在梨城占据一席之地。

在库尔勒,有中国北方传统的面食,如馒头、花卷、包子、饺子、窝窝头、葱花饼、烧卖、合子、麻花、锅贴、火烧、锅盔、肉夹馍、贴饼子等自不必说,其他如打卤面、炸酱面、肉丝面、酸汤面、龙须面、捞面、烩面、面片汤、疙瘩汤等一应俱全,食客都可以在餐馆里一饱口福。南方的油饼、油条、馄饨、乌冬面、阳春面、担担面、龙抄手、热干面、雪菜面、云吞面、卤肉面、豆花面、燃面、大排面等在库尔勒也有不少吃货喜欢。

西北风味的面食在库尔勒主要有牛肉面、扯面、刀削面、猫耳朵、浆水面、裤带面、油泼面、臊子面、手擀面、刀拨面、拨鱼、剔尖、猫耳朵等，品种多样。这其中，最受欢迎的莫过于新疆风味的面食了。拉条子自然是名列前茅，其他的如黄面、凉皮、炒面、那仁、揪片子、二节子、炮仗子、拨鱼子、面旗子、手工面、皮带面、鸡蛋面、漏鱼鱼等，还有馕、馓子、油香、曲曲、焖饼、烤包子、油塔子、薄皮包子、锡伯大饼、酸汤馄饨等，都是库尔勒人的最爱。

在咱们新疆，到饭店吃面食，一般都论"个"或"碗""盘"，如："四个包子""二十个饺子""一盘拌面""两碗牛肉面""一盆汤饭""两笼小笼包"。在内地，吃面食一般论"两"或"斤"，如："二两担担面""一斤包子""半斤饺子"什么的。在内地如果吃面，一般人吃个"二两"就差不多了，若是"四两"就很吓人了。咱们新疆人到了内地，因为不习惯这种计量方式，弄不清自己到底能吃几斤几两，常常闹出笑话。还有饭量大的，饺子包子一点就是一两斤，直把店小二惊得合不拢嘴，直呼新疆人肚皮大。此类故事，想必许多土生土长的新疆人到内地吃饭时都经历过。

新疆人吃面，尤其是在吃拉条子的时候更是豪横。大碗拉面端上来，把菜往里面一倒（菜里面辣子绝对不能少），将菜和面拌匀后，倒上醋，就着大蒜，一口面、一口蒜，风卷残云，吃得满头冒汗，肚皮圆圆。常有新疆人说，每天不吃上一顿面食，就好像没吃饭一样。每天不吃上一顿拉条子，就感觉浑身没劲儿。

库尔勒的面食，南北汇集，东西荟萃，既有北方风味的粗犷豪放，又有南方风味的精巧细致；既有辣，也有酸；既有鲜，也有香；既有甜，也有咸，吃面人的快乐，不喜欢吃面的人根本想象不到。对喜爱面食的人来说，生活在库尔勒，真是口福不浅。

从中医学的原理来说，小麦性平、味甘、易消化，可多食。面食易消化，吃的时候胃酸分泌得少，胃不至于疲劳，有健脾养胃的功效，对脾胃虚弱者有保健作用。经过发酵的面，更便于人体消化。面条虽然没有经过发酵，但经过切细水煮，不会滞于肠胃，还有养胃气的功效。面条里有碱，因而面汤也是很有营养的。碳水化合物占据人的大脑和神经系统 60% 的能源需求。面条里含有 B 族维生素，对脑细胞有一定的刺激作用，可以活跃思维。此外，烤过的面食养胃，适合有胃病的人食用，如馕、烤饼、干馒头片、干面包片等。

一张麦香浓郁、酥脆可口的柴火馕、一碗酸溜溜热乎乎的羊肉汤揪片子、一盘肉多菜足面筋道的过油肉拌面、一个香喷喷的烤包子、一碟暄腾腾的油塔子……无不散发着新疆美食的诱人魅力，让我们的舌尖上洋溢着幸福的滋味。一道道简单的面食，让我们吃过千遍也不厌倦。这里面，有儿时的味道，有家的味道，有故乡的味道，更有绵延千年的东方况味。

烧烤,烟火中的快意人生

对喜欢吃烤肉的新疆人来说,烧烤作为一种野炊的方式,无疑是大多数人去郊外野餐的不二选择,尤其对喜欢户外休闲的年轻人来说更是如此。

每年一到春天,新疆人就拉开了最喜爱的"烧烤季"序幕。戈壁滩、沙漠中、山脚下、河渠边、农家乐、风情园、景区周边,前来烧烤的人络绎不绝、随处可见。

新疆人的烧烤看上去有些简单粗暴,用三句话来说就是烤一点、炖一点、拌一点:一般都是买只宰好的羊,割下羊腿上肥瘦相间的肉,用来做烤肉;剩下的排骨、羊棒骨、羊脖子、羊蝎子之类的用来做清炖羊肉;拌上几盘皮辣红、糖拌西红柿、拍黄瓜,再就地挖点蒲公英、苜蓿、马齿苋什么的,拌个野菜就齐活了。

早年间,库尔勒人的野外烧烤受当时的生活条件所限,很不上档次。瞅个节假日的中午,一帮青年男女混搭,骑着自行车,驮着自制的简易烤炉、锅碗瓢盆等做饭用的家伙,包里还装着各种食材和调料,羊肉、馕、皮牙子、盐、孜然、辣子面等。来到城郊或是乡村,找个避风遮阳的地方,旁边一定要有河渠,便于洗洗涮涮。在地势较高的坡上挖个坑,留出通风口和烟道,把锅架在上面;或是捡几块砖头,直接把锅支在上面。准备停当后,大家一起分工合作,捡柴的、生火的、切肉的、穿肉的、洗菜的、拌菜的。不一会儿,香喷喷的铁扦子小烤肉就烤好了,凉菜也拌好了。

大伙儿席地而坐,折来树枝当筷子,喝着啤酒饮料,听着港台歌曲,跳着当时流行的摇摆舞和交谊舞,空气中散发着浓浓的孜然味道。因为是共同劳动的成果,大家伙都吃得格外香。虽说那时的烧烤条件在今天看来有些简陋,但对当时的我们来说,却是一场充满欢声笑语的饕餮盛宴。

如今的烧烤,早已随着生活水平的提高和旅游环境的改善"水涨船高"。出行变成了自驾,想到哪儿上车就走,一脚油门就能到。烧烤的地点也由野外变成了农家乐、风情园和亲戚朋友的农家小院。想自己动手可以，想"不劳而获"也行，把带来的食材交给店老板，等着吃现成的就行。烤肉品种也新添了红柳烤肉、烤羊排、烤羊脖子、烤羊腱子、馕坑肉、烤羊杂、烤鸡杂等，还增加了烤蔬菜、烤海鲜、烤鱼、烤面筋、烤香肠、烤鸡翅鸡爪、烤豆制品、烤臭豆腐、烤馕和烤馒头片等五花八门的品种，实现了从铁扦小烤肉到烧烤大餐的华丽变身。

如今的烧烤，娱乐项目也比以往丰富了许多。人们不光要吃，还要旅游观光、运动健身、拓展训练、休闲采摘。春天，到地里拔些蒲公英、苜蓿、荠菜、马齿苋等野菜，割些小葱、香菜、菠菜、油菜、韭菜、小白菜、毛芹菜等时令蔬菜，到大棚里摘些草莓、樱桃、番茄、油桃等水果；夏天，可以去吃桑椹、杏子、李子、苹果、西瓜、哈密瓜；秋天，可以去吃葡萄、蟠桃、红枣、香梨、石榴、无花果等水果；冬天，当地的大棚水果和来自南方的热带水果应有尽有、种类丰富，一年四季水果不断，新疆人的水果那是多得没话说，只管吃就完了。

天高云淡，空气清新，沐浴着户外和煦的阳光，支起烤炉、架起大锅，平时忙碌的人们难得一聚，告别城市的喧嚣，把酒言欢，其乐融融。伴随着袅袅升腾的青烟，心情在大自然里放飞。在城里憋闷已久的孩子们在果园里追鸡逮鹅、招猫逗狗、摘梨够桃的，一个个玩得不亦乐乎。

动手又动嘴，撸串加啤酒，尝百种美食，赏百样美景，品百味人生。这就是烧烤带给我们的惬意和开心。

六队馕坑肉

库尔勒鼎鼎大名的六队馕坑肉,在巴州甚至是整个新疆也是享有盛名的。作为梨城"吃肉"的首选之地,这里一度被称为"王炸"级的存在。

六队馕坑肉最早营业于20世纪90年代中期,在那时被称为"六队烤肉"。当时,有几名来自南疆的餐饮店主在火车北站新疆四运集团公司第六运输车队附近的公路北侧开起了几家烤肉店,主要卖一些烤肉、烤肝子、烤羊腰子,加工馕、皮辣红等新疆特色美食,也有凉皮、凉粉、黄面等夜市的当家小吃。因为这里各类摊点比较集中,又是全天营业,白天晚上不打烊,便形成了一个小夜市,为那些夜猫子们提供了一个夜晚聚餐的好去处,很快就受到梨城食客们的青睐,六队烤肉便逐渐有了一些小名气。

2000年,六队烤肉的一部分烤肉店搬家了,搬到了刚刚建成的天山街道办事处一楼的门面房。与此同时,六队烤肉紧跟新疆人的饮食喜好,利用打馕的坑,纷纷经营起当时在全疆风靡一时的馕坑肉、烤羊排、烤羊脖子等新派新疆烤肉系列。特别是主打的馕坑肉,更是受到不少食客的追捧,人气更加旺盛,六队烤肉的名号逐渐被"六队馕坑肉"取代。

随后几年间,六队馕坑肉地盘迅速扩张,规模逐渐扩大,由最初的几家烤肉店增加到了20多家,沿着天山西路北侧一字排开,白天青烟缭绕、烤肉飘香,夜晚灯火明亮、人声鼎沸,阵势颇为壮观。因为生意兴隆,店内经常坐不下,于是,店主们又纷纷在自家门前搭起了棚子、支起了遮阳伞,还有的将桌椅摆到了路边的绿化带里,客人来了乘凉吃肉两不误。

在那个没有微信群的年代,食客的口碑就是最好的广告。六队馕坑肉的名头越传越响,一路开挂,逐渐成为梨城乃至巴州一张餐饮名片。不光库尔勒人趋之若鹜,不少外地吃货也闻香而来。想当年,六队馕坑肉老字号的第一州、黑公羊、海军、新时代热合曼等烤肉店,名气都是极大的。

2014年,为解决天山西路多年来未能解决的交通拥堵问题,库尔勒市实施了天山西路改造工程,加宽了机动车道、增设了人行道和非机动车道。由于"退地扩路"的需要,六队馕坑肉的部分烤肉店被搬迁,一些店门前私搭乱建的棚子也被拆除,致使这一带烤肉店的数量大大减少。加之市区内烤肉店和夜市的不断增多,这里的食客一年比一年少,"六队馕坑肉"逐渐失去了往日的辉煌,慢慢淡出了梨城人的餐饮优选之列。

时下,随着夜间消费的持续升温,人们希望六队馕坑肉能够重振往日雄风、强势回归梨城餐饮行业的呼声日渐高涨。2022年以来,六队馕坑肉所在的库尔勒市天山街道认真倾听民声民意,本着发展一方经济、造福一方百姓的宗旨,主动协调市政等相关部门,采取科学规划布局、加强政策扶持、优化营商环境、完善配套措施、提供优质服务等举措,恢复了六队馕坑肉市场,以更好地满足梨城广大食客个性化、多层次、品质化的消费需求,进一步增加优质供给、丰富业态种类、形成集聚效应,打造富有人文内涵、彰显城市底蕴的餐饮经济增长点,推动六队馕坑肉实现高质量发展。

相信在梨城社会各界的共同努力下,在天山第一州、老杨、海军、新时代热合曼、羊之味、战友情、来再提、阿里甫等老字号烤肉店的带动引领下,六队馕坑肉能够凤凰涅槃、浴火重生。六队馕坑肉在天山西路的生意一定会更加兴隆,重现昔日的喧嚣热闹,再现曾经的高光时刻。

走,吃桑子去

　　每年一到 5 月下旬,库尔勒的桑子(桑椹)就开始陆续成熟了。周末,在友人的邀约下,我们来到市郊的一处经营性的桑园里吃桑子。

　　桑园不大,也就五六亩见方,一株接一株,一行挨一行,整齐地排列着两三米高、成年人胳膊般粗的小桑子树,有白桑子、黑桑子(也叫药桑子)和粉桑子三种。正是桑子成熟的季节,园子里弥漫着一股清甜的果味,沁人心脾。树底下铺了一层熟透后掉下来的桑子,不小心沾在鞋底上,再沾上土,就像是穿了一双厚底鞋,走起路来很是别扭。据园主介绍,他们引进的这几种桑树,是专门用来观赏和采食的,果粒大、汁水多、色泽亮、卖相好,树不高,伸手可及,便于游客采摘。

　　一进桑园,几位友人就忙着四处寻觅成熟的桑子,很快就钻进桑园深处不见了踪影,时不时传来他们兴奋的惊呼声。友人中有从事新媒体工作的,迫不及待地拉着园主在桑树下做起了直播。一位作家友人则直接缠着服务员,开始了现场采访,为后面写文章搜集素材。其他友人则纷纷抢占有利地形,一边吃一边摆出各种姿势一通猛拍,配上文字后狂发朋友圈,一个个忙得不亦乐乎。

　　看到这一情景,我不禁想起了小时候吃桑子的往事。小时候,因为家里穷,平时难得吃到甜食,所以,吃桑子就成了我们乐享甜食大餐的最佳途径。那时候,每年一到初夏季节,我们这些半大小子就开始满世界找桑子吃。那时候,我们一般都是吃野桑子,也就是到近郊的农村,找那些长在路边没人管的桑树,爬上去随便吃的那种,反正也不用花钱。

　　记得上小学时的一天,我们在原巴州水泥厂(今天山绿苑小区)里发现了几棵大桑树,上面结满了拇指般大小的桑子,白亮亮的十分诱人。我们把书包一扔,飞快地爬到桑树上大吃起来。由于桑树长在水泥厂生产区,桑子上沾了一层薄薄的水泥,吃得我们嘴角上、身上都沾满了水泥,但我们还一个劲儿地往嘴里塞着呢。还有一次,我们在恰尔巴格乡的一棵桑树上吃完桑子后,为了省事,我直接从一人多高的树上往下跳,不料裤脚挂在树枝上,头朝下栽了下去,身体挂在了树干上。还好没摔伤,但当时可把我吓坏了。

刚工作时,我们这帮小青年经常结伴,骑着自行车到乡里去吃桑子。为方便女生吃桑子,我们还专门带上了布单子。找到桑树后,身手敏捷的男生负责爬到树上晃动树枝,女生则负责在下面撑开布单子接桑子。随着树枝的剧烈晃动,熟透的桑子如雨点般落在单子上、砸在女生身上,砸得她们一个个笑着躲在布单子下,开心极了。吃饱玩够后,我们还把吃不完的桑子用碗或小柳条筐装起来,带回去给家人吃,或是送给左邻右舍。

几十年过去了,小时候吃桑子的情景仍历历在目,但却和如今的吃桑子早已不是一个概念了。现在,我们都是开着车去,进到专供游客采摘的桑园里,花钱吃桑子。名为吃桑子,实际上却是找个理由大家聚一聚。都是吃桑子,但前后两个时代所承载的"使命",已然不可同日而语了。

虽说过去和现在吃桑子的方式发生了不小的变化,但那种去户外踏青郊游的快乐和开心却是相同的。

下酒菜

下酒菜,顾名思义,就是在喝酒时佐酒的菜肴。咱们中国人喝酒好讲究,总要弄几样适口的小菜来下酒,既压酒清口还能填饱肚子,因此下酒菜可不能凑合。

平常人家的下酒菜,根据各地食客的不同口味而有所不同,但差别不大,大都以凉菜和卤煮类菜肴为主。荤菜中的扛把子不外乎拌猪耳朵、卤猪蹄、烧鸡、卤鸡爪、酱牛肉、肉皮冻、各种火腿肠等。素菜主要有糖拌西红柿、拍黄瓜、花生米系列(油炸、醋泡、水煮)、盐水毛豆、油炸大豆,凉拌豆芽、豆腐干、豆腐丝、粉丝、海带丝,老虎菜、皮蛋、小葱拌豆腐什么的。此外,还有大葱炒鸡蛋、酸辣土豆丝等。

新疆人的家常下酒菜以肉为主,简单中透着豪气。手抓肉、馕坑肉、小烤肉、红柳烤肉、架子肉、烤全羊、烤鸡、烤鱼等都是当之无愧的首选。杂碎汤、米肠子、面肺子、烤肝子、羊腰子、羊肠子、羊心、羊头、羊蹄等自不必说。在新疆的下酒菜里,绝对少不了大名鼎鼎的皮辣红,食材很普通,做起来也简单。把皮牙子、青辣椒、西红柿切成大块,浇上些油、盐、糖、醋等常用调料,一拌就成了,既可口又解腻还解酒,尤其适合在野外就餐时下酒,攒劲得很。

"饺子就酒,越喝越有"。饺子作为中国传统美食中的一绝,集面、肉、菜于一体,既可当饭,也可当菜,是下酒菜中当之无愧的王者,与喝酒堪称"王炸"级别的搭配。

炸虾片在我童年时的餐桌上很金贵,是只有过年才能吃一回的"硬菜"。小时候,爸爸和叔叔们一边喝酒,一边把虾片嚼得"咔吧咔吧"响个不停的场景,至今令人难忘。

20世纪80年代,我和几个单身哥们儿住集体宿舍。半夜酒瘾上来了,想喝两口又没菜,我们便溜到楼道里拿来邻居的两棵大白菜,掏出白菜心,洗也不洗,用刀剁巴剁巴,撒点儿砂糖和盐,再浇上点儿醋,一道可口的下酒菜——凉拌菜心就成了,倒上老白干，立马开整。有时下班的路上，我们买俩白水羊头带回宿舍，图省事懒得再回锅加工，便直接从嘴巴处一掰两半，一人一块，左手拎着半拉羊头，右手掂着大茶缸，喝一口酒扯一口肉嚼一瓣蒜，现在想起来都流哈喇子呢。

一次，同学小杨拎了一个白水羊头回宿舍，一向被称为"懒虫"的他，就连掰两半的程序都省了，直接上手，抱着羊头啃得正欢，宿管大姐猛地推门进来，一看，吓得花容失色，惊叫一声转身就跑，随后满世界就传开了：大龄剩男小杨找不上对象，急得抱着羊头亲嘴……

也有喝酒不要下酒菜的。以前老北京的小酒馆，老主顾都是些穷爷儿们，有事没事喜欢喝两口。手头有俩小钱了，来一小碟下酒菜，实在买不起下酒菜就干喝。也有不干喝的，一边喝酒一边嘬钉子，绝对是老北京小酒馆里的一景。讲究点的，往小碟子里倒点酱油或醋，把钉子往里面一蘸，搁嘴里嘬一下，再喝一口老白干，你别说，还真能咂摸出点儿滋味来。也有用小石子的，喝酒时用小石子蘸一下酱油或醋，就着小酒。平时不用的时候把小石子洗干净了，用块布小心翼翼地包好，揣进兜里下次再用。

前一阵儿看电视剧《人是铁饭是钢》，由苗圃饰演的女电焊工，在酒铺里买了三两酒后没钱买下酒菜，便要了一小碟酱油，摸遍全身啥也没有，只摸出一小截电焊条，索性用电焊条蘸着酱油嘬一下，仰脖一口闷干杯中酒，拍拍屁股走人，把在一旁喝酒的几位大老爷儿们惊得目瞪口呆。据说还有用大粒盐下酒的，喝一口酒舔一下大粒盐，喝完酒后，把大粒盐扔进嘴里，像糖块似的含着，慢慢悠悠地逛街去了，这操作也是没谁了。

科学上认为，酒的主要成分是乙醇，进入人体主要通过肝脏分解转化后才能排出体外，这样就会加重肝脏的负担，也就是所谓的"伤肝"。所以，下酒菜里面要适当配些甜味的菜，以保护肝脏。酒水入肠，会影响人体的新陈代谢，容易出现蛋白质的缺失。因此，下酒菜要配些富含蛋白质的食品，像咸鸭蛋、豆腐、排骨等。下酒菜里面鸡鸭鱼肉较多，为保持人体内酸碱平衡，配一些碱性果蔬很有必要，如豆芽、菠菜、苹果、橘子等。此外，醋能与酒里的乙醇发生化学反应，生成具有解酒作用的乙酸乙酯。所以，下酒菜里不能少了醋，这样可以减少酒对人体的伤害。

据医学专家科普，有几种菜和酒配在一起不利于消化吸收，不适合做下酒菜，主要有胡萝卜、凉粉、熏腊食品等，我们新疆人最爱的烧烤类食品也位列其中，大家一定要注意适量食用。

馕

　　馕是一种烤制的面饼,距今已经有 2000 多年的历史了,古代将其称为胡饼、炉饼,在中国的许多史料中都有记载,是深受新疆各民族群众喜爱的主要面食之一。

　　西汉张骞凿通西域后,频繁的商业贸易活动促使胡饼在内地一些地方普及,成为人们喜爱的食物之一,东汉时甚至在宫廷里都兴起过胡饼热。《后汉书》记载:"灵帝好胡饼,京师皆食胡饼。"白居易在《寄胡饼与杨万州》中写道:"胡麻饼样学京都,面脆油香新出炉。寄与饥馋杨大使,尝看得似辅兴无。"可见馕是当时非常流行的食物,在我国的食谱中由来已久。

　　"家中可以一日无菜,但绝不可以一日无馕。"这句话,足以证明馕在新疆人生活中的重要地位。新疆馕的品种很多,有 50 多种,常见的有白皮馕、油馕、奶子馕、芝麻馕、葱花馕、皮芽子馕,按照烧热馕坑的燃料不同分为柴火馕、无烟煤馕、电炉子馕、天然气馕等。

　　馕大多呈圆形,库车的艾曼克馕,足有车轮般大小,一个馕要用 1~2 公斤面粉,被称为最大的馕。托喀西馕是最小的馕,精致而秀气,像茶杯口那样大,厚约 2 厘米,还有更小的,就像小点心。还有一种直径约 10 厘米、厚 5~6 厘米,中间有一个窝的格吉德馕,也叫窝窝馕,因中间有个窝而得名,这是所有馕中最厚的一种。

　　此外,还有玉米面烤制的苞谷馕,颜色金黄、香甜可口,别有一番风味。其他还有用柴火灰烤成的库麦西馕、用死面烤成的皮特儿馕、带肉馅的果西格尔德馕、类似千层饼的喀特拉玛馕、表面上有一层砂糖的谢克尔甜馕等。

　　馕的做法跟内地烤制烧饼的手法看起来很相似,其实大有不同。打馕所用的原料除面粉外,芝麻、皮芽子(洋葱)、鸡蛋、清油、牛奶、胡椒、孜然、糖和盐等,都是不可缺少的食材。首先,在面粉中加少许盐水和酵面,将其和匀揉透,等面发起来后,搓成一个个小面团,然后用拳头把面团压成中间薄、周圈厚的圆饼,在薄饼中间扎上一些形似花纹的透气小孔,撒上芝麻和洋葱末,就可以放进馕坑中烤制了。

烤馕的馕坑一般建在庭院里或家门口,大多用木柴做燃料,也有用无烟煤、电和天然气的。馕坑的造型,由于地域不同,样式和材料也不尽相同。馕坑的大小是根据每天的需求量来定的,一般分大中小三种。馕坑一般高约一米,肚大口小呈圆形,形似倒扣的宽肚大水缸。馕坑内部一般都是夯土结构,用硝碱和成的泥来做炉壁,这样烤出的馕口感、味道更好。馕坑外部通常用土坯垒成方形土台,以方便烤馕人进行操作。

烤馕前,先将干柴放在坑底燃烧成木炭,待明火消失时,坑壁已烧得滚烫。这时,戴上厚厚的棉手套,把做好的面饼放在手套上伸进坑内,轻轻一拍,面饼就贴在了坑壁上,按一按贴牢了,依次在坑壁上贴满馕饼。

在烤制时,为使馕饼受热均匀,还要向馕坑和馕饼的表面泼洒盐水,使坑内充满高温水汽,然后将炉口盖上,20分钟左右就烤熟了。此时,用一根铁钩子伸到馕坑里去,将已经烤得微黄的馕一个个钩出来,拍一拍沾在馕上的炭灰,在馕坑旁边堆成一摞。

馕一定要趁热吃才最香。刚出炉的热馕,外表微黄、色泽油亮,散发出浓浓的麦香、皮芽子香、芝麻香,令人垂涎欲滴。

馕不仅闻起来面香浓郁,看起来色泽诱人,吃起来酥脆可口,而且含水分少,久放不坏,极耐贮存,适宜于新疆干燥的气候,便于外出旅行时携带,是长途跋涉时最好的食物。因此,馕作为一种生活中的必备主食,深受新疆各族群众的喜爱就不足为怪了。传说当年唐玄奘万里迢迢取经穿越沙漠戈壁时,身边带的食物便是馕,是馕帮助他走完了这一段充满艰辛的旅途。

虽说新疆的美食千千万,但却无法撼动馕在新疆人心目中的地位。很多新疆人的一天,就是在一块馕、一杯砖茶中开启的。对于他们来说,有馕的地方就有家的存在。

"宁可三日无肉,不可一日无馕""无馕不待客",千百年来,新疆人对馕有着一种无可替代的热爱和依恋之情,这是无法用语言能表达清楚的。

馕可以和很多美食搭配。在新疆有一种绝配,叫西瓜配馕,越吃越香。其他还有馕包肉、馕炒烤肉、馕丁炒羊肉、馕包大盘鸡、风味馕羊排……反正是多了去了。拿两个刚出炉的热馕,中间夹上一些从铁扦子上撸下来的烤羊肉,趁热吃起来,那叫一个美。如今,馕还被赋予了许多创新的吃法,什么馕炒米粉、皮馕烧鲤鱼、炸干馕、馕比萨、馕沙拉、西餐馕、花篮馕、抓饭馕、香梨馕、辣皮子馕、玫瑰花馕、巴旦木馕、核桃馕、葡萄干馕等。

吃馕时通常要配以茯茶、奶茶或肉汤,干稀搭配,吃起来更加适口,且富有营养。因为馕是用发面烤制的,属于半发酵食品,质地酥松、水分较少,所以非常易于消化,尤其对治疗胃病有一定的效果,堪称绿色有机的保健食品。

在新疆的农村和大小集镇,几乎家家都有烤馕的馕坑,家庭主妇个个都会打馕。在城市里,卖馕的小作坊(俗称馕房)遍布大街小巷,买现成的馕十分方便。有很多超市也引进了现代化的烤馕摊点,现打现卖,颇受顾客欢迎。

新疆人到底有多爱吃馕?我们先来看一组数据:根据自治区农产品加工局2018年统计,全疆日产馕550吨,按照新疆特色小吃标准,一个馕重200克,550吨馕就是275万个馕。这些馕出自全疆的1.6万个馕坑,平均每个馕坑每天要烤制172个馕。也就是说,新疆人一天可以吃掉将近300万个馕。

长期以来,新疆馕的生产以小作坊为主,难成规模。总体呈现小而散的特点。传统美食何以飘"新香"?如何将地域产品特色转化为产业发展亮色?怎样将产业"潜优势"转化为"显优势"?新疆近年来积极调整产业结构,"牵手"关联产业,大力推进馕产业向集约化、标准化、品牌化迈进,逐步激发、释放了馕产业的发展动能。

如今,馕作为一种商品,已经实现了专业化生产。在制作方法、花色品种等方面不断推陈出新,从传统走向了现代。近年来,新疆的一些打馕企业将连锁店开到了内地。如脍炙人口的"阿不拉的馕"等,早已成为享誉全疆的美食品牌,并且走向了全国。这一张张飘香的馕,洋溢着新疆的无穷魅力,成为宣传展示大美新疆的一张亮丽名片。

馕作为一种古老的食物,伴随着古丝绸之路的驼铃声,已经悄然走过了2000多年的历史。如今,每当这种浸润在时光里的味道再次出现的时候,仍然别有一番滋味。在馕勾起的人与食物的缱绻深情中,蕴含着一段久远的历史和一种烟火丰盛的生活气息。

手抓肉

手抓肉是一道深受新疆各族群众喜爱的羊肉美食。因在食用时要用手抓着吃，故名"手抓肉"。如今，无论是农牧区还是在城市的家庭中，手抓肉都是家庭聚餐和招待客人必不可少的一道地方特色美食。

手抓肉的历史，可以追溯到 2000 多年前。当时，以游牧为生的当地群众最主要的食物就是羊肉和牛肉。在野外烹制牛羊肉讲究一个简单方便，最常用的办法就是将肉切成大块，直接扔进清水锅里炖。炖熟后，大家围成一圈，不用筷子，直接上手，大口吃肉、大碗喝汤，这大概就是手抓肉最初的形式吧。

手抓肉虽然大名鼎鼎，但它的做法却并不复杂。首先将带骨的羊肉剁成大块，放入锅中用大火煮，边煮边将浮沫捞出。在羊肉煮至 40 分钟左右时加入胡萝卜或恰玛古，改用小火慢炖。等胡萝卜、恰玛古软糯后，将羊肉块和胡萝卜、恰玛古一起捞出盛放在大盘中，在上面放上切成条的洋葱，再洒少许盐水（也有用肉块蘸着盐水吃的），再浇点热汤，一大盘色味俱佳的手抓肉就可以上桌了。

需要注意的是，煮肉时一定要凉水下锅，水开后撇去浮沫。一般不放调料，起锅前不能放盐。小火慢炖，肉煮熟即可，不宜太烂。

手抓肉的颜色看上去十分诱人。淡褐色的肉块，鹅黄色或橘红色的胡萝卜或浅白色的恰玛古，让人食指大动、胃口大开。手抓肉吃起来肥肉不腻，瘦肉不柴，口感软嫩，鲜香无比，既可以吃肉，又可以喝汤。喝汤时，撒上一些香菜末或葱花，味道会更加鲜美。

手抓肉的一大特点是肉块大，分量足，连肉带骨、肥瘦相间。按新疆人的说法，肉太瘦了不好吃，有点肥肉吃起来更香。另一大特点是不用碗筷，直接用手抓着吃，既方便又过瘾，充分体现出新疆人性格的豪爽和大气。

手抓肉既可吃肉,又能吃菜;既能配主食吃,还可以喝肉汤。真正的肉菜都有,面汤俱全,是新疆人招待宾客时必不可少的一道佳肴,堪称新疆美食的扛把子。

手抓肉肉质细嫩,容易消化吸收,营养丰富,多食有助于提高身体免疫力,是补充能量、滋补身体的上等美食,历来被当作秋冬御寒和进补的重要食物之一。

手抓肉在炖煮时,通常会放一些如恰玛古、胡萝卜之类的果蔬。恰玛古,中药名叫芜菁或蔓菁,被称为长寿圣果。2000多年前,古人就认为恰玛古是一种保健品。在《本草纲目》等药典和维吾尔医典中,对恰玛古的药材性状、药理作用、功能主治等都有详细的记载:"恰玛古,性温归胃经、归肝经、通三焦、益中气、利五脏、解邪毒。润肺止咳、清肝明目、填精壮肾、软肠通便、利尿消肿、治霍乱……可生精、补气、消渴、提神,其功甚伟。"

恰玛古中富含多种营养成分和微量元素,有维生素 B_1、B_2、维生素 C、维生素PP、蛋白质、粗纤维、粗脂肪、多糖、皂苷、亚油酸、类黄酮、芸苔素、多种氨基酸、无机盐、钙、铁等,营养十分丰富。

胡萝卜俗称"小人参",具有补气生血、生津止渴、安神益智之功效。与恰玛古两者相搭,不论是从丰富口感还是提升营养的角度来说,都是极好的选择。因此,说手抓肉是一道集营养、食疗和美味于一身的绝好美食一点儿也不夸张。

在吃手抓肉的时候,有一样配菜必不可少,那就是新疆人特别喜欢吃的皮牙子,也就是洋葱。洋葱含有蛋白质、脂肪、碳水化合物、胡萝卜素、多种维生素和钙、镁、铁等多种成分。手抓肉配皮牙子,既解腻又去膻,既营养又降脂,两者堪称绝配。此外,在吃手抓肉的时候,通常都会配上馕等主食一起吃,面食肉食两不误,既能丰富口味,又能填饱肚子。

吃手抓肉时首选的素菜搭档是皮辣红。所谓皮辣红,就是将皮牙子和青辣椒切成条,将西红柿切成块,然后用熟油、蒜末、醋、盐拌在一起的一道凉菜。吃手抓肉时配以皮辣红,既酸辣爽口又解腻降脂,可以使人畅享大啖肉食的快意。

民间有"药补不如食补,食补不如汤补"的说法,其中羊肉汤更是在各类滋补汤中名列前茅。羊肉性甘温,能温阳散寒、补益气血、强壮身体,经常炖服,疗效甚佳。羊肉汤中有大量的蛋白质、脂肪、维生素,以及含量较高的钙、钾、铁、磷等,营养价值远在其他汤类之上。尤其是对妇女心悸、气短、乏力、失眠和病后体弱、贫血、产后气血两虚,老人气血不足、身体瘦弱、病后体虚等,有较好的滋补和食疗效果。

吃完手抓肉,再来一碗羊肉汤,根据个人喜好撒上些皮牙子、葱、香菜,热乎乎地喝下去,浑身暖洋洋得直冒汗,那叫一个痛快。羊肉汤不仅可以用来喝,还可以用来下面条。吃完手抓肉和馕这些"扎实"的东西,再来上一碗热腾腾、香喷喷的羊肉汤面,汤汤水水的,那叫一个舒坦。

没有肉就不是新疆。大块吃肉、大口喝着浓浓的砖茶,这种古朴粗犷的饮食方式,只有在吃手抓肉时才能淋漓尽致地展现出来。外地客人在新疆吃手抓肉时,常常会被新疆人的豪爽所感染,使他们也由此对新疆人的热情好客有了最直观的感受,对新疆人的阳刚之气有了更深刻的领悟。

著名作家汪曾祺老先生曰:"四方食事,不过一碗人间烟火。"手抓肉,一道寻常的饭食,一种熟悉的味道,早已融入我们的生活,在带给我们舌尖快意的同时,也让一种幸福感暖暖地洋溢在我们的心头,历久弥香。

烤全羊

烤全羊，维吾尔语叫"吐努尔喀瓦甫"（馕坑烤肉），顾名思义就是用火烤制出来的整只羊肉。相传是由新疆和田、喀什、库车等地的商人最早发明的。

当年，这些商人赶着骆驼驮着货物外出经商，长途跋涉于大漠戈壁之间。商人们将随身携带的干粮吃完后，途中遇见有放牧羊群的牧民，便向他们买上几只活羊，用于充饥和改善生活。商人将羊宰杀后，在野外找不到炖煮的炊具，只好将羊剥皮去掉内脏，架上一堆火，整只进行烤制，烤熟后发现味道比炖煮的更香，这种吃法逐渐向外界推广开来。传到民间后，经过不断完善改进，逐渐发展为现在的烤全羊。据考证，烤全羊在新疆已有 1800 多年的历史，长久地见证了这片西域故地、丝路重镇的千古兴衰。

烤全羊作为新疆负有盛名的地方特色美食之一，可与北京的全聚德烤鸭一较高下。它不仅是一道街头的风味小吃，也是招待贵客的筵席上一道不可缺少的佳肴。在隆重的宴会上，把烤好的全羊放在特制的餐车上，由服务员推至餐厅，羊头上挽系打着花结的红绸，羊嘴里含着青菜，仿佛一只活羊在卧着吃草，扑鼻的肉香、生动的造型，堪称中国烤全羊的颜值巅峰。宾客们一拥而上，围着餐车尽情地大快朵颐，气氛热烈而欢快。

新疆烤全羊之所以如此驰名，除了选料考究外，就是它别具特色的烤制方法了。烤全羊必须选用质地鲜嫩的新疆羯羊或是周岁以下的小羊，宰杀后去掉蹄及内脏，将蛋黄、盐水、黄姜、孜然粉、胡椒粉、精面粉等调成糊状，均匀地涂抹在羊的全身。烤全羊独特的味道，靠的就是这种特殊的调料。然后，将羊头向下，放入特制的馕坑内，盖严坑口，密封焖烤一个小时左右，一只金黄油亮、外焦里嫩、肉香扑鼻的烤全羊就火热出炉了。一口下去，皮脆肉嫩，肥而不腻，一口接一口，根本停不下来。

在吃烤全羊时，一定要蘸着调料吃。调料一般为孜然粉和精盐，也可根据自己的口味添加其他的调料，如辣椒粉等。在吃烤全羊时，一般配以馕、面饼等主食和皮牙子，既解腻又适口。烤全羊加工好后，在餐厅里既可整只出售，又可切分零售，立等可取，携带方便，堪称新疆的美味快餐。

在库尔勒，烤全羊最早出现在 20 世纪 70 年代末、80 年代初的自由市场上，十分少见不说，价格还贵得惊人，一般的老百姓是不敢问津的。80 年代中期改革开放后，烤全羊逐渐出现在餐厅饭店、农贸市场上，广大的工薪阶层也能时不时小撮一顿了。90 年代后，随着市场经济的发展和人民生活水平的提高，烤全羊不再令人可望而不可即，成为新疆人的日常美食。

在物资匮乏的年代，只有大户人家才享用得到的烤全羊，如今早已进入寻常百姓家了。现在，烤全羊既是新疆普通百姓餐桌上常见的一道美食，深受各族群众的喜爱，又是一道享誉国内外的美味大餐，为新疆美食走向世界增添了一抹亮丽的色彩。

炒面

众所周知，新疆人喜欢吃面食，一天三顿都少不了。而在众多的面食中，炒面是仅次于拉条子的一道炒制的面食，是新疆人最爱的家常美味之一，不仅喷香可口、营养丰富，而且简单易做、老少咸宜，极具新疆特色。

说到炒面，首先要说的是二节子炒面。做二节子炒面的原料有拉面、羊肉、皮牙子、青椒、蒜薹（或其他蔬菜）、西红柿（或西红柿酱）、辣皮子（不吃辣的可不用）、蒜末。第一个步骤是和面，将面粉用温水加一小勺盐，和成软硬适中的面团，揉至表面光滑，包上保鲜膜醒发半个小时，然后擀成大厚片，切成一指宽的长条，搓细搓圆后，用双手拉抻至比筷子稍细即可。锅里水开后，将面条逐条下入，煮熟后捞起来，切成 3~4 厘米的小段。切记不要煮得过软，断生即可，因还需炒制，太软会影响口感。将煮好的拉面过凉水后捞出沥水，这样可以使拉面筋道不粘连，吃起来弹牙有嚼劲。

将羊肉切薄片调入生抽、花椒粉、盐、粉面子、油，再加一点点醋腌制待用。羊肉提前腌制，不但肉质滑嫩，而且可以去膻。在锅里倒上清油烧热，快速滑炒羊肉，变色后盛出。锅里留底油，炸香辣皮子，依次倒入皮牙子和青椒煸炒，炒香炒透。放入西红柿（或西红柿酱一大勺），炒出香味后，倒入羊肉，调入生抽、盐，放入拉面，与菜一起炒匀。最后，撒上蒜末煸炒几下，一盘热腾腾、香喷喷、肉面菜都有、色香味俱全的二节子炒面就出锅了。

丁丁炒面堪称炒面中的"贵族"，经常作为酒宴的主食登上大雅之堂。用温水加盐和面，醒发 20 分钟，然后用擀面杖擀成一指厚的大片，抹上油切成长条，再用保鲜膜醒 20 分钟。利用醒面的时间，把羊肉（也可用牛肉）、蒜薹、西红柿、皮牙子、姜、葱等食材都切成丁。面醒好后，切成面丁，水开后下锅煮，煮八成熟，捞出来过凉水后沥水。锅里放清油,把肉放锅里炒变色后,放葱和姜翻炒出香味。再放花椒粉和皮牙子、蒜薹翻炒,快熟时放入西红柿炒一会儿。等西红柿成汁后,再放入丁丁面和胡椒粉、盐、酱油、味精调味后出锅。注意:丁丁炒面的菜也是丁状的,而且汤汁较多,用勺子吃更带劲儿。如果再来上几瓣大蒜,味道就更绝了。

在新疆,除了拉条子炒面、二节子炒面、丁丁炒面和揪片子炒面外,还有近年来创制推出的干煸炒面也颇受青睐,这种炒面的最大特点是没有汤汁,肉、菜、面都被煸至焦香,吃起来别有一番风味。

炒面里的蔬菜可根据时令和个人喜好选择,如莲花白、芹菜、蘑菇、豇豆、豆角、蒜薹、韭薹、大白菜、小白菜、油白菜、葫芦瓜、黄瓜、茄子等。如果家里没有羊肉,也可以用牛肉来代替。但不管如何选择,皮牙子、青椒和西红柿是绝对不能少的。出锅时,千万别忘了撒上蒜末翻炒几下,那种浓香的混合味道,简直让人一闻倾心。

不吃馋得慌,吃了肚子胀。不管是拉条子炒面、二节子炒面,还是丁丁炒面和揪片子炒面,还有多得数不清的其他地方特色美食,对我们新疆人来说,都是一种熟悉的生活方式,一种温暖的家园情怀。

揪片子

新疆汤饭，又叫揪片子、揪面片，在饭店餐厅里则被称为烩面。新疆汤饭是一种新疆民族风味的家常面食，既营养又好吃，深受新疆各族群众的喜爱。

新疆汤饭的种类很多，新疆人把炮仗子、二节子、面旗子之类带汤的面食统称为汤饭，揪片子是其中的"灵魂"。汤饭的名字是依据面食的形状命名的，在做法上大同小异。而牛肉面、臊子面、手工面、阳春面、刀削面之类带汤的面食则不在这个范围内。

揪片子根据地域、民族的不同，形成了不同的风味，在做法和配料的搭配上也风格各异。你可别小看这道家常面食，说起来简单，做起来可一点儿也不省事。首先，在面粉中放入适量的盐，然后分几次倒入温水，边加水边用筷子搅拌，待面粉呈雪花状后，用手揉成光滑的面团，盖上干净的湿布或保鲜膜，放在室内醒20分钟。

将胡萝卜、白萝卜、土豆适量切成拇指大小的薄片；将时令青菜切成小段；西红柿、皮牙子、辣皮子切成碎丁；香菜、葱、蒜切成碎末；羊肉切成小薄片备用。先将羊肉放在油锅中炒至变白，放调料，放西红柿碎丁（也可用西红柿酱代替），然后将胡萝卜、白萝卜、土豆、青菜、辣皮子倒入锅中同炒（如锅中较干可倒入少量清水）。菜炒熟后用碗盛出，在锅中添适量的清水等锅烧开。

在面板上抹上熟清油，将醒好的面放在案板上压扁（约0.5厘米厚），切成约一指半宽的面片，继续盖上保鲜膜醒发。锅中的水烧开后，用手指将面片捏薄后拉长，再揪成拇指大小的面片丢进锅里。看熟练的家庭主妇揪面片儿，定会让你眼花缭乱，那绝对是一种视觉享受。面片煮熟后，将碗中的菜倒入锅中用盐调味，然后将备用的葱、蒜、香菜末放入锅中，再倒入适量的醋，一锅香喷喷的揪片子就出锅了。

新疆人爱吃酸的，吃揪片子时，醋是必不可少的，喜欢吃辣的人，再来上一勺油泼辣子。盛在碗里的揪片子,既有红色的西红柿、翠绿的青菜,又有白色的面片、微黄的土豆片、褐色的羊肉片,光看颜色就够诱人的。

再说这味道,由羊肉、胡萝卜、白萝卜、西红柿、土豆、大蒜、时令青菜、皮牙子等多种食材混合而成的面汤上,漂着星星点点的油花和辣椒粒,散发出一股浓浓的酸辣鲜香味。浸在汤中的肉片香嫩、面片筋道、青菜爽滑、土豆片软糯,来上一大口,味道真是好极了。

在冬天,从天寒地冻的室外回到家里,来上一碗热乎乎的揪片子,那真是让人额头冒汗、通体舒泰,身上顿时暖洋洋的。患了伤风感冒,一碗揪片子下去,保你大汗淋漓,再捂上被子睡一觉,不用吃药病就好了。

新疆人在吃揪片子时,都要配以花卷、馒头、饼子之类的干面食,既有稀的也有干的,既能吃饱也能吃得舒服,一举两得。新疆人在吃揪片子时,还喜欢配上几道凉拌小菜,如老虎菜、凉拌萝卜丝、醋泡辣子、拍黄瓜酸菜、泡菜等,就着揪片子一起吃,既开胃又爽口。汤饭还是新疆人宴席上最受欢迎的主食之一。酒宴结束后,要上一盆热气腾腾的汤饭,每人来上一碗,汤汤水水的,既养胃又解酒。

做揪片子汤饭时,面片蔬菜不可过多,汤要"宽"一些,否则太稠。揪片子最好一次吃完,尽量不要剩,否则容易变糊。做揪片子时,可选择不同颜色的蔬菜进行搭配,不必拘泥于固定的品种,这样做出的汤饭颜色才会诱人,令人食欲大开。

此外,做揪片子时还可根据自己的口味选择食材,不吃羊肉的可以用其他肉类代替,汤也可以用煮好的肉骨头汤。口味比较清淡的,可以适当减少调料、配菜的品种和数量,随个人喜好而为,倒也不失为一种美食之道。

炒米粉

　　我20多年前就吃过新疆的炒米粉,也曾经听说过关于它的很多故事,有一个问题我到现在也没弄明白,炒米粉作为一道源于闽南、经过本土改良的特色小吃,为何能赢得那么多新疆丫头子的酷爱。注意,不是喜爱,也不是热爱,是酷爱。

　　据说,新疆特色的炒米粉诞生于1982年。当时在乌鲁木齐市的十月拖拉机厂小食堂里,有几名老家在贵州的大师傅,在传统炒米粉的基础上,按照新疆人的口味喜好,融入新疆的美食元素,换上了新疆的原料和调料,创制出了新疆炒米粉。1986年,新疆第一家米粉馆在乌鲁木齐市人民路开门揖客,并从此走向全疆,火遍天山南北。

　　新疆的米粉做法主要有三种:炒米粉、拌米粉和汤粉。其中,炒米粉稳居受欢迎排行榜第一名,拌米粉名列第二位,而汤粉的"点击率"相对较低。

　　新疆的炒米粉一般有鸡肉炒米粉、牛肉炒米粉、蘑菇炒米粉、芹菜加泡菜炒米粉、金针菇炒米粉、火腿炒米粉、素炒米粉等种类。一碗地道的新疆炒米粉,必须加入馕和年糕,"一半粉一半馕""米粉年糕对半"的吃法就是这样来的。炒米粉必不可少的配菜是芹菜,如果不喜欢吃芹菜,也可以用小白菜、青菜等其他时令蔬菜取代。

　　最普通的牛肉炒米粉做法比较简单。主料一般有粗米粉、牛肉、芹菜。配料有甜面酱、郫县豆瓣酱、清油、葱、姜、胡椒粉、花椒粉、辣皮子、鸡精等。首先,将米粉用开水泡软泡透,直到里面没有发硬的白心即可,放入凉开水中备用。将牛肉按横纹切成小薄片,新鲜生姜和大葱洗净切成碎粒,芹菜去掉叶子后切成小段。锅内放油烧至七成热,放入葱姜和辣皮子炒出香味和辣味,再放郫县豆瓣酱和甜面酱炒出红油色,加少许水炒匀,加牛肉片、料酒翻炒至牛肉变熟,再加芹菜一起翻炒。最后,放入米粉翻炒,再加入胡椒粉、花椒粉、鸡精翻炒均匀,一锅裹满浓浓酱汁的、香香的、辣辣的炒米粉就大功告成了。如果还嫌不够辣，可在放辣皮子的时候加一些辣面子一起炒。如果喜欢味道和颜色更重一些，可以加入番茄酱、黄面酱一起炒，也就是所谓的"四酱同炒"。

新疆的炒米粉多油重辣、酱香浓郁、汤汁浓稠、色泽鲜红，像极了新疆人的性格：热烈而豪爽。炒米粉吃起来辣中带香、筋道弹牙，令人回味无穷，尤其是那种独一无二的辣味，辣到口腔着火、舌头抽筋，一边喝着冰镇"奶啤"或"小木屋"降火，一边大口大口往嘴里塞，吃兴大发，根本停不下来。

新疆的炒米粉之所以能青出于蓝而胜于蓝，味道更胜一筹，秘诀就在于它的新疆特色：新疆的黄牛肉、辣皮子、番茄酱、芹菜、馕、生姜、大葱，再结合新疆拌面和炒面的制作手法，为它赋予了更加地道、更加浓烈的新疆味道。

新疆的炒米粉有一个共同的特点，那就是辣，一般分为不辣、微辣、中辣和爆辣四种。无辣不欢的新疆丫头们，"爆辣"是她们的不二选择。有时她们被辣得鼻涕眼泪一起淌，还往碗里面加油泼辣子呢。

对新疆丫头们来说，没有什么问题是一碗炒米粉解决不了的，如果有，那就再来一碗。在炒米粉的诱惑面前，新疆丫头们真的是一点儿脾气也没有，几天不吃就打不起精神。一碗炒米粉，承载了她们所有的喜怒哀乐和酸甜苦辣。新疆丫头们从外地回到新疆的第一件事，就是找一家熟悉的米粉店，美美地吃一顿。

我在写美食系列文章时有一条"铁律"，只写新疆美食。但对诞生于内地的炒米粉，却不得"不网开一面"。在新疆，炒米粉的故事还有很多很多，一时半会儿讲不完，咱们改日再叙。

馕包肉

　　说起馕包肉，在新疆也是鼎鼎大名。它不仅是新疆的一道新派名小吃，也是一道面、肉、菜混合，集美味与营养于一身的地方特色美食。

　　之所以说馕包肉是新派美食而非传统佳肴，是因为它诞生相对较晚，最早出现于20世纪80年代新疆街头的小吃摊子上，距今最多不过三四十年的光景。

　　馕包肉属于民间自创美食，因而在疆内没有一个统一的烹制标准，各地的选材和做法多有不同，使用的馕和配菜的品种、肉的部位和炖出的汤的浓稠各不相同，外观和口感也有一定的差别，但"色泽诱人、齿颊留香、风味独特、疆味十足"却是众多吃货对馕包肉众口一致的溢美之词。

　　馕包肉的食材较为简单，但每一道食材的选用都至关重要。馕包肉的灵魂——羊肉的选择更是不可小觑，一定要选用那种裹着筋、连着骨、肥瘦相间的新鲜羊排（羊腿肉也可），只有骨香、肉香、筋头香，吃起来才更带劲。

　　馕包肉的配菜主要有胡萝卜（或青萝卜、白萝卜、恰玛古、土豆）、皮牙子、青红椒等。先将羊排顺肋条切成5厘米大小的长块，皮牙子改刀切成小块，胡萝卜、青红椒切滚刀块备用。

　　先将羊排、葱段冷水下锅焯水，大火煮开后撇去血沫，捞出羊排，将肉汤放置一旁备用。将锅烧热后倒入清油，下冰糖炒出糖色，下羊排翻炒变色后，下生姜片、大蒜粒、八角粒、花椒粒、干辣椒、孜然粒（喜欢吃辣的可再加入一些辣椒酱），一起翻炒出香味后，加入料酒，再用生抽提鲜、老抽上色，大火继续翻炒3分钟左右，炒至羊排香味扑鼻、上色均匀后，加入肉汤没过羊排，再放两片香叶。用大火煮开后，盖上锅盖，小火慢炖50分钟左右，将羊排炖至软烂时，将香叶、八角等香料捞出来，加入胡萝卜煮8~10分钟后，下入青红椒、皮牙子翻炒至断生就可以关火了。然后，往锅里放适量孜然粉、盐、蒜粒调味后，再撒上一些皮牙子丝、香菜，一锅热腾腾、香喷喷，色香味形俱全的红烧羊排就闪亮出锅了。

"胡麻饼样学京都，面脆油香新出炉。寄与饥馋杨大使，尝看得似辅兴无。"这是唐代著名大诗人白居易在《寄胡饼与杨万州》一诗中对馕的记载。作为羊排的最佳伴侣，馕通常选用街头随处都可以买到的芝麻馕。将一个完整的芝麻馕（白皮馕、油馕均可）均匀地切成8块放入平口大盘中，把炖好的红烧羊排放在馕上，将汤汁加入淀粉勾芡后，浇在羊排上，再撒上一些香菜和皮牙子丝，一道完美的新疆馕包肉便大功告成了。当汤汁充分渗入馕块儿中后，就可以大块吃肉、大口吃菜和馕了。

冒着热气的羊排，色泽红亮、香气浓郁、肉质香嫩，馕吸饱了泛着油光的羊肉汁水后，变得软烂好嚼，而且十分入味，看上去让人食欲大开，吃起来根本停不下来，这顿吃完下顿还想吃。

馕包肉作为一道有肉、有菜、有主食的家常饭食，分分钟便可以完成从青铜到王者的华丽变身，既可以作为小饭馆里一道特色小吃，让食客一饱口福；也可以作为一道经典名菜登上大雅之堂，令贵宾大快朵颐。2018年9月，馕包肉被评为"中国菜"之新疆十大经典名菜，还被列入新疆非物质文化遗产美食榜单。

记得第一次吃馕包肉，是在20世纪80年代末的库尔勒西域酒家。那时候，虽说改革开放已近10年时间，国家经济有了很大好转，但对普通工薪阶层来说，下馆子还是一件奢侈的事，尤其是到西域酒家这种大饭店去撮一顿，简直是想都不敢想的事。

那次是我沾了单位节日聚餐的光，跟着老资格的同事蹭了一顿豪华大餐，第一次吃到了馕包肉，我过了一把吃肉瘾，一种满足的幸福感在心头荡漾了好一阵子。

在新疆，还有一种街头版的馕包肉。在烤肉摊子前一坐，将一个刚出炉、冒着热气的热馕对折成半圆形，用左手握住馕，右手将一把刚烤好的"吱吱"冒油的小烤肉夹进馕中握紧，猛地一抽铁扦子，将撸下来的烤肉裹在馕中双手捏紧，一口下去，口齿生香，满嘴流油，那叫一个美。

如今，在库尔勒做馕包肉的饭店已难得一见了，很长时间没有品尝到曾经把我"香迷糊"的馕包肉了，但当年第一次吃馕包肉时的滋味，却怎么也忘不掉。

杂烩汤

杂烩汤是新疆回民创制的一道经济实惠、口感醇香、营养丰富、深受新疆各族群众喜爱的传统美食。从诞生之日距今，已经有 100 多年的历史了。

从外观上来看，杂烩汤跟新疆的另一道回民美食——丸子汤很相似，但又有一些不同之处。杂烩汤里一般有牛肉丸子、熟牛肉片、夹沙、粉条、豆腐、菠菜、西红柿等，味道比较"冲"，以酸、辣为主，非常适合我们新疆人的口味。丸子汤里一般有牛肉丸子、牛肉片、蘑菇、豆腐、粉条、粉块、菠菜、胡萝卜丁、葱头丁、辣皮子等，两者在制作方法、配菜品种、调料和味道等方面既有相近之处，又有不同之道。

杂烩汤的味道主要在汤里，酸得醇香、辣得够味、吃得开胃、闻得诱人、美得养眼、看得让人直流口水，味道十分鲜美，非常适合我们新疆人的口味。吃杂烩汤时，搭配的主食一般都是油塔子和白面饼子，后来又增加了花卷和爽口的小菜。

杂烩汤里的牛肉片薄而不烂、分量十足，肉丸子和夹沙香而不腻，越嚼越筋道。再配上豆腐和清热解毒、补气生津的圆菇，含有丰富铁元素的菠菜，加之红薯粉条和粉块，辅以绿油油的蒜苗、香菜和辣皮子丁，有白、有红、有绿、有褐，看起来色彩缤纷，吃起来大呼过瘾，吃过后回味无穷。尤其是在寒气逼人的冬天，来上一碗热气腾腾的杂烩汤，不一会儿，从头到脚就变得暖洋洋的，浑身舒坦，那叫一个攒劲。

在新疆，最有名的杂烩汤要数五台的杂烩汤。五台系现在的博尔塔拉蒙古自治州精河县阿合其农场牧业队五台社区，位于精河县城以西 60 公里处，连霍高速北侧，曾是古丝绸之路北道的必经之地，东距乌鲁木齐市 480 公里，在奎赛高等级公路的旁边。五台是一个古老的小镇，已有 300 多年的历史了，是清乾隆时期设立的军台之一，从伊犁往东数为第五个，故名五台。

米泉回族农民马生贵是一名烹饪好手，1984 年，他在五台创业，开了一家饭馆。

一次家里请客,马生贵做了回族名吃"九碗三行子",吃完后余下一些备菜。马生贵一向节俭不愿浪费,便将余下的夹沙、黄焖肉等放在煮肉的汤锅里,加了一些粉条、豆腐、菠菜等一起煮。煮好后,一家人围坐在一起吃得津津有味。不料,被一名过往的司机撞见了,非吵着要吃一碗,吃完后赞不绝口。之后,一些司机闻香而来,纷纷点名要吃这碗汤。

马生贵没想到,自己无意间搭配的这种汤,竟然受到客人如此好评,便将它起名为"杂烩汤",添加到菜谱里。这汤很快便受到过往司机和旅客的青睐。一时间,吃杂烩汤的人越来越多,杂烩汤的名气也越来越大。于是,马生贵决定认真研创完善做法,专心做好这碗汤,并将饭馆命名为"米泉老马杂烩汤饭馆"。后来,附近饭馆的老板见老马杂烩汤很受顾客欢迎,也纷纷挂起招牌开始做杂烩汤。随着过往旅客的口口相传,五台杂烩汤渐渐名声远播,成了五台的地标性美食。

五台杂烩汤最为鼎盛的时期是2000年左右,道路两旁有饭馆近百家,大部分以卖杂烩汤为主。过往车辆络绎不绝,饭馆生意火爆、门庭若市,不少店门口排起了长长的队伍。经过一段时间的发展,五台杂烩汤和托克逊拌面、沙湾大盘鸡、昌吉丸子汤一起,成为新疆赫赫有名的美食之一。后来,高速公路修通后,便很少有车辆再走这条老路了,昔日杂烩汤店扎堆儿的繁华景象渐渐变得冷清。如今,只剩下零星的几家还在惨淡经营,令人唏嘘不已。

如今,在南北疆的一些大城市也好、小城镇也好,都能看到杂烩汤的招牌。昔日的五台杂烩汤,早已冲出了偏远的小镇,走向了天山南北,成为一道享誉全疆的特色美食。

眼下,时令已经进入深秋,天气越来越冷了。但家里、办公室都还没有供暖,这时候,要是来上一碗热气腾腾的杂烩汤……呵呵,想着想着就开始流哈喇子了。

架子肉

　　新疆架子肉最早的发源地是新疆南部的喀什地区，是一道风味独特的地方特
色美食，也是新疆人招待亲朋、款待嘉宾的上品佳肴。

　　架子肉的做法很简单。首先是挑选羊肉。羊肉必须选择当年的羯羊或1周岁以
内的小羊，重量一般在6~7公斤。之所以选择小羊，是为了保证肉质的鲜嫩。选好的
羊宰杀去掉皮、头、蹄和内脏后，选择带骨、肥瘦相间的羊肋条肉，剁成每块半斤左
右的长条形肉块，放入盆中待用。

　　接下来就是腌料的调制了，这是架子肉美味好吃的关键。架子肉店的老板一般
都有自家的独特配方，概不外传。大致做法就是将适量的姜黄、胡椒粉、孜然粉、花
椒粉、茴香粉等十几种调料，同洋葱碎、盐、面粉拌在一起，加水搅成稀糊状后，均匀
地涂抹在洗净的羊肉块上，腌制4~5个小时。

　　用木柴将馕坑烧热后，将腌制入味的羊肉块整齐地挂在圆环形的铁质烤架上，
再把烤架放入密封的馕坑中，边烤边取出坑内的明火，然后用盖子盖住坑口，连焖
带烤。一个多小时后，等到飘出香味时，掀开盖子，一架色泽金黄、肉香四溢的架子
肉便可出炉了，看着让人食指大动。

　　在新疆你可以随处吃到拉条子、抓饭、烤包子、烤全羊、手抓肉、大盘鸡这些具
有地方特色和民族风味的"新疆饭"，但要吃到正宗的架子肉，就得来喀什地区岳普
湖县的达瓦昆。据说，达瓦昆架子肉曾经在当地流传了上百年，后来因故失传了几
十年。2003年，岳普湖县委、县政府在大力发展旅游经济中，挖掘出了这道当地特有
的羊肉美食，并积极引导、帮助这一产业打响品牌、发展壮大、形成规模、走向全疆。
如今，架子肉已经成为享誉天山南北的一道美味佳肴，在繁荣旅游、扩大就业、拉动
消费的同时，有力地促进了当地的农牧民增收致富。

架子肉的烤法也是其好吃的关键。架子肉的烤架是圆环形的,分为好几层,每层都有几个挂钩,用来挂羊肉块。烤架子肉的馕坑也是特制的,没有一般馕坑的那种烟熏火燎味,可以使肉块在稳定的温度下均匀受热,最大程度地保证出炉的架子肉味道纯正、熟度一致。

有人说,馕坑肉和架子肉都要用调料腌制,都是在馕坑里烤出来的,两者有什么区别吗?馕坑肉和架子肉虽然在制作方法上大体相同,但在烤制手法上却不尽相同。馕坑肉是把肉剁成四五厘米大小的带骨小块,穿在一头带有圆环的铁扦子上,挂在馕坑里的烤架上烤制出来的。而架子肉是把带骨羊肉剁成半斤左右的长方块,直接挂在特制的圆环形烤架上烤制而成的。此外,两者在腌制手法、烤制方法和肉块大小、烤制时间上也有所区别,味道更是各有千秋。

烤好的架子肉,色香味俱全,肥而不腻,外焦里嫩。吃的时候再配上馕和皮辣红,那滋味,让人无法拒绝。在新疆,吃架子肉都是按公斤来计算的,少的一公斤,多的三四公斤甚至更多。对新疆人来说,大块吃肉、大杯喝酒、大口吃皮辣红,那是妥妥的标配。这正是:有荤有素有主食,清爽可口真够劲儿;人间美味架子肉,大饱口福莫麻达。

如今,架子肉早已从偏僻的达瓦昆走出了岳普湖、走出了喀什,走上了新疆的美食榜单,走进了新疆人的餐桌。乌鲁木齐、伊犁、昌吉、塔城、巴州、和田、哈密……在新疆的城乡大地上,处处都飘溢着架子肉的香味。架子肉在带给我们味蕾享受的同时,又让我们心生一种对家乡的依恋、温情和牵绊,那香味久久留在唇齿间,萦绕在我们心里。

羊肉焖饼

羊肉焖饼是起源于新疆哈密的一道美食。据说,羊肉焖饼始于元代。当年,成吉思汗率军西征,因军情紧急,下令随军伙夫以最快的速度生火做饭。伙夫将剁好的连骨羊肉倒进锅中炖煮,发现随身携带的大饼已经变得又干又硬,便将干饼也倒在锅中与羊肉一块儿炖。羊肉熟后,大饼也软了,而且浸透了羊肉汤汁,又香又糯,成吉思汗吃了后连声称赞。于是,羊肉焖饼这道农耕文化和草原文化完美融合的佳肴便诞生了。在军队回归途中,有两个老伙夫留在了哈密,将羊肉焖饼的烹饪方法改进后传给了当地的百姓,后来流传至今。

还有一个说法:羊肉焖饼始于清朝。1768 年夏,著名朝臣纪晓岚被贬谪到新疆乌鲁木齐。途中经过哈密的巴里坤县,当时的县令非常敬重纪晓岚,想好好招待他。无奈当时的纪晓岚是戴罪之身,县令虽然有心款待,却不好太过热情。情急之下,县令心生一计——在炖熟的羊肉上盖上一层面饼子,在外人看来那不过是一大盘面饼子,实际上,饼子下面却藏着美味的羊肉。于是,这道菜便流行开来并传至现在,深受哈密和昌吉州东四县各族群众的喜爱,其中尤以木垒县的羊肉焖饼最为有名。如今,羊肉焖饼已经成为新疆的一道名菜,是招待贵宾或远方来客的传统特色美食之一。

羊肉焖饼做法并不复杂。选取上好的连骨羊肉剁成小块备用。锅烧热,倒入适量清油(油的多少根据肉的肥瘦和多少而定),烧至七成热时,将羊肉块放入锅中煸炒,炒至肉块外皮绷紧后,加入花椒、姜粉、食盐、酱油、料酒、大葱等配料(也有加辣皮子的),翻炒几下后加水,烧开后改用小火炖煮。然后,舀一些肉汤用来和面(也有用清水和面的)。

羊肉焖饼能否做成功,面是关键。选上等的高筋面粉,加入鸡蛋和盐,清水和面,反复揉搓。面和好后醒发半小时左右,擀成若干张比锅的上沿稍小一些的薄而不透的圆形薄饼(也有擀成稍厚一些的饼后用手扯成薄饼的)。在每张上面都抹上清油,以防面饼粘连,然后,一层一层地盖在羊肉块的上面(喜欢吃蔬菜的,可在盖面之前放一些胡萝卜块、土豆块和青辣椒),盖好锅盖封严,用小火炖煮一小时左右,使饼与羊肉在汤汁的作用下被焖熟。

等羊肉酥烂、汤汁收干、面饼熟透,就可以起锅了(也有在肉出锅前,将馕饼切成条或块加入锅中焖的)。起锅时,先将面饼一层层揭起放在一旁待用,再将肉块、胡萝卜块、土豆块捞起,放在新疆人最喜欢用的大盘中,然后将面饼一层一层盖在上面,再浇上适量的肉汤就可以大快朵颐了。

经过长时间炖煮的羊肉色泽红亮、酥而不烂、爽滑鲜香。一张张薄到透明的面饼被羊肉汤完全浸透,看上去油津津、黄澄澄的,挑起来软而不黏、薄而不烂,吃起来油而不腻、鲜香筋道,再浇上原汁原味的羊肉汤,肉香面香交织在一起,香气四溢。

羊肉焖饼这道既有肉食又有面食的美食,饭菜兼得、色味俱佳:想起来,令人口舌生津、垂涎欲滴;吃起来,别有一番滋味萦绕在舌尖、洋溢在心头。这就是地道的新疆味道,这就是浓烈的乡土情怀,让我们永远无法割舍对家乡的热爱和依恋。

那仁

那仁在哈萨克语中是"面"的意思,是新疆哈萨克族的一道传统风味美食,是哈萨克、柯尔克孜、乌孜别克、蒙古等民族都十分喜爱的一道佳肴。

哈萨克族是一个游牧民族,为了适应随时作战的需要,他们创制了这道方便快捷的饭食——那仁。那仁的做法比较简单,一般选用马肉、熏马肉、熏马肠或者羊肉、牛肉为主要食材。

哈萨克族的那仁,一般以马肉为主。把马宰杀后,去掉五脏,把马肉按腿、肋骨、胸等部位分切成大块,凉水下锅煮开后,撇去浮沫,再用文火慢炖,并不停地"扬汤止沸"。煮两个小时左右,等汤汁变成金黄色后捞出马肉(这期间加入胡萝卜块煮熟),然后在肉汤里加少许的盐和胡椒粉搅匀备用。

给面粉中加入少许的盐和水,和成光滑的面团。然后抹上一层清油,放在盆中醒发两个小时以上。将醒好的面团擀成1厘米左右大而薄的圆饼,抹上油,盖上盖子继续醒着。醒好后切成两指宽左右的长条,用手掌压一压,再抻拉成薄而宽的面片,下到烧开的煮马肉的汤里。把煮好的面片捞起来摊铺在大盘子的底上,把切成碎块的马肉铺在上面,撒上皮牙子丝,将煮马肉的汤趁热浇在上面,搅拌均匀,让每一块面片都饱蘸浓浓的汤汁,这道美味的那仁就可以开吃啦。

那仁好不好吃,秘诀有两个:一个是在面里,和面时用适量盐水,既可以保证在拉面时,面具有柔韧性,不易断,又可以让面的口感更筋道;另一个是在汤里。马肉要用小火慢炖至肉烂而不老。哈萨克族人认为,马肉煮上七八成熟,肉质最为鲜美,过于烂熟,会影响马肉的口感。在这一过程中,不加任何调味料,以保证马肉的味道纯正。羊肉那仁、牛肉那仁、风干肉那仁、熏马肉那仁、熏马肠那仁的烹制手法和马肉那仁大体上相似,但也有一些不同之处,如在配料上有所增加,再加一些辣椒面、花椒粉、香菜等。

那仁在吃的过程中，一般要和奶茶一起搭配享用，因为奶茶可以去油腻。那仁吃完后，主人还要请客人喝一碗煮过肉和面的汤，可以原汤化原食。

新疆的哈萨克族牧民，常年游走在高山草原，辗转于冬夏牧场。平日里，他们吃干馕，喝奶茶，风餐露宿，居无定所，流动性较大。对于向来纯朴好客的他们来说，那仁不仅仅是一道家常美食，更是招待远方来客的一道风味大餐。在他们的心目中，用这道他们最为喜爱的佳肴来待客，既是一种尊重，也是一种热情和友好的表示。

一大盘热气腾腾的那仁，集肉、汤、面为一体，原汁原味，汤浓肉香，不膻不腻，营养丰富，就地取材，方便快捷，仍然保留着古老游牧民族的饮食特色和大草原特有的粗犷豪放气势，有着明显的牧区群众饮食习惯。那仁原汁原味地展示了独特的新疆风情，令人回味无穷、百吃不腻，因而备受新疆当地人和外地游客的喜爱。

尝过这道美食，你会深深地感受到一股古老游牧民族的生活气息，蕴含在了一盘盘色香味俱全的那仁中，余香袅袅，挥之不散，令人久久回味。

如今，那仁早已从哈萨克族牧民餐桌上一种传统的家常饭，走出了伊犁，走向了新疆，走进了城市的酒店餐厅，走入了大街小巷和千家万户的餐桌，成为深受新疆众多食客喜爱的一道风味名吃和地方特色美食。

还等什么呢？赶紧约上一帮好友，一起去品尝哈萨克族的美食——那仁吧！

肚包肉

在新疆这片辽阔而神奇的沃土上,诞生了无数风味独具的美食。在众多的特色美食中,肚包肉以其创意奇特、别出心裁的烹制手法和特有的口感、丰富的营养,令一众食客啧啧称奇,被人们亲切地誉为"沙漠之珠"。

肚包肉是起源于新疆南部和田地区的一道传统特色美食,有着悠久的历史。在这之前,用羊的胃囊(羊肚子)包裹食物再进行焖烤的做法并不少见,但和田的制作方法却最为独特。

和田肚包肉的制作方法十分简单:将羊肚子作为天然的烹调容器兼食材,再将拌入了作料的羊肉放入其中,这样既不会出现汤水渗漏的情况,又能确保"肉袋"有足够的弹性不会被胀破。

炭火是用沙子烹调食物的关键。炭火下面的沙地温度超过了 180℃,形成一个天然的烤炉。将肚包肉埋进滚烫的沙子里,可以使它均匀受热。因为无法观察肚包肉在焖烤时的变化情况,所以火候的掌控要完全依靠大师傅的经验。

焖烤大约 4 个小时后,一道"肚里有货"的沙漠风味大餐就大功告成了。打开袋口,羊肉和羊肚子混合的浓浓香味扑鼻而来,袋中的肥肉香酥绵软,瘦肉筋道弹牙,肥瘦相间,肉嫩汁多,味道十分鲜美。吃完肚包肉满口溢香,令人回味无穷。

据说,肚包肉的诞生地还有一个,那就是新疆巴州的罗布泊地区。罗布泊地区的罗布人,长期生活在自然条件十分恶劣的沙漠地带,因为没有烹饪工具,肉食主要以烧烤为主,经过长期的实践摸索,罗布人发明了用羊肚子包上肉再焖烤的吃法,既能就地取材,又自然天成。

罗布人将新鲜的羊羔肉连骨剁成小块,塞进一个完整的羊肚子里,塞入羊肉的多少依据羊肚子的大小来决定。塞好后,往羊肚子里撒上一些盐,再灌进去一些河水,用削尖的红柳枝封住羊肚子的口,用一根空心的芦苇秆从封口处插进羊肚子里用以通气,以防止羊肚子受热后膨胀爆开。

随后,将肚包肉埋进烤得滚烫的沙子里,将芦苇秆朝外的一头露在外面用来排气。经过 4 个小时左右的焖烤,一份看上去热气腾腾、闻上去香味扑鼻、吃起来不膻不腻的肚包肉就做好了。

肚包肉无疑是一种原始而神奇的美食。不用锅和灶,完全依靠大自然的赐予完成。将羊肉切成小块塞到羊肚子里焖烤,是奇思妙想,更是物尽其用。羊肚子和羊肉的味道在焖烤中相互交织、融为一体,肉汁也得以保留,无论从口味和营养的角度来说,肚包肉都堪称是一道天人合一的经典美食。

在享用肚包肉时,一定要先品尝汤汁的"鲜",然后品尝羊肉的"香",最后再品尝羊肚子的筋道,这样的顺序可以让你最大程度地领略到肚包肉的与众不同和神奇魅力。

肚包肉不仅风味独到,而且还具有丰富的营养价值。羊肚子含有大量的蛋白质、维生素和矿物质,具有补虚损、健脾胃的功效。羊肉含有较多的蛋白质、脂肪、维生素 B1、B2 等营养成分,具有温中健脾、补肾壮阳的功效。此外,肚包肉由于焖烤时间较长,其中的羊肉十分软烂,易于消化吸收,适合各个年龄段的人食用。

在新疆,还有一种在集市、饭馆、街边摊上常见的水煮肚包肉,从做法到吃法都与传统意义上的肚包肉大相径庭。这种肚包肉是将完整的羊肚子切成若干片,把羊肉剁成肉丁,加入羊肝碎、皮牙子粒、胡椒、孜然等拌成馅料,用羊肚片包入馅料后扎紧袋口,放入锅中煮熟后捞出切片,蘸着配好的调料吃。这种肚包肉每个有鸡蛋大小,近年来在疆内外较为流行。这种肚包肉虽说吃起来味道也很不错,但跟传统的肚包肉比起来,少了很多原始的风味。

如今的肚包肉,已经成为越来越多的外地游客来新疆必尝的一道美食。

拨鱼子

"面长不超食指,形状好似小鱼,中间打个卷儿,筷子一夹滑溜。"这首带点儿谜语性质的打油诗,说的是一种形状很特别的美食——拨鱼子。拨鱼子是中国西北一带群众喜食的一种特色面食,在新疆,尤其是在昌吉州的吉木萨尔、木垒、奇台东三县十分流行。

拨鱼子在新疆已有近百年的历史。据说拨鱼子最初的发明者是来自陕西的回族人,他们来到新疆后,把陕西传统特色面食面疙瘩带到了新疆,并在原有的基础上进行了创新和改良,借鉴了一部分新疆拌面的做法和吃法。面疙瘩和新疆拌面的完美结合,催生了新疆的另一道美食——拨鱼子。作为一种家常便饭,拨鱼子一经诞生,就受到了喜爱面食的新疆人的青睐。

拨鱼子的"拨"指的是用一根筷子有棱角的那一头蘸上水,把大碗里用盐和水搅拌好的较软的面糊糊,一条一条地拨到滚烫的开水锅里,形状很像一条条小鱼儿在水里上下翻滚,称之为"面鱼子",所以这道饭食被称为拨鱼子。将面鱼子在锅里煮熟之后捞出来,拌入炒好的各种蔬菜和肉菜一起吃,这种吃法叫拨鱼子拌面。其他还有拨鱼子炒面、拨鱼子汤饭、干煸拨鱼子和拨鱼子炖汤等多种吃法。

在新疆,拨鱼子的主要吃法是拌面。拨鱼子拌面和"拉条子"的做法虽然不一样,但吃法却是一样的,即炒好菜、下好面、拌到一起吃。拨鱼子的拌菜主要有纯蔬菜和肉菜蔬菜混炒两种,品种主要有西红柿、芹菜、酸菜、辣椒、韭菜、蒜薹、皮牙子、豇豆、豆角、小白菜、茄子、豆角、豆腐等,肉类主要有牛羊肉等。面鱼子和菜拌好后,开吃的时候浇上醋和蒜汁等调料,再放上些鸡蛋西红柿卤、炸酱、臊子、汤汁等就更爽了。拨鱼子拌面口感筋道润滑,而且顶饿耐饥。拨鱼子形状短小,拌菜时可以沾附上更多的汤汁,跟拉条子相比,味道更攒劲,甚至在有些地方超过了拉条子。

拨鱼子另一种比较受欢迎的吃法是汤饭。具体做法就是,首先准备好面粉,加入盐、花椒粉和水,搅拌成较软的糊状,打入一个鸡蛋更好。再准备好小葱、西红柿(去皮)、小白菜、胡萝卜、香菜(也可根据个人偏好选择其他菜品)。锅内加油烧七分热,放入小葱炒香,撒盐、花椒粉、生姜粉,下入西红柿炒出汁后,再依次下入胡萝卜、小白菜翻炒。炒好后加入适量水煮开,将盛面的大碗倾斜,使面糊滑到碗的边缘,用筷子将面糊拨成面鱼子,煮熟后盛到碗里,加点儿鸡精、香油(也可不放),撒入香菜,浇上醋和油泼辣子就可以大口开吃了。

拨鱼子炒面的做法也不复杂。将和得较软的面醒好,葱姜蒜切片,韭菜切段,将羊肉(牛肉)切成薄片备用。将煮熟的拨鱼子捞出过凉水备用。油热后,先用大火把肉炒熟,加入韭菜翻炒,再放入拨鱼子,根据个人口味放入调料,用中火翻炒均匀后出锅。切记吃的时候一定要准备一碗煮拨鱼子的面汤,吃完后喝上一碗热乎乎的面汤,那感觉,就是三个字——"爽歪歪"。

新疆拨鱼子有南疆风味、北疆风味、家常风味之分。南疆的拨鱼子主要以拌面为主,通常只有一种肉菜混炒的拌菜,肉块上一般都带着骨头,称为拌拨鱼子。北疆拨鱼子的拌菜品种较多,可以根据个人喜好选择各种时令菜品,炒好的拌菜色泽诱人、汤汁浓稠,拌上拨鱼子,不要太好吃哦。尤其是过油肉拨鱼子,那味道更是一绝。拨鱼子因为身形短小、两头尖尖、表面滑溜,一不小心就会从你筷子缝里滑出去,不如干脆用勺子舀着吃,更方便省事。

拨鱼子,一道简简单单的面食,一种平平常常的味道,带给我们的却是家的温暖,是一份无法替代的情深意厚。

缸子肉

　　如果说手抓肉是清炖羊肉中的"天花板"，那么缸子肉就是清炖羊肉中的"扛把子"了。

　　缸子肉是一道新疆独有的特色美食，堪称袖珍版的清炖羊肉。据说，缸子肉诞生于20世纪六七十年代的新疆南部的喀什地区。当时，喀什市七里桥人民公社发动广大社员兴修水利，工作量大任务重，大伙儿经常加班加点干活儿，非常辛苦。由于当时经济条件有限，饮食清汤寡水，大家伙儿体力跟不上，在一定程度上影响了工程的进度。一天，上级领导派人买来羊肉和胡萝卜，准备到工地上做一顿清炖羊肉犒劳大伙儿。可工地上的大锅就那么几口，根本不够用，工地上的一名干部灵机一动，让炊事员将羊肉和胡萝卜按人数切块均分，放进大伙儿平时喝茶的大茶缸里，放到烧得滚烫的炉板上炖，不一会，大伙儿就一起吃上了香喷喷、热乎乎的清炖羊肉。后来，这种做法一传十、十传百，逐渐在喀什地区流行开来，成为当地一道十分有名的特色美食。

　　缸子肉的制作方法和清炖羊肉差不多，准备一只大号的搪瓷茶缸，将新鲜带骨羊肉切成块，每个缸子中只放一块肉，添水放上几块黄萝卜或恰玛古，盖上盖子放在烧烫的炉板上，大火烧开后再用小火慢慢炖。水开后撇去浮沫，以免影响口感。经过一个小时左右的炖煮，一缸软烂入味、汤汁鲜美的缸子肉就可以"起缸"了。开吃前撒点盐、胡椒粉、皮牙子粒和香菜（也有放葱花的），一顿有馕又有汤、有菜又有肉、美味还管饱的特色大餐就热腾腾开吃了。

　　通常缸子肉里只放一块羊肉，最好是前腿肉，因为前腿肉骨头稍多一些，炖出来的汤味道更加鲜美。这块肉必须是肥瘦相间的，如果太肥，吃起来就会油腻，如果太瘦，炖出来的汤汁就会过于清淡没有肉香味，只有肥瘦相间，才能获得肉嫩汤鲜的口感。

缸子肉的最大特点就是用大茶缸来炖肉。大茶缸既当锅又当碗,便于清洗,携带方便,而且保温效果好。大茶缸一定要用那种20世纪六七十年代家家户户必备的老式搪瓷茶缸,而且缸子越破旧越好,越有年代感越好,最好是上面有那个时期特有的标语口号和宣传画的。这说明这家缸子肉店是老字号,味道好、生意旺,在十里八村都有名。

近些年,随着人们生活水平的不断提高,缸子肉从最初的"简约版"发展到如今的"豪华版",人们又在缸子里添加了葡萄干、红枣、鹰嘴豆、豌豆、枸杞等配菜,在这些当地特产"硬货"的加持下,缸子肉不仅营养更加丰富了,口感也有了很大提升。

在南疆的集市和路边的缸子肉摊上,常常可以看到这样一种独特的场景:几十个缸子成片地摆放在一起,挤挤挨挨,一个个冒着香喷喷的热气,场面煞是壮观,招揽着南来北往的食客。

尤其是在寒冷冬天的早晨,坐在炉火熊熊的缸子肉店里,来上一个缸子肉,撒上些香菜,要上一个馕,掰成小块放进汤里,再来上一碟小菜,一口肉一口馕,一口汤一口菜,堪称一顿地道的新疆"早茶",美味又暖身,简直幸福到爆。

虽说缸子肉没有复杂的制作过程,但简单的烹饪手法却能让人尽情享受口舌之欢,烟熏火燎的大茶缸带给人们浓浓的怀旧情结,仿佛历经岁月沧桑,这种游离于美食之外的感觉,或许正是我们苦苦寻觅的。

后　记 / 躬耕为文终不悔

　　继 2015 年出版《梨城走笔》、2017 年出版《梨城夜话》、2021 年出版《守望库尔勒》三本散文集后，我的第四本散文集《梨城纪事》经过近三年的创作修改、整理校订后即将付梓，欣喜之余，我不免有些忐忑，诚望读者不吝赐教。

　　这本文集仍旧沿袭了前三本文集选取题材的老套路，分为"城事""世事""往事""食事"四个专辑，收录了近两年来创作的 86 篇散文作品，既有对家乡变迁、城市变化的抒写，也有对日常所思所感、凡人世相的记述；也有对流年往事的深情追忆和新疆美食的倾情宣介。意在通过个人的视角和感悟，还原过往、记录历史、刻画生活，描摹五光十色的大时代。

　　文章于我而言，一定是写给别人看的，如果读者寥寥，那就失去了作文著书的目的。文章如果远离了普罗大众，失去了芸芸读者，只在极少数自诩清高的文人圈子里打转转，充其量不过是孤芳自赏，这样的文章不写也罢。

　　多年来，我始终秉持传统的为文之道，力求朴实平易、自然直白、亲切随和的文风，从生活中来，到生活中去。"家长里短皆为话题，市井百态娓娓道来。人间烟火扑面而至，凡尘俗事跃然纸上"，向读者讲述一个个真实而生动、丰富而立体的身边故事。

　　我以为，文章的魅力在于紧扣时代脉搏、贴近现实生活、融入大众百姓。读者觉得有意思、愿意看、值得看，最好是看完后能明白一些事理，有一点儿小小的收获，那就是我的文章最大的价值。

　　屈指数来，我喜好读书、爱上文学、钟情创作 40 余载，其间，有苦读诗书的废寝忘食，有寒窗孤影的雕章琢句，有文章得以发表的欣喜若狂，有投稿石沉大海的灰心失望，个中的千般感触、万般滋味，尽在不言之中。

　　值此散文集出版之际,真诚地向长期以来对我从事文学创作给予支持的家人、亲朋、文友、同事表示衷心的感谢,你们的一路相伴随行,是支撑我笔耕不辍、勉力前赴的绵绵动力。此外,散文集中的部分议论性、纪实性、美食类文章引用了一些网络资料、素材和新闻报道,特予说明并向原文作者表示衷心的感谢。

　　行文至此,已是暮色四合,望着窗外的点点灯火,一生际遇,喜乐哀愁,高光低谷,桩桩件件又浮现在眼前,我不禁心绪起伏。我想,既然选择了文学创作这条道路,不管今后有多少荆棘载途,我都将一往无前。

陈耀民
2024 年 5 月